Ada Lewis

Bittermandel-Honigherz

Roman

PIPER

Mehr über unsere Autorinnen, Autoren und Bücher:
www.piper.de
Wenn Ihnen dieser Roman gefallen hat, schreiben Sie uns unter Nennung des Titels »Bittermandel-Honigherz« an empfehlungen@piper.de, und wir empfehlen Ihnen gerne vergleichbare Bücher.

Wir produzieren nachhaltig
www.piper.de

ISBN 978-3-492-50536-9

Redaktion: Diana Napolitano
Satz auf Grundlage eines CSS-Layouts
von digital publishing competence (München)
mit abavo vlow (Buchloe)
Covergestaltung: Alexa Kim »A&K Buchcover«
Covermotiv:
Bilder unter Lizenzierung von Shutterstock.com genutzt
Printed in Germany

Prolog

An Tag Null verlor ich die Hoffnung. An Tag eins meine Selbstachtung, an Tag zwei jede Relation, und an den darauffolgenden Tagen je ein Kilo. Ach ja, und meinen Job, den verlor ich ebenfalls. Nun stand ich im eiskalten Wind an einer Brüstung im dreizehnten Stock und überlegte, wie ich wenigstens diesem Tag noch etwas Positives abringen könnte. Der neue Hund saß treu an meiner Seite. Er hatte noch keinen Namen, dafür aber einen Rückgabetermin.

Schlotternd vor Kälte, Erschöpfung und Schlafmangel stand ich auf meinem Posten und beobachtete einen Mäusebussard, der seine Kreise hoch oben über der Wohnsiedlung zog. Darunter, in Apartment siebzehn, war alles noch ruhig. War es der eisige Wind, der mir Tränen in die Augen trieb, oder doch die Wut über meine Unfähigkeit und die Ungerechtigkeit der Welt? Ich presste meine Fäuste auf die Augenlider, polierte die Gläser des alten Zeiss-Fernglases und stellte gerade das Objektiv scharf, als ein Geräusch mich zusammenzucken ließ: Der Aufzug im Inneren des Gebäudes setzte sich ruckelnd in Gang. Nervös schaute ich über meine Schulter. Wenn jetzt jemand auf den offenen Durchgang, der die Wohneinheiten mit dem Treppenhaus verband, träte, würde ich in Erklärungsnot geraten. Ich zog meine Wollmütze tiefer ins Gesicht. Vorbeugend legte ich einen alten Bildband heimischer Vogelarten neben meine Thermoskanne, der, ebenso wie das Fernglas, aus dem Nachlass meines Großvaters stammte. Fast musste ich selbst lachen. Über mich, über mein lächerliches Verhalten. Wenn mir tief in den Eingeweiden nicht zum Weinen zumute gewesen wäre. Ich lauschte den Geräuschen im Haus und betrachtete den altmodischen Vogelführer, dessen Cover ein Rotkehlchen zierte. Der Fahrstuhl hielt geschätzt ein oder zwei Stockwerke unter mir. Ich hörte, wie die Verbindungstür zum Treppenhaus, vermutlich auf der elften Etage, aufging, ein Bewohner seinen Schlüsselbund klirrend aus der Tasche zog und seine Wohnungstür aufschloss. Erleichtert atmete ich aus und spürte, wie mein Puls sich beruhigte.

Als ich mein Ziel erneut ins Visier nahm, stellte ich fest, dass ich die entscheidenden Sekunden verpasst hatte. Die Rollladen sowohl im Schlafzimmer als auch im angrenzenden Wohnzimmer waren nun geöffnet, die Vorhänge bereits zugezogen. Apartment siebzehn war wach. »Verfluchter Mist!« Frustriert knallte ich die Faust auf das Geländer und presste zwischen zusammengebissenen Zähnen weitere unflätige Ausdrücke heraus, um meinem Ärger Luft zu machen. In einem Artikel hatte ich mal über eine Weisheit aus dem Talmud gelesen, die sich mir eingeprägt hatte: Man solle auf seine Gedanken achten, denn sie können zu Worten werden. Man solle auf seine Worte achten, denn sie können zu Taten werden. Und auf seine Taten, denn sie können zu Gewohnheiten werden. Obwohl ich das total einleuchtend fand, hatte ich mich bezüglich meiner Wortwahl keinesfalls im Griff: Ich befand mich bereits auf Stufe zwei – auf dem Level eines täglich schlimmer werdenden Tourettesyndroms.

Der neue Hund stupste mich mit seiner feuchten Schnauze an. Vielleicht sollte ich mich auf den Weg machen und diese sinnlose Aktion abbrechen. Mich auf mich und mein Karma konzentrieren. Und mein kleines dummes Herz beruhigen.

Stunde Null

Unter anderen Umständen hätte man diesen Morgen durchaus als Beginn eines schönen Tages bezeichnen können: Erste Streifen des leuchtenden Morgenrots durchzogen den Himmel, einzelne Wolken brachen das tiefe Blau des Dämmerlichts. Die kahlen Zweige des Walnussbaums vor dem Fenster waren mit glitzerndem Raureif überzogen.

Emily saß am Fenster ihrer kleinen Küche und starrte auf die gegenüberliegende Häuserzeile, deren nasse graue Fassaden nicht nur die Lichter der vorbeifahrenden Autos widerspiegelten, sondern auch ihre Stimmung. Es war der erste Advent, ihr dreißigster Geburtstag.

Während sie darauf wartete, dass der Kaffeeautomat Betriebstemperatur erlangte, rieb sie sich die Schläfen. Der Abend war lang gewesen, die Nacht entsprechend kurz. Sie zwang sich, eine halbe Banane zu essen, um ihren Magen auf das dringend benötigte Aspirin vorzubereiten. Vielleicht sollte sie heiß duschen und ein paar Pilates-Übungen machen? Ihre Flanellhose gegen Jeans und Ringelshirt tauschen und sich etwas Frische ins Gesicht zaubern? Entgegen besseren Wissens hoffte sie immer noch, dass King George vorbeischauen würde. Es war immerhin ihr Geburtstag, das konnte er ja schlecht ignorieren.

Sie schaute sich um, der Raum sprach Bände. Auf der fleckigen Oberfläche des alten Küchentischs quoll der Aschenbecher über, ihr kleines Schwarzes lag zusammengeknüllt auf einem Stapel Zeitschriften. Ein halb volles Glas Prosecco neben einer leeren Flasche zeugte von einem weinseligen Abend. Nicht die besten Voraussetzungen, stellte sie resigniert fest. Sie würde keinen guten Eindruck bei George hinterlassen, sollte er doch noch auf einen Geburtstagskaffee hereinschneien. Sie erinnerte sich vage, Kopfschmerzen vorgegaukelt zu haben, als Kate gestern vorschlug, auszugehen. Statt das Angebot ihrer besten Freundin anzunehmen, hatte sie sich in Schale geschmissen und den Prosecco kaltgestellt. Und Minute um Minute, Stunde um Stunde gewartet, ob George bei ihr auftauchen würde.

Früher, und früher war gar nicht so lange her, hatte er mit ihr in jeden Geburtstag hineingefeiert. Er hatte Sushi und Prosecco besorgt, den Tisch liebevoll mit weißen Rosen dekoriert und ihr in halbstündigem Rhythmus vor Mitternacht kleine Überraschungen überreicht, die erste Hinweise auf sein Geschenk lieferten. Ein Countdown bis Mitternacht. Fast wie ein kleiner Adventskalender, um ihr die Zeit bis zur Stunde Null zu versüßen. Emily hatte diese Tradition ebenso geliebt, wie sie nun schmerzlich ihren Ex-Freund vermisste.

Seit fast acht Monaten hatte sie Georg König, den sie liebevoll *King George* nannte, nicht gesehen. Erst hatte ihr Stolz es ihr verboten. Dann ihr Überlebenstrieb. Und schließlich hatten es die Verzweiflungskilos, die sie sich angefuttert und angetrunken hatte, erfolgreich verhindert. Er nannte sie übrigens *Drama Queen*.

Wenn wir Kinder hätten, dachte sie sich, wären es Königskinder. Hübsche kleine Menschen, mit seiner schönen

Nase und ihren roten Locken. Intelligente kleine Thronfolger, die ihren Humor und seine Warmherzigkeit geerbt hätten.

Emily zwang sich, nicht zurückzudenken. Hatte sie sich nicht gestern erst feierlich bei einem Glas Prosecco geschworen, ab heute positiv in die Zukunft zu schauen? Freundinnen nicht die Ohren mit der immer-gleichen-ach-so-schlimmen Geschichte vollzujammern? Stattdessen Zimtsterne zu backen, Wollmützen zu stricken oder ihr Wohnzimmer zu streichen? Endlich Spanisch zu lernen und Sport zu machen, um wieder die Person zu werden, die eigentlich in ihr steckte?

Sie schaute an sich herab, verblichene Eulen zierten ihre alte ausgebeulte Schlafanzughose – und ein Schokoladenfleck, der von nächtlichen Fressattacken zeugte.

Na dann, *Happy Birthday*, dachte sie und fuhr sich seufzend durch ihr ungekämmtes Haar. Was war nur aus ihr geworden? Selbst wenn George nun vor der Tür stünde, öffnen könnte sie in diesem Aufzug auf gar keinen Fall. Schlagartig überfiel sie ein mulmiges Gefühl. Ihr kam ein vager Verdacht. Was genau hatte sie gestern Abend eigentlich gemacht? Hektisch suchte sie ihr Smartphone. Emily hoffte, dass ihre Ahnung sie trüge.

Kate sagte stets, Liebeskummer, Rotwein und Smartphones wären eine tödlich-peinliche Kombination. Okay, in ihrem Fall war es Prosecco gewesen, aber wenn sie den Erinnerungsfetzen, die sich nun kaleidoskopartig in ihrem Hirn zu immer neuen Bruchstücken zusammensetzten, glauben wollte, hatte sie genau diesen fatalen Fehler gemacht. Emily zog ihr Handy unter dem Sofakissen hervor und legte es vor sich auf den Küchentisch.

Vorbeugend ließ sie sich einen doppelten Espresso aus der Maschine und starrte misstrauisch das pinkfarbene

Ding an. Sie tigerte nervös um den Tisch und konnte sich nicht überwinden, das Gerät anzufassen. Als wollte sie den Moment der Erkenntnis hinauszögern, ging sie ins Bad, putzte ausgiebig die Zähne, entfernte die verwischten Mascara-Spuren unter den Augen und wusch ihr Gesicht mit eiskaltem Wasser.

»Hilft ja nichts«, murmelte Emily, wieder zurück in der Küche. Sie holte tief Luft und öffnete den letzten Chatverlauf auf WhatsApp.

»Verfluchte Sch...!« Entgeistert starrte sie auf die Nachrichten, die sie King George vergangene Nacht gesendet hatte.

In der kleinen Bäckerei um die Ecke hatte sie noch die volle Auswahl, so früh am Sonntagmorgen. Emily wählte eine kleine Himbeertorte, die sie notfalls als selbst gebacken ausgeben konnte, falls George doch noch auftauchen sollte. Dazu einen Gugelhupf mit Schokoglasur und, nur weil er so niedlich aussah, einen Lebkuchenmann.

»Oh, das wird den Gästen schmecken!«, flötete die dickliche Verkäuferin fröhlich.

»Wie Gäste? Welche Gäste?«, fragte Emily irritiert.

»Das wird Ihren Gästen aber schmecken«, wiederholte die Verkäuferin, ungeachtet Emilys Einwand, beharrlich den ihrer Meinung nach verkaufsfördernden Satz.

»Ich bin ja nicht blöd«, unterbrach sie augenzwinkernd die Frau hinter dem Tresen. »Die sind alle für mich.«

Hinter ihr in der Schlange kicherte jemand. Der Mann neben ihr schmunzelte. Er sah gut aus: Hellblaue Augen standen in Kontrast zu seinen dunklen Locken, die unter einer grauen Wollmütze hervorschauten. Sein Dreitagebart war eher ein Fünftagebart, und obwohl es Sonntagmorgen war, war er adrett gekleidet. Er zwinkerte Emily zu, als diese zahlte und wünschte ihr einen guten Appetit, bevor sie die Bäckerei verließ.

Lächelnd trug sie ihre kalorienhaltigen Schätze nach Hause. Der kleine Zwischenfall ließ sie schon fast den peinlichen Fauxpas vergessen, dessen Schaden sie nach Überwinden der ersten Schockstarre versucht hatte zu miniminieren.

Die erste Nachricht hatte sie um dreiundzwanzig Uhr zwölf gesandt. Ein Foto von einer halb aufgegessenen Portion Supermarkt-Sushi in billiger Plastikverpackung nebst einer leeren Flasche Mionetto. Wenigstens die Bildunterschrift war kurzgehalten: *Du fehlst.* Das war armselig, wie sie selbst einsehen musste. Aber es kam noch schlimmer: Um halb eins hatte sie King George übel beschimpft, um Viertel nach eins hatte sie ihn angefleht, zurückzukommen. Die erste Nachricht hatte er gelesen, wie zwei blaue Häkchen bestätigten. Die der beiden Folgebeiträge hingegen nicht, vermutlich hatte George bereits geschlafen. Erleichtert hatte sie die Nachrichten mit dem *Für-Alle-Löschen*-Button eliminiert. Sie hoffte, in Georges Chatverlauf würde dies keine Spuren hinterlassen. Maximal würde er einen Hinweis bekommen, dass Nachrichten gelöscht worden waren, hätte aber auf den Inhalt keinen Zugriff mehr.

»Soll er doch denken, was er will«, murmelte sie trotzig. Überhaupt war es vielleicht Zeit umzudenken. Zeit für einen kompletten Neuanfang. Erst gestern noch hatte sie sich ausgemalt, wie sie George einen Kalender basteln würde, jeden Tag einen kleinen Liebesbeweis, bis sie wieder zueinanderfinden würden. Sie hatte schon fast die Zimtsterne gerochen, die sie ihm gebacken hätte, hatte praktisch schon den Verlobungsring unter dem Weihnachtsbaum gesehen. Heute jedoch sah die Sache schon ganz anders aus. George hatte ihren Geburtstag ignoriert. Und damit einen weiteren Anlass verstreichen lassen, mit Rosen bewaffnet vor ihrer Tür zu stehen und sie anzuflehen, zurückzukommen. Seufzend realisierte sie, dass eine Versöhnung nicht in Sichtweite zu sein schien. »Berechtigte Zweifel am Tatbestand«, hatte George solche Situationen immer in Anwaltsdeutsch genannt.

Time to reset, dachte sie entschlossen, während sie ihre Einkäufe verstaute und etwas Ordnung machte. Es wurde wirklich Zeit, ihr System, das nicht mehr ordnungsgemäß funktionierte und auf die üblichen Eingaben nicht reagierte, mit einem Neustart wieder in den definierten Anfangszustand zu bringen ...

Bewaffnet mit einer Tasse Tee und dem Lebkuchenmann setzte sie sich an den Küchentisch und fuhr ihren Rechner hoch. Bestimmt gab es schon die ersten Glückwünsche auf Facebook. Genussvoll biss sie in das Bein ihres neuen Gefährten und scrollte über die Startseite ihres Accounts, als ihr ein Post ins Auge sprang, auf dem George markiert war.

Der Bissen blieb ihr im Hals stecken, und Emily musste so heftig husten, dass Krümel über den Tisch flogen. Ein Brocken blieb auf dem Desktop ihres Laptops kleben und dekorierte nun das Foto, das den Hustenreiz ausgelöst hatte.

»This is the first day of my life«, lautete die Botschaft einer Frau, die sich Theresa M. nannte. Abgebildet waren fünf Hände, die sternförmig übereinander lagen. Ganz unten eine Männerhand, darüber eine Kinderhand, eine weitere, auf der die zweite Kinderhand lag und an oberster Position eine zierliche, deren Ringfinger ein hübscher Ring mit großem Stein zierte.

Eindeutig konnte Emily die Hand des Mannes zuordnen: Am Handgelenk prangte die teure Patek Philippe Nautilus, die George sich letztes Weihnachten gegönnt hatte. Ebendiese Uhr war der Anfang vom Ende gewesen. Emily, die damals die Tüte des Juweliers im Altpapier fand, war der festen Überzeugung gewesen, George würde zu Weihnachten um ihre Hand anhalten. Tagelang suchte sie ein besonders schönes Outfit für den großen Moment, besorgte Champagner, den sie sich gar nicht leisten konnte, und machte vielversprechende Andeutungen ihrer Mutter gegenüber, die es gar nicht abwarten konnte, bis auch ihre Jüngste unter der Haube war. Umso größer war die Enttäuschung gewesen, als sie Georges Geschenke auspackte: einen geringelten Kaschmirpullover, die dazu passende Mütze und zwei Müslischalen mit Snoopy-Motiv. Nett gemeint, aber ...

Sie konnte Georges Freude über seine neue Luxus-Uhr nicht teilen. Wieder und wieder hatte er ihr an den Feiertagen sein Handgelenk vor die Nase gehalten und sie aufgefordert, seine Errungenschaft zu bewundern. Bis ihr schließlich der Kragen geplatzt war und sie heulend eine Snoopy-Schüssel nach ihm geworfen hatte. Sie war sich sicher, George verstand bis heute nicht, was er falsch gemacht hatte.

Und nun das. Eine andere Frau bekam den Ring, den sie nie bekommen hatte. Eine andere Frau würde für George Plätzchen backen und mit ihm den Baum schmücken. Vermutlich würde auch ebendiese Frau neben ihm am karibischen Strand des Coco-Reef-Hotels liegen, während sie sich in ihrer Münchner Zweizimmerwohnung den Arsch abfror. Ihr wurde schlecht angesichts dieser Ungerechtigkeit. Gestern noch wollte sie George mit einem Adventskalender überraschen – ihr erster und letzter Versuch, ihn zurückzugewinnen. Doch während sie hier von der großen Versöhnung träumte, hatte er sich bereits anderweitig verlobt.

George hatte ihr einen Schlag in die Magengrube verpasst, der saß. Sie gönnte ihm sein Glück nicht. Es traf sie unvorbereitet und hart. Es war einfach nicht fair! Der Wunsch, dem ach-so-glücklichen Gespann die Adventszeit zu vermiesen, nahm überhand. Sie wäre nicht sie, wenn sie es nicht schaffen würde, noch vor Weihnachten das neue Glück zu zerstören. Georges neue Frau sollte durchdrehen, sie sollten sich streiten, sie sollten sich trennen. Sie sollten sich jeden einzelnen Tag bis Weihnachten ärgern. Ein böser Plan reifte in Emily heran. Wer sagte denn, dass Adventskalender immer schöne Überraschungen beinhalten müssen?

Der Countdown begann.

Tag eins

Was Emily eigentlich immer liebenswert an George gefunden hatte, sollte ihm nun den Tag vermiesen: Er war abergläubisch. Emily fand es irgendwie süß, dass ein Jurist, der tagtäglich mit knallharten Fakten und nüchternen Gesetzestexten zu tun hatte, tatsächlich an die Macht der bösen Zufälle glaubte. So war laut King George Schlimmes zu befürchten, wenn eine schwarze Katze von links nach rechts seinen Weg kreuzte. Gleichwohl sollte Zucker in den Ecken seines Büros Geld und Wohlstand bringen. George registrierte nicht, dass der Zucker statt neuer Klienten nur Ameisen anlockte, er glaubte felsenfest an die Magie des alten griechischen Brauchs. Besonders schlimm war es für ihn, wenn ein Salzstreuer umgestoßen wurde. Als dies das erste Mal passierte, so berichtete er ihr gleich beim ersten gemeinsamen Date, hatte jemand seinen Alfa Romeo beschädigt und dann Fahrerflucht begangen. Beim zweiten Mal starb die Katze seiner Mutter, beim dritten Mal brach George sich ein Bein. Seitdem waren Salzstreuer auf dem Tisch tabu gewesen. Denn laut George gab es keinen Gegenzauber. Was wäre also nahe liegender als dieses unheilbringende Omen hinter dem ersten Türchen seines bösen Adventskalenders zu verstecken?

Die Voraussetzungen dafür hätten heute nicht besser sein können. Emily hatte kaum geschlafen. Am Vorabend hatte der Student, der das Stockwerk mit ihr teilte, eine Party geschmissen. Seine Einladung hatte Emily dankend abgelehnt. Tagsüber hatte sie sich zwischenzeitlich soweit im Griff, dass sie apathisch ihre Arbeit erledigen konnte. Doch sobald sie nach Feierabend ihre Wohnung betrat, brach hinter geschlossenen Türen der Damm, und es flossen die Tränen. Gerade so, als würde sie gemeinsam mit ihrem Mantel die Haltung ablegen. Sie sah aus wie ein Frosch mit entzündeten Augen, nicht bereit, sich unter Leute zu wagen. Während nebenan gelacht und gefeiert wurde, hatte Emily sich die Augen aus dem Kopf geheult. In einer Art Schockzustand hatte sie die Tage seit Stunde Null verbracht. Der Worst Case war eingetreten, ihr persönlicher King-George-Super-GAU. Sie hatte sich nicht überwinden können, jemandem davon zu erzählen. Sie hatte sich eingeigelt. Kate, die auf einem Seminar gewesen war, auf das nächste Wochenende vertröstet. Ihrer Mutter, die angerufen hatte, mechanische Antworten gegeben. Und dann das Telefon auf stumm geschaltet. Nicht einmal ihre Schwester hatte sie zurückgerufen. Auf deren gut gemeinte Ratschläge, mit denen sie Emily während der letzten Monate in den Ohren gelegen hatte, konnte sie getrost verzichten. Sie solle sich zusammenreißen. Sich nicht hängen lassen. Irgendwann käme schon der Richtige. Bla, bla, bla, dachte Emily böse. Jedes Mal wenn sie aufgelegt hatte, hatte sie sich schlechter als zuvor gefühlt. Wie eine arme verlassene Frau.

Morgens um vier war sie aus ihrem unruhigen Schlaf erwacht, weil einer der Partygäste über die leeren Proseccoflaschen vor ihrer Tür gestolpert war. Sofort war die große Traurigkeit, die der Schlaf gnädig verdrängt hatte, zurück gewesen. Kurz hatte sie erwogen, Kate doch anzurufen. Bislang wusste diese nichts von dem Drama, das

Emilys Herz in eine Schockstarre versetzt hatte. Hatte nicht ihre verquollenen Augen gesehen, die sie in der Agentur als Folge eines fiesen Schnupfens ausgegeben hatte. Aber Kate, die gestern spätnachts von ihrem Seminar zurückgekehrt war, würde sicher noch schlafen. Schlaf, der Emily nicht vergönnt war. George ist schuld, hatte sie gedacht. Wegen ihm sehe ich aus wie hundert, rote Froschaugen inklusive.

Noch vor der Morgendämmerung machte sich Emily auf den Weg. Bewaffnet mit einem frisch gefüllten Salzstreuer und getarnt in ihrem alten schwarzen Jogginganzug, der eigentlich schon in der Tüte für die Altkleidersammlung gelegen hatte. Sie zog die Kapuze tief ins Gesicht und wickelte sich einen langen Wollschal dreimal um das Kinn.

Es war gar nicht so einfach gewesen, einen geeigneten Salzstreuer zu finden. Ihren, in Form eines Porzellanschweinchens, kannte George, auch wenn dieser die letzten Jahre in den Schrank verbannt gewesen war. Die Geschäfte hatten noch nicht geöffnet, sodass sie auch keinen besorgen konnte. Letztendlich hatte sie im Hausrat ihres Großvaters, der sich in Kisten in ihrem Keller stapelte, einen altmodischen Salzstreuer gefunden, der nun seine neue Bestimmung vor Georges Haustür finden sollte. Er war perfekt: groß, aus schwerem Glas und verziert mit hässlichen silbernen Ranken. Den konnte George kaum übersehen, wenn er wie gewohnt, pünktlich um sieben Uhr fünfzehn das Haus verlassen würde. Wenigstens auf das konnte sie sich verlassen, denn George war ein Gewohnheitstier. Täglich um die gleiche Zeit machte er sich auf den Weg zu seinem Auto, Punkt acht Uhr saß er, bewaffnet mit Espresso und Kalender am Besprechungstisch der Kanzlei, um das allmorgendliche Meeting abzuhalten.

Vorsichtshalber platzierte sie das Unheil bringende Omen bereits um Viertel vor sieben vor seiner Haustür. Zufrieden mit ihrem Werk joggte sie zurück zu ihrem Auto, das gegenüber auf dem Parkplatz des Hochhauses stand. Ihr kam eine Idee. Von den oberen Stockwerken aus hatte man sicher eine gute Sicht auf den Eingang und die Terrassen des Apartmentgebäudes. Auf ihr ehemaliges Zuhause. Auf George und sein neues Glück.

Sie wägte kurz ab: Nach Hause und duschen, damit sie rechtzeitig in die Agentur käme – oder Georges Gesichtsausdruck sehen, wenn er über den Salzstreuer stolperte? Kurzentschlossen rief sie Kate an.

»Katie?«

»Mmh?« Kate klang verschlafen. Kein Wunder, es war noch nicht einmal sieben.

»Katie, tut mir leid, dass ich dich so früh störe«, sie machte eine Pause und beschloss, sich mit der freien Hand die Nase zuzuhalten. Sie hoffte, sie klang ordentlich verschnupft. »Mir geht es nicht gut. Kannst du bitte Alex ausrichten, dass ich heute nicht in die Agentur komme?« Zur Bekräftigung hüstelte sie direkt in das Smartphone. Emily wusste, ihr Chef hatte panische Angst vor Viren und Bakterien. Er würde es begrüßen, wenn sie nicht erkältet im Büro erscheinen würde.

»Emily, du hast doch nicht etwa gestern wieder deinen Liebeskummer ertränkt?«

»Keine Sorge, im Gegenteil«, log Emily ihre Freundin knallhart an. »Ich habe gute Vorsätze und war joggen. Jetzt bin ich erkältet.« Sie hustete gleich noch einmal kräftig in ihr Handy.

»Em?«

»Mmh?«

»Mach keinen Quatsch, Emily!«

Doch genau das hatte sie jetzt vor. Sie versprach Kate, sich auszukurieren und morgen wieder zur Arbeit zu erscheinen. Dann klingelte sie wahllos die Bewohner des Hochhauses wach, bis ein argloser Mieter auf den Türöffner drückte. Man muss Prioritäten setzen im Leben, rechtfertigte sie ihr Tun in Gedanken, als sie sich auf den Weg in das oberste Stockwerk machte, um dort ihren Beobachtungsposten zu beziehen.

Tag zwei

Frustriert knallte Emily ihren Laptop zu. Sie hatte diese mysteriöse Theresa gegoogelt. Gemeinerweise sah diese nicht nur gut aus, sie war auch noch Modedesignerin und hatte sich mit einer kleinen Kollektion selbstständig gemacht, die sie online vertrieb. Emily hatte sich durch den kleinen Shop gescrollt, der ihrem prüfenden Blick als Grafikdesignerin und Webseitengestalterin durchaus standhielt. Kinderklamotten vom Feinsten: zuckersüße Shirts, bunte Kleidchen, geringelte Mützchen. Schmerzlich erinnerten sie Emily an die Königskinder, die ihr verwehrt bleiben würden, wenn sie nicht bald einen Keil zwischen George und seine ach-so-tolle-ach-so-hübsche-ach-so-erfolgreiche Freundin trieb. Kein Wunder, dass heute Morgen Dutzende Kindershirts in Größe 116 und 128 im Wäschekorb gelegen hatten, die mittlerweile Spuren des aufgetauten Spinats zieren sollten.

Frühmorgens, genau genommen um fünf Uhr, hatte Emily sich auf den Weg zu ihrer nächsten Mission gemacht. So früh am Tag konnte sie sicher sein, sich unbemerkt in den Wäschekeller ihres ehemaligen Apartmentgebäudes schleichen zu können. Getarnt mit Kapuzenshirt und Schal sowie ausgerüstet mit einer Packung Tiefkühlspinat und dem Schlüssel zum Keller, den sie George schon seit Monaten hätte zurückgeben sollen ... Statt Georges maßgeschneiderten Hemden, auf die er als Jurist schwor, hatten nur Kindershirts in *ihrem* alten Wäschekorb gelegen. Fein säuberlich getrennt nach Größen – und alle in Weiß. Jedenfalls waren sie das noch gewesen, bevor Emily ihre morgendliche Überraschung dazwischen platziert hatte.

Sie klappte ihren Laptop wieder auf und scrollte sich erneut durch Theresas zuckersüßen Kindershop. Cotton-Kids. Natürlich waren alle Textilien aus nachhaltigem Bioanbau, fair gehandelt und zum Teil sogar vegan. Diese Theresa war nicht nur erfolgreich und schön, nein, sie war sogar politisch korrekt. Emily hätte kotzen können. Sie tröstete sich damit, dass sie einen Teil der Kollektion mit biologisch angebautem Spinat versaut hatte. Ja, politisch korrekt, das konnte sie auch.

Das Klingeln des Telefons riss sie unsanft aus ihren Gedanken.

»Em?«

»Mmh?«

»Emily, geht es dir gut?«, fragte Kate argwöhnisch.

Oh Gott! Emily schaute erschrocken auf die Uhr. Es war bereits nach neun, und sie hatte versäumt, sich erneut krankzumelden. Eigentlich hatte sie geplant, heute wieder zur Arbeit zu erscheinen, aber die frühmorgendlichen Aktionen zollten ihren Tribut: Sie war todmüde. Und immer noch in ihrem ausgebeulten Tarnanzug. Außerdem war ihr eine grandiose Idee für eine weitere Adventskalender-Überraschung gekommen, deren aufwendige Vorbereitung ihre ganze Aufmerksamkeit verlangte.

»Leider nein«, nuschelte sie mit zugehaltener Nase. »Ich hatte gehofft, heute ginge es mir besser. Aber Tatsache ist, der Schnupfen hält sich hartnäckig. Du solltest mich mal sehen, ich sehe echt scheußlich aus.« Emily schaute an sich herab. Wenigstens das war nicht gelogen.

Sie fühlte sich mies dabei, ihre Freundin anzulügen, aber die Umstände ließen ihr keine Wahl.

Kate reagierte verständnisvoll. »Du Arme! Soll ich dir heute Abend Suppe vorbeibringen? Oder brauchst du etwas aus der Apotheke?«

Emily fühlte sich angesichts Katies Freundlichkeit gleich doppelt so schlecht. Sollte sie ihr einfach die Wahrheit sagen? Dass George sich verlobt hatte und sie kurz vorm Durchdrehen war? Sie verwarf den Gedanken. Denn bald war Wochenende und dann könnte sie – offiziell wieder genesen – mit Kate, viel Prosecco und noch mehr Pralinen die Sachlage stundenlang durchkauen. Sie versicherte ihrer Freundin, dass sie nur etwas Schlaf und viel Tee benötige und sicher bald wieder fit sei.

Knapp vier Stunden später war sie fertig mit den Vorbereitungen.

Die Idee dazu war ihr auf dem Beobachtungsposten im Hochhaus gekommen. Erstmals hatte sie im Morgengrauen einen Blick auf Theresa werfen können. Durch den Feldstecher betrachtet, sah die Frau, die sie bisher nur von wenigen Fotos kannte, gut aus. Für Emilys Geschmack zu gut. Sie hatte beobachtet, wie diese einen etwa sieben- oder achtjährigen Jungen in einen alten Land Rover, den ein CottonKids-Logo zierte, verfrachtete.

Theresa hatte einen Sohn. Natürlich hatte Emily bereits über diese Möglichkeit nachgedacht, immerhin waren auf dem dämlichen Facebook-Post Kinderhände zu sehen gewesen.

Wutentbrannt hatte sie an eine Zeit am Anfang ihrer Beziehung mit George zurückgedacht. Sie waren erst ein paar Wochen liiert gewesen, als Emily vermutet hatte, schwanger zu sein. Und das, obwohl George penibel verhütete.

Man hätte Georges gequälte Miene fotografieren sollen, als ich ihm meinen Verdacht vorsichtig mitgeteilt habe, dachte sie sauer. Seine Panik war ihm förmlich ins Gesicht geschrieben gewesen. In bangen Stunden, in denen sie sich nicht getraut hatte, einen Test zu besorgen, hatte sie erst versucht, es sich selbst schönzureden, dann George.

»Stell dir nur vor, George«, hatte sie argumentiert, »wie süß so ein kleines Königskind aussehen würde.« Sie hatte von kleinen karierten Hemdchen und Mini-Latzhosen geschwärmt. Von High-Tech-Buggys und Designer-Wickeltaschen. Unbeeindruckt hiervon hatte King George verlauten lassen, dass er erst Kanzleipartner, dann Vater werden würde. Das wäre die logische Reihenfolge. Zur Strafe hatte ihm Emily damals erst mit mehreren Stunden Verspätung Entwarnung gegeben.

Und nun hatte sich George, *ihr* King George, eine Freundin mit Kind geangelt!

Nun ja, die Existenz eines Kindes hatte immerhin den Vorteil, dass man es aushorchen konnte. Sozusagen aus Zitronen Limonade machen. Die widrigen Umstände zu ihrem Vorteil nutzen. Es unter einem Vorwand irgendwohin zu locken, um es auszuquetschen. Ihm vielleicht etwas Angst vor bösen Stiefvätern zu machen.

Die Idee zu ihrem magischen Bastelkurs war geboren, die Umsetzung mittlerweile in vollem Gang. Ihr Nachbar, von dem sie seit eben wusste, dass er Marc hieß, hatte einen kleinen Werkraum, der momentan leer stand und den er ihr gerne für ein Wochenende überließ. Laut Marcs Beschreibung schienen die Räumlichkeiten perfekt für ihr Vorhaben zu sein: eine Werkbank, eine kleine Teeküche, altmodische Schaufenster mit einer gemütlichen Sitzbank im Erker. Noch ein paar Kindertische und ein paar bunte Stühlchen von Ikea, Scheren und Bastelpappe, und ihr Projekt würde starten können.

Emily nannte es »Kids&Kunst – die magische Kunstschule für kreative Kids«. Wie sie von ihren Neffen wusste, standen Jungs in diesem Alter auf alles, was mit Zaubern zu tun hatte: Von Harry Potter bis hin zu magischen Schulen mit Tieren. Oder war es umgekehrt?

Der Entwurf ihrer Webseite stand innerhalb kürzester Zeit: Flugs hatte sie sich durch die Bestseller-Reihe für Kinder gegoogelt und ein vorgefertigtes Template mit entsprechenden Illustrationen befüllt. Sie hatte eine neue E-Mail-Adresse nebst neuem PayPal-Konto eingerichtet. Sogar ein paar ansprechende Flyer hatte sie bereits gedruckt. Ihr kreativer Kurs versprach magische Bastelprojekte, kindgerechte Animation und auf Wunsch sogar vegane Kekse. Sie hatte sich auf YouTube Bastelanregungen geholt und eine Liste der benötigten Materialien erstellt.

Viel brauchte sie nicht. Denn der Plan war, dass außer Theresas Kind kein anderes teilnahm. Vielleicht ein Alibi-Kind, maximal. Um weiteren Anmeldungen vorzubeugen, legte sie eine völlig überteuerte Gebühr für das Event fest: 179 Euro pro Kind – inklusive Materialien und Bio-Verpflegung. George war der festen Meinung, »was nichts kostet, ist nichts wert«. Ein freier Sonntag wäre ihm genau das wert, da war sich Emily sicher. Gleich morgen, sobald George aus dem Haus war, würde sie die Flyer gezielt verteilen: einen dem Haushalt König-und-Anhang in den Briefkasten werfen und zur Tarnung bei zwei bis drei Nachbarn, natürlich nur den kinderlosen.

Emily hatte Spaß an der Planung und noch mehr an der Umsetzung. Lächelnd knabberte sie an einem Zimtstern und vergaß Raum und Zeit. Eigentlich war das genau ihr Ding. Statt in akribische Reinzeichnungen und nervige Projekte, die zwanzigmal auf Kundenwunsch geändert werden mussten, bis jeder noch so schöne Entwurf kaputtkorrigiert war, vertiefte sie sich nun in die Ausarbeitung ihres magischen Kunstkurses für Kinder. Emily war so begeistert über ihre ansprechenden Flyer, dass sie fast den Zweck der Aktion aus den Augen verloren hätte: Sie wollte Theresas Kind aushorchen. Es beeinflussen. Dem kleinen Kerlchen vielleicht sogar etwas Angst vor George einflößen.

Den Termin hierfür hatte sie auch schon sorgfältig gewählt: übernächsten Sonntag. Denn da würde George einen schweren Kater haben. Wie jedes Jahr würde er an seinem Weihnachtstreffen für Juristen teilnehmen, welches unter Aufgebot des teuersten Whiskeys immer am Samstag vor dem dritten Advent stattfand. Da war sich Emily sehr sicher, denn King George war, wie gesagt, ein Gewohnheitstier. Und liebte schottischen Malt über alles.

Na ja, dachte sie, vielleicht nicht über alles. Aber Whiskey kam sicherlich gleich nach seinem geliebten Oldtimer und seiner bescheuerten Patek Philippe.

Tag drei

Emily zog sich die Kapuze tiefer ins Gesicht und joggte mit gesenktem Kopf um das Gebäude. Um ein Haar hätte Marisa sie gesehen. Gerade als sie ihrer ehemaligen Nachbarin einen Flyer vor die Tür legen wollte, war diese mit einer Tüte vom Bäcker um die Ecke gebogen. Das Letzte, was sie jetzt wollte, war, der Nachbarin zu begegnen. Wie hätte sie ihre Anwesenheit erklären sollen? Sie konnte ja schlecht zugeben, dass sie George heimlich Werbung in den Briefkasten geworfen hatte. Werbung für einen Kurs, der nur ein Ziel hatte: das Kind seiner Freundin auszufragen. Und gewiss würde Marisa, der Emily unterstellte, dass sie ein Auge auf *ihren* George geworfen hatte, sie in ein Gespräch verwickeln. Sinnbefreites Geschwätz über George, der angeblich ihre Kochkünste liebt. Oder Taktlosigkeiten, dass George sich angeblich von Emily getrennt hätte, eben weil sie diese Kochkünste nicht beherrschte. Womöglich würde noch George den Kopf aus der Tür stecken, um zu sehen, wer um diese Uhrzeit vor seinem Eingang quatschte. Nicht auszudenken.

Vorsichtshalber legte sie noch einen Zahn zu, um genügend Abstand zwischen sich und das Gebäude zu bringen, als ihr kleiner Sprint jäh gestoppt wurde. Ihr gerötetes Gesicht klebte an einer Daunenweste, etwa auf Schulterhöhe ihres Besitzers, zu dem Emily nun peinlich berührt nach oben schaute.

»Hoppla!«, der Mann lächelte und fasste sie an den Schultern. Er schob sie prüfend ein paar Zentimeter von sich weg, ohne seinen Griff zu lockern. Sein Lächeln verstärkte sich, seine eisblauen Augen blitzten. »Muss die Himbeertorte wieder abtrainiert werden?«

Emily musste lachen, obwohl sie am liebsten im matschigen Boden versunken wäre, den nun ein Großteil ihrer liebevoll gestalteten Flyer zierte. Ausgerechnet der attraktive Mann aus der Bäckerei stand vor ihr. Gut gelaunt und noch besser gekleidet in Kaschmirpullover und Daunenweste. Sie spürte seine Hände, die immer noch auf ihren Schultern ruhten, ihr Herz flatterte für den Bruchteil eines Moments.

Er schaute ihr forschend in die Augen. »Ist alles in Ordnung? Haben Sie sich wehgetan?«

Verlegen schüttelte Emily den Kopf. Eine leichte Röte kroch warm von ihrem Hals auf die Wangen. Sie war sich ihres Aufzugs allzu bewusst: Ein schlabbriger alter Hoodie und ausgebeulte Jogginghosen, wirre Locken klebten ihr im verschwitzten Gesicht.

Sie murmelte etwas von guten Vorsätzen und In-Eile-Sein und ähnlichem Blödsinn, wandte sich ab und versuchte, beim Davonjoggen wenigstens sportlich-dynamisch auszusehen.

»Beim dritten Mal gebe ich einen aus«, rief der nette Unbekannte noch hinter ihr her.

Emily wünschte sich erneut, dass der Schneematsch sich auftäte und sie verschlingen möge. Warum trifft man die nettesten Männer immer, wenn man total bescheuert aussieht, fragte sie sich.

Beim dritten Mal gebe ich einen aus. Der Satz klang in Emily nach, noch lange und auch noch, als sie sich zu Hause unter die Dusche stellte. Also wenn es ein drittes

Mal geben sollte, dann würde sie wenigstens gut dabei aussehen, schwor sie sich. Vielleicht sollte sie tatsächlich ein paar gute Vorsätze fassen, ein neues Joggingoutfit, in dem sie sich nicht schämen musste, wäre immerhin ein Anfang. Sie betrachtete ihren Körper. Etwas Sport würde ihr guttun, auch wenn ihr schien, als hätte sie durch Schlafmangel und ihren Aktionismus der letzten Tage endlich mal ein paar Kilo verloren. Und tatsächlich, als sie nun in ihre engen Jeans schlüpfte, stellte sie erstaunt fest, dass diese nicht mehr unangenehm in die Hüften zwickten.

Und weil der Tag wie geschaffen war für Schönes, beschloss sie, sich für einen weiteren Tag krankzumelden und stattdessen Backzutaten für Lebkuchen zu besorgen. »Honigherzen« nannte ihre Oma diese. Sie suchte sich das Rezept heraus und schrieb eine Zutatenliste. Honig hatte sie, ebenso Haselnüsse, Mehl und Eier. Bittermandel, Puderzucker und Hirschhornsalz musste sie noch besorgen. Ach ja und bei Ikea kleine bunte Kindertischchen ebenfalls.

Ihr dummes Herz setzte einen Schlag aus, als sie überlegte, ob sie die Backzutaten wohl beim Bäcker bekäme – und dort vielleicht wieder den netten Unbekannten treffen würde.

Quatsch, rief sie sich zur Ordnung, warum sollte ausgerechnet er zeitgleich mit ihr dort auftauchen?

Um dennoch für alle Eventualitäten gewappnet zu sein, zog sie ihren fröhlichen Ringelpulli an, der seit dem Weihnachtsfiasko mit King George sein Dasein im letzten Winkel ihres Kleiderschranks gefristet hatte. Es versetzte ihr einen kleinen Stich, als sie über die weiche Wolle strich. Vorwärts denken, ermahnte sie sich.

Während sie ihre Fingernägel frisch lackierte, scrollte sie sich durch die sozialen Medien. Anfangs noch bemüht, Georges Seite nicht zu öffnen, zappte sie sich konsequent durch nichtssagende Schnappschüsse von Babys und Katzen, las Rezensionen zu neu erschienenen Büchern und schaute sich einen Livehack mit Tipps an, wie man mittels Cola den Abfluss freibekam. Blöderweise zog Georges Seite sie geradezu magisch an. Sie wusste, das Verlobungsfoto würde ihr den Tag versauen. Dennoch wollte sie dem Unglück noch einmal ins Auge schauen. Vielleicht war alles auch nur ein Scherz gewesen? Der Post zwischenzeitlich gelöscht, oder besser noch, von George dementiert?

Ihre unrealistische Hoffnung zerschlug sich ein paar Sekunden später. Das bescheuerte Foto prangte weiterhin plakativ auf Georges Seite. Schlimmer noch, inzwischen klebten die ersten Kommentare unter dem Bild. Ein paar der Gratulanten kannte Emily persönlich. Georges Kollegen. Sein Friseur. Die Kellnerin aus der kleinen schicken Feierabendbar. Sogar ein Dozent seiner früheren Uni. Und Georges Bruder, der ihr nun auch noch in den Rücken fiel. Der spröde Bruder, der sich immer wieder bei Emily nach Heiratsplänen erkundigt hatte. Die fette Schwägerin, die nach der Geburt ihres ersten Kindes Emily ständig damit in den Ohren gelegen hatte, dass es kein größeres Glück auf Erden gäbe.

Fassungslos starrte Emily auf die Glückwünsche. Sie erinnerte sich genau an Georges Reaktion, nachdem sein Bruder ihn bei einem Familienessen gefragt hatte, wann bei ihnen denn die Hochzeitsglocken läuten würden. George hatte lediglich genervt mit den Schultern gezuckt und war die Antwort schuldig geblieben.

Als Emily ihn noch am gleichen Abend zur Rede gestellt hatte, war seine Erklärung ganz einfach. Der Bruder würde in Konventionen feststecken. Er dagegen wäre nicht so der häusliche Typ. Erst die Karriere, dann vielleicht irgendwann mal heiraten.

Das war auch der Grund, so hatte Emily damals vermutet, dass George pedantisch auf die Verhütung achtete. Gleich am Anfang ihrer Beziehung hatte er Emily klargemacht, dass er nichts dem Zufall überließ. Zu oft hätte er gesehen, wie Freunde *gutgläubig in die Falle* getappt waren. Und die jetzt, anstatt Klienten saftige Honorare aufs Stundenkonto zu schlagen, sich mit hungrigen Bälgern herumplagen mussten. Nein, da überließ George nichts dem Zufall. Denn laut ihm war er so potent, dass Frauen sofort schwanger wurden, wenn er sie nur ansah.

Blödes Geschwätz, dachte Emily.

Während sie versuchte, ihre Haare zu bändigen, reifte ein fieser Plan in ihr heran. Ein letztes Mal noch wollte sie ihre unförmigen Joggingklamotten tragen. Sie warf ihren schönen Ringelpulli aufs Bett. Der Bäcker musste warten. Dann stopfte sie ihre Locken unter eine Mütze, setzte ihre Sonnenbrille auf und machte sich auf den Weg.

Ans Schwarze Brett der Universität heftete sie gleich zwei Flyer, auf denen Georg König Gleichgesinnte suchte. Auf den Abriss-Abschnitten der Selbsthilfegruppe für Männer mit Potenzproblemen prangte deutlich sein Name und seine Telefonnummer. Nachdem Emily auch die Litfaßsäule vor Georges Lieblingsbar, die Laternenmasten vor seiner Kanzlei sowie den Gartenzaun seines bekloppten Bruders tapeziert hatte, kehrte sie zufrieden zurück. Sie sah schon förmlich die mitleidigen Blicke seiner Kollegen. Hörte fast das hämische Getuschel in seinem Stammlokal. Und seine Schwägerin, die ihn eifrig mit esoterischen Ratschlägen samt Kristallen überhäufen würde. Sie konnte wieder atmen. Georges Ruf war ruiniert.

Das frühe Ausstehen und ihr Marathon quer durch die Stadt rächten sich nun. Emily war todmüde. Gähnend zappte sie sich durch das Nachmittagsprogramm. Es war nicht viel geboten: Hunde, die sich nicht erziehen lassen wollten, Teenager, die ihre Eltern anschrien, völlig Fremde, die spontan heirateten und Bürger, die ihren Hausrat und Krempel veräußern wollten. Eben wollte Emily abschalten, als ihr Blick auf einen kleinen Gegenstand fiel, den ein Experte vorsichtig von allen Seiten begutachtete.

Das gab es doch nicht! Das konnte doch nicht wahr sein! Emily drehte den Ton lauter. Ihr wurde flau im Magen. Wie hatte sie so doof sein können? Sie schluckte. Ihre Knie waren weich wie Pudding, sie konnte keinen klaren Gedanken fassen. Sie musste sofort Katie anrufen.

Tag vier

»Ach Emily ...«, tröstend legte Kate ihr eine Hand auf die Schulter. Sie klopfte sich etwas Mehl von den Jeans und schob das Backblech mit den Honigherzen zur Seite.

Emily hatte sie zum Backen eingeladen, aber noch bevor der Teig geknetet war, heulend von Georges Verlobung erzählt. Zähneknirschend hatte sie ihrer Freundin auch gestanden, nicht wirklich krank gewesen zu sein und von ihren zeitraubenden Aktionen berichtet, die George die Adventszeit vermiesen und seine bevorstehende Hochzeit sabotieren sollten. Na ja, von *fast* allen Aktionen. Die von heute Morgen hatte sie wohlweislich ausgespart.

Sorgenvoll betrachtete Kate ihre Freundin und nahm sie in den Arm. Es war ihr anzusehen, dass sie einerseits mitfühlte, andererseits aber auch erkannte, dass Emily sich verrannte. Prüfend schob sie Emily eine Armeslänge von sich und musterte sie.

»Natürlich ist das bitter, Em«, meinte sie. »Sozusagen ist der Worst Case eingetreten.«

»Absolut«, betätigte Emily. »Schlimmer geht's kaum. Ich hoffe jahrelang auf einen Antrag, und kaum kommt so eine neue Schnepfe daher, kann George auf einmal über seinen Schatten springen und sich verloben.«

»Ja. Aber ist das nicht oft so?«, fragte Kate. »Erinnerst du dich an Michele, mit dem ich vor ein paar Jahren zusammen war?«

»Mmh, der Sizilianer?«

»Ja, der. Der mochte nie Geld ausgeben für einen anständigen Urlaub. Wollte statt in netten Strandhotels lieber umsonst bei seiner Verwandtschaft in irgendwelchen staubigen Dörfern übernachten. Und zog steinige Buchten den wirklich guten Sandstränden mit Café, Duschen und Strandliegen vor. Die waren zwar zugemüllt, aber kosteten dafür keinen Eintritt.«

Emily musste schon fast lachen. Kate machte eine Pause und strich sich eine Haarsträhne aus dem Gesicht. »Mit meiner Nachfolgerin allerdings waren schöne Urlaubsreisen dann auf einmal möglich. Dabei war die nicht nur fett, sondern auch noch dumm. Aber irgendwie hatte sie Michele im Griff.«

»Nicht, dass George geizig gewesen wäre. Aber Urlaub konnte man mit ihm auch nicht planen. Wahrscheinlich hatte er Angst vorm Fliegen. Oder keine Lust. Wie sonst könnte man es erklären, dass ich meine freien Tage im verregneten Harz verbringen musste, statt an den schönsten Stränden der Welt. Ganz ehrlich, Katie«, Emilys Gesicht nahm einen trotzigen Ausdruck an, »auf die tollen Urlaube mit George kann ich locker verzichten.«

»Vielleicht kannst du insgesamt auf George verzichten?«, fragte Kate. »Manchmal will man nur deshalb etwas unbedingt, weil man es nicht haben kann.«

»Meinst du?«, zweifelnd blickte Emily sie an.

»Ja. Und daher solltest du dir darüber klar werden, ob du wirklich nach all der Zeit George mit all seinen Macken wiederhaben willst. Oder ob du deinen Frieden findest, nach vorne schaust und dich nicht weiter damit belastest, was dein Ex-Freund so treibt.«

Die klaren Worte trieben erneut Tränen in Emilys Augen. Sie wusste, ganz unrecht hatte Kate nicht. Aber was halfen alle guten Ratschläge, wenn das Herz gerade zu zerspringen drohte?

»Eigentlich ist es mit der Liebe wie mit dem Backen.«

»Dem Backen?« Emily konnte nicht folgen. Sie wischte sich mit ihrer mehlbestäubten Hand eine Träne aus dem Gesicht.

Katie lächelte. »Ja. Wie beim Backen von Honigherzen. Da können auch zu viele Bitterstoffe das Herz vergiften.«

Fragend schaute Emily Kate an.

»Wusstest du, dass Bittermandeln eigentlich gar nicht für den menschlichen Verzehr geeignet sind?«

»Nein. Echt jetzt? Warum?«

»Weil unbehandelte Bittermandeln während des Verdauungsprozesses Blausäure abspalten. Ich habe erst kürzlich einen Bericht darüber gesehen.«

»Blausäure?«, fragte Emily ungläubig. Skeptisch musterte sie den Teig auf der bemehlten Tischplatte.

»Ja genau! Eine Mandel bildet etwa ein Milligramm hochgiftige Blausäure. Stell dir vor, Em, bereits eine einzige Bittermandel pro Kilogramm Körpergewicht, kann zu tödlichen Vergiftungserscheinungen führen!«

Emily schluckte. Wie gut, dass sie die festlich verpackten Weinbrandbohnen, die sie George heute Morgen heimlich vor die Tür gelegt hatte, mit Abführmittel und nicht mit Bittermandelaroma versetzt hatte.

»Vielleicht halte ich mich da eher an Salvador Dalí«, wandte sie ein.

»Was hat denn Dalí jetzt mit den Honigherzen zu tun?«

»Na ja, sein erstes als surrealistisch geltendes Werk betitelte er mit ›Blut ist süßer als Honig‹. Eine merkwürdige Bezeichnung für ein Gemälde und ein Satz, den ich nie vergessen habe. Und den ich so interpretiere, dass Schmerz für manch einen ein besseres Gefühl ist, als stetes Glück.« Emily seufzte. »Vielleicht gehöre ich ja zu den Menschen, die lieber leiden. Die bittersüße Romanzen brauchen, statt puren Sonnenschein.«

»Worauf ich hinauswill«, setzte Katie an und warf einen Teigklumpen nach Emily, »lass Verbitterung nicht dein Herz zerfressen.«

»Du meinst mehr Honig, weniger George?«

»Ja, konzentriere dich auf die positiven Dinge im Leben. Ignoriere die bitteren Momente, und versüße dir jeden einzelnen Tag mit etwas Schönem. Das ist meiner Meinung nach das Rezept, die Vorkommnisse gesund und ohne Folgeschäden zu verdauen.«

Allein das Stichwort »etwas Schönes« genügte, um ein paar Schmetterlinge in Emilys Magen aufzuscheuchen. Sie erzählte Katie von ihrer Begegnung beim Bäcker, und wie sie ausgerechnet in ihrem ältesten Joggingoutfit dem attraktiven Mann an die Schulter geknallt war.

Als Emily errötete, summte Katie die Titelmelodie von »Love Story« und zwinkerte ihr zu.

»Siehst du, es gibt doch noch Spannenderes als George und seine blöde Verlobung. Versprich mir eins, Em, hör auf, dich da in etwas hineinzusteigern. Konzentriere dich auf Neues.«

Zähneknirschend nickte Emily. »Aber ...«

»Kein Aber, Emily«, rief Kate resolut. »Es reicht.«

»Aber«, setzte Emily erneut an, »findest du es nicht besonders bitter, dass ich George ausgerechnet einen antiken Salzstreuer von Lalique vor die Haustür gelegt habe?

Ihm praktisch knapp sechstausend Euro in den Schoß geworfen habe? Du hättest mein Gesicht sehen sollen, als ich gestern diese Sendung gesehen habe. Ich wäre beinahe rückwärts vom Stuhl gefallen!«

Kate lachte. »In der Tat. Sehr bitter. Aber da hättest du auch gleich Perlen vor die Säue werfen können. Vermutlich erkennt King George nicht einmal den Wert. Wenn nicht ein dickes Preisschild dranhängt, es plakativ gelabelt ist oder im Manager-Magazin beworben wird, kann er doch Schönes nicht von Schrott unterscheiden. Und für Kunst hat er doch noch nie ein Händchen gehabt.«

»Wie wahr, George hat kein Auge für wahre Werte«, seufzte Emily. »Trotzdem würde ich am liebsten unter einem Vorwand vorbeischauen und Opas Salzstreuer wieder einkassieren.«

»Dann müsstest du ja zugeben, dass du ihn für George vor die Tür gelegt hast. Wie willst du das denn erklären?«

»Mmh, gar nicht?«, erwiderte Emily hoffnungsvoll. »Oder könntest du nicht ...?«

»Soll ich etwa nach all den Monaten bei George klingeln und ihm erzählen, dass du einen Salzstreuer zufällig vor seiner Haustür verloren hast, als du gerade in den Keller geschlichen bist, um etwas Tiefkühlspinat in der Wäsche seiner Freundin zu verteilen?«

Emily kicherte.

»Vergiss es! Betrachte es einfach als Lehrgeld.«

Eben wollte Emily weitere Teigklumpen nach Kate werfen, als es an der Tür klingelte. Ihr Nachbar sah aus wie der ewige Student: Jeans, New-Balance-Sneakers und ein bedrucktes Sweatshirt. Emily wurde bewusst, dass sie eigentlich gar nicht so viel über den Mann wusste, der seit acht Monaten das Stockwerk mit ihr teilte. Marc steckte seinen Kopf durch die Küchentür und schnupperte.

»Hier riecht es aber lecker«, meinte er, während er Kate musterte. »Und hätte ich gewusst, dass hier zwei so hübsche Bäckerinnen am Werk sind, hätte ich schon früher vorbeigeschaut.«

»Das ist mein Nachbar Marc«, stellte Emily ihn vor, »und das meine Freundin Kate.«

Nun war es an Kate zu erröten. Verlegen schob sie die Herzausstecher auf der mit Puderzucker bestäubten Arbeitsplatte hin und her. Emily war versucht, nun ihrerseits die Titelmelodie von »Love Story« zu summen. Deutlich hatte sie den Funken gesehen, der zwischen Kate und Marc geflogen war.

»Ich wollte dir nur schnell das hier bringen.« Marc zog den Schlüssel zu seiner kleinen Werkstatt aus der Hosentasche und reichte ihn Emily. Unschlüssig stand er da.

»Möchtest du einen Kaffee? Und ein frisch gebackenes Honigherz?« Emily zog das erste Blech aus dem Ofen und forderte Kate auf, Marc einen Cappuccino zu machen. Dankbar nahm Marc an.

»Ich kann dir ja morgen helfen, etwas Ordnung in der Werkstatt zu machen, wenn du möchtest«, bot er sich an.

»Ist denn viel zu tun?«

»Nein, ausgeräumt ist der Werkraum schon, man müsste lediglich Fenster und Boden reinigen, vielleicht auch die Teeküche.«

Kate schaltete sich ein. »Ich kann gerne auch helfen, ich habe morgen noch nichts vor.«

Emily strahlte. Es würde nicht so aufwendig wie gedacht werden, Marcs kleine Werkstatt in einen kindgerechten Raum für ihren magischen Bastelkurs zu verwandeln. Und sowohl Marc als auch Kate schienen ja ganz versessen aufs Putzen zu sein. Dankend nahm sie an.

Stunden später lag sie schlaflos im Bett. Sie hatte Kate versprochen, übermorgen fit, ausgeschlafen und pünktlich in der Agentur zu erscheinen. Zusätzlich hatte diese ihr das Versprechen abgenötigt, keine dummen Aktionen mehr gegen George und seine Verlobte zu unternehmen, bevor sie gemeinsam mit Marc ihre Wohnung verlassen hatte. Angeblich weil dieser Kate irgendwelche Fotos von Australien zeigen wollte. Emily gönnte es den beiden. Jedoch schlich sich eine Bittermandel in ihr dummes Herz, als sie sich klarmachte, dass sie hier ganz allein lag, während ihre Freundin und ihr Nachbar offensichtlich den Abend gemeinsam ausklingen ließen. Vermutlich lag auch George glücklich in weißen Laken und würde morgen früh liebevoll von Kaffeeduft geweckt werden. Nur sie würde einsam und verlassen mit ihrem Kaffee am alten Küchentisch sitzen und dem Verkehr auf der Donnersberger Brücke lauschen.

Obwohl, es gab wahrlich Schlimmeres als das Rauschen des morgendlichen Verkehrs. Emily richtete sich kichernd im Bett auf. Sie dachte an die nervtötende Glückwunschkarte, die sie von einer alten Schulfreundin erhalten hatte. Sobald man diese aufklappte, dudelten quietschende Töne in Dauerschleife »Zum Geburtstag viel Glück«.

Wer sagte denn, dass man sonntags gemütlich ausschlafen darf? Wie nervig wäre es, so eine Dudelkarte bereits nachts vor dem Schlafzimmerfenster zu haben und diese im dichten Gebüsch im Dunkeln nicht zu finden? Sie stellte sich Georges rotgeränderte Augen vor. Wie er morgens, zermürbt vor lauter Schlafmangel, Theresa anpampte. Wie diese genervt ihr Kind schnappte und ihm den Haustürschlüssel vor die Füße warf.

Kurzentschlossen suchte sie die Karte und warf einen prüfenden Blick aus dem Fenster. Katie schien Marc bereits verlassen zu haben, ihr Twingo parkte nicht mehr auf der Straße vor dem Haus. Sie zog sich einen Mantel über den Schlafanzug und schlüpfte in warme Ugg Boots. Es war zwei Uhr achtzehn, als sie gut gelaunt das Haus verließ.

Tag fünf

Der Kleine war perfekt. Er wedelte mit dem Schwanz und kläffte sie auffordernd an, bevor er den Kopf schieflegte und sie durch die Stäbe des Zwingers hindurch treuherzig anschaute. Sein braunes Fell war noch flauschig, seine Pfoten groß.

»Wie wäre es mit dem? Er ist erst seit Kurzem bei uns, wahrscheinlich wurde er ausgesetzt. Spaziergänger fanden ihn vor einem Altpapiercontainer, angeleint mit einem Seil.«

»Ist er schon stubenrein?«

»Nein, aber er ist verspielt und lernt schnell. In zwei bis drei Wochen sollte das machbar sein.«

Emily schaute in das Gesicht des lustigen Mischlings. Perfekt. Schönes flauschiges Fell. Je flauschiger, desto allergischer würde George reagieren. Prinzipiell hatte George nur die Wahl zwischen Pest und Cholera, würde das Hündchen erst mal am Nikolausmorgen vor seiner Tür sitzen: Entweder er hätte von nun an juckenden Ausschlag oder ein heulendes Kind an der Backe, das nicht verstand, warum es das Nikolausgeschenk nicht behalten durfte. Und dass der Kleine noch nicht stubenrein war, machte es umso besser.

»Kann ich den kleinen Hund erst einmal probehalber haben, sagen wir für eine Woche? Und schauen, wie wir beide miteinander zurechtkommen?«

Die Mitarbeiterin stimmte erfreut zu. Jedes Tier, das vor Weihnachten ein neues Zuhause fand, sei es auch nur auf Zeit, war eine Erleichterung für das überlastete Tierheim.

Emily betrachtete das kleine Wollknäuel, das sich zufrieden auf dem Beifahrersitz in ihre alte Jogginghose kuschelte. Jetzt zahlte es sich aus, dass sie immer noch keine Zeit gefunden hatte, am Altkleidercontainer zu halten und das hässlich verwaschene Ding zu entsorgen. Sie kraulte dem Kleinen das Fell, woraufhin dieser sich auf den Rücken drehte und genüsslich alle Viere von sich streckte.

Sie lächelte, während sie ihre Einkäufe auf dem Rücksitz verstaute. Die Tierpflegerin hatte ihr eine alte Hundeleine überlassen und eine erste Ration Trockenfutter. Trotzdem hatte Emily an der Tankstelle kurz vor Pasing gehalten, um weiteres Futter zu besorgen. Auch hatte sie vierunddreißig Euro in Kauf genommen für einen großen Geschenkkorb mit roter Schleife. Wo sonst sollte sie bis morgen früh ein Körbchen herbekommen? Irgendwohin musste die Nikolausüberraschung ja sitzen, sie konnte das kleine Kerlchen schließlich nicht einfach auf dem kalten Boden ablegen, bis George oder seine Freundin das Haus verließen.

Es fing bereits an zu dämmern, als Emily den Parkplatz des Tankstellenshops verließ. Der Sonntag war wie im Flug vergangen. Am Vormittag hatten sie und Marc, bewaffnet mit Wischmopp, Glasreiniger und Putztüchern, Kate an der kleinen Werkstatt in der Blutenburgstraße getroffen. Katie hatte einen Korb mit einer Thermoskanne voll Kaffee, Bechern und leckeren Sandwiches dabeigehabt. Vier Stunden später strahlte die Teeküche, die Böden waren gewischt, die Fenster, die nun Lichterketten mit Hunderten LEDs zierten, waren blitzsauber. Gemeinsam hatten sie überlegt, dass ein paar bunte Sitzkissen, vielleicht sogar ein paar Stofftiere, entzückend im Erker aussehen würden. Marc hatte noch einen großen blauen Sitzelefanten, den er Emily gerne zur Verfügung stellte, und der jetzt plakativ vor dem Durchgang zur kleinen Teeküche zum Klettern einlud.

»Eigentlich ist das hier viel zu schön für nur einen Tag«, hatte Kate bemerkt. »Auch wenn es ein teurer Tag für die Teilnehmer wird. Beziehungsweise«, hatte sie nachgebessert, »für die Eltern der Teilnehmer.«

»Gibt es denn schon Anmeldungen?«, wollte Marc wissen, während er sich von Kate einen Kaffee einschenken ließ.

Emily, die das Haus ohne ihr Smartphone verlassen hatte, konnte ihm keine Antwort darauf geben. Ja, sie sollte dringend einmal auf der Webseite nachschauen, ob Georges Verlobte zwischenzeitlich angebissen hatte, bevor sie sich die ganze Mühe hier machte. Ganz zu schweigen von den Unkosten, in die sie sich stürzen würde, denn der Einkauf des Mobiliars und der Bastelzutaten stand ja noch aus. Auch überlegte sie, eine Beschriftung für das Erkerfenster plotten zu lassen. Sie hatte unendlich viele Ideen, wie man den Raum noch schöner gestalten könnte. Wenn es den Aufwand wert gewesen wäre, hätte sie auch gerne eine Wand hellblau gestrichen und mit rosa Elefanten bemalt. Doch Emily hatte sich zur Vernunft gerufen – der Raum war für den einmaligen Zweck absolut ausreichend und mit minimalem Aufwand würde sie ihr Projekt hier abhalten können. Nach einem letzten Kaffee hatte sie sich losgerissen und Kate und Marc das Putzen der letzten Ecken überlassen, um sich auf den

Weg ins Tierheim zu machen. Die beiden schienen ganz happy damit, unter sich zu sein.

Nicht nur die Tatsache, dass Kate freiwillig ihre Hilfe angeboten hatte, sondern auch, dass sie liebevoll für Proviant gesorgt und ihren engen Lieblingspullover getragen hatte, zeigte Emily, wie interessiert ihre Freundin an Marc war. Auch Marc hatte sich am Vormittag als wahrer Gentleman entpuppt: Er lobte Kates Sandwiches über den grünen Klee, machte ihr Komplimente über ihre Figur und half ihr galant auf die Putzleiter. Er hatte die Ärmel seines karierten Flanellhemdes hochgekrempelt und tatkräftig Spinnweben von der Decke entfernt sowie mit Feuereifer den Herd geschrubbt. Emily seufzte. Waren Männer wie Marc einfach selten, oder hatte sie selbst nur nie solch einen getroffen? George hatte in all der Zeit, in der sie zusammengewohnt hatten, nie einen Besen in der Hand gehabt. Geschweige denn, dass er gewusst hätte, wie man Fenster putzte oder Hemden bügelte. Wie selbstverständlich hatte er hingenommen, dass Emily nach und nach alle Aufgaben im Haushalt übernahm. Denn George hatte neben seinem ach-so-wichtigen Beruf selbstredend keine Zeit dafür gehabt. Dass Emily auch einen Beruf hatte, schien ihm dabei nicht in den Sinn gekommen zu sein. Insgeheim vermutete Emily, dass George einfach dachte, dies wäre Frauensache. Sich getraut, es laut auszusprechen, das hatte er allerdings nie. Aber schief geguckt, wenn er von der Arbeit kam und die Küche nicht *piccobello* vorfand, das war schon vorgekommen.

Emily, deren Beruf ebenfalls viele Überstunden erforderte, und die sowohl die Hälfte der Miete als auch die der Nebenkosten gezahlt hatte, hatte von dem Arrangement wenig gehabt. Geschweige denn einen Partner an ihrer Seite, der sich im Gegenzug um ihr Auto oder Reparaturen im Haus kümmerte. Okay, er hatte ihre Steuererklärung angefertigt. Dennoch erschien es Emily ungerecht: eine einzige Anstrengung im Jahr, die ihrer tagtäglichen Hausarbeit gegenüberstand. Manchmal hatte sie sich in die Fünfzigerjahre zurückgewünscht, als alle Männer noch Anzüge trugen und, als Gegenleistung für das Führen des Haushalts, die Frau finanziell versorgten. Sie hatte davon geträumt, in einem kleinen Schwarzen an der Côte d'Azur zu sitzen, einen Martini in der Hand, die Haare schön frisiert. Und davon, dem Martini-Mann, dessen Riva Boot an der Mole schaukelte, in eine sorgenlose Zukunft zu folgen, in der sie nicht mehr zu tun hätte, als gut auszusehen und die Drinks zu mixen. Das waren noch Zeiten, dachte Emily, als Frauen nicht den Spagat zwischen Haushalt und Beruf meistern mussten. Nicht dass sie sich diese Zeiten wirklich zurückwünschte – aber etwas mehr Engagement von Georges Seite wäre einfach nur gerecht gewesen.

Im Prinzip hatte George die Wahl zwischen Pest und Cholera, die ihn nun erwartete, mehr als verdient. Auch wenn Emily gerade liebend gerne ihr altes Arrangement zurückhaben würde. Im Tausch gegen Georges Liebe.

Tag sechs

Der Hund saß nun schon fast eine Stunde vor Georges Haustür.

Genervt beobachtete Emily durch den Feldstecher, wie er zusehends in seinem Körbchen unruhig wurde. Der Reif ihres warmen Atems verfing sich in ihren zerzausten Locken, in ihren übernächtigten Augen sammelten sich die ersten Tränen. Es war bereits der sechste Tag in Folge, an dem sie bei bitterer Kälte im Morgengrauen auf dem zugigen Durchgang des dreizehnten Stockwerks stand, um sich Gewissheit zu verschaffen. Dabei hatte sie Kate hoch und heilig versprochen, heute pünktlich und ausgeschlafen in der Agentur zu erscheinen. Und nun das. Weder George hatte wie üblich um sieben Uhr fünfzehn das Haus verlassen noch seine doofe Verlobte, um ihr Gör Viertel vor acht in den Land Rover zu packen. Hatten die beiden verschlafen? Das Apartment lag im Dunkeln, die Rollladen im Schlafzimmer waren noch geschlossen. Jetzt fing es auch noch an zu schneien.

Emily rieb sich eine Träne aus dem Augenwinkel. Ob zumindest der Salzstreuer sein unheilvolles Werk vollbracht, und George eine neue Beule an seinem Oldtimer oder wenigstens einen verstauchten Arm eingebracht hatte? Vielleicht waren die beiden ja im Krankenhaus? Oder, Emily schluckte, hatten sie den Wert des äußerst seltenen antiken Stücks erahnt und es bereits zu Barem gemacht. Sich vom Erlös ein luxuriöses Wellness-Wochenende gegönnt und waren noch nicht wieder zurück?

Sie rief sich zur Vernunft. Wenn sie nicht komplett durchdrehen wollte, sollte sie Katies Rat befolgen: mehr Honig und weniger George in ihr geschundenes Herz lassen. Emily griff ein letztes Mal zum Feldstecher und versicherte sich, dass alles ruhig war in Apartment siebzehn. Der kleine Hund zitterte in seinem Körbchen, die ersten Schneeflocken bedeckten sein Fell.

Das kleine Kerlchen hatte sich wie blöd gefreut, als Emily es hochhob und unter ihre dicke Daunenjacke steckte. Um ganz sicherzugehen, dass der Haushalt König-Verlobte-Kind nicht anwesend war und nicht ausgerechnet dann jemand die Tür aufreißen würde, wenn sie das Hündchen vor dem Erfrieren rettete, hatte sie mit unterdrückter Rufnummer auf Georges Festnetz angerufen. Niemand hatte abgehoben.

Dank der Kälte war George knapp der Pest entkommen. Dafür hatte sie nun einen Hund, den sie trockenrubbeln, füttern und irgendwo unterbringen musste, bevor sie zur Arbeit hetzen würde.

»Darf ich?« Emily schob sich an Marc vorbei in dessen Küche, wo sie den Welpen in seinem Körbchen auf den Boden stellte. Marc sah sie verdutzt an. Er hatte nasse Haare und lediglich ein Handtuch um seine schmalen Hüften gewickelt.

»Ich hoffe, ich störe nicht.« Emily registrierte die beiden Kaffeetassen auf dem Tisch sowie zwei leere Rotweingläser in der Spüle. Auch meinte sie, aus dem Badezimmer das Rauschen der Dusche zu hören.

»Nein, nicht wirklich«, erwiderte Marc etwas zweideutig.

»Was ist das für ein Hund?« Er beugte sich über das Körbchen und kraulte den Kleinen, der wohlig seufzte, zwischen den Ohren. Marc grinste. »Der ist ja süß!«

»Deshalb störe ich dich so früh am Morgen. Meinst du, du kannst heute auf ihn aufpassen? Mein Hundesitter ist abgesprungen und ich bin mir nicht sicher, ob ich ihn mit in die Agentur bringen kann«, flunkerte Emily. »Ich würde das gerne erst mit Alex abklären.«

»Woher kommt der Hund denn auf einmal? Gestern hattest du den noch nicht, oder?«

»War spontan. Ich bin nach unserer Putzorgie in das Tierheim gefahren und wollte eigentlich nur einen Hund zum Spazierengehen ausleihen. Dann hat mir das Flauschbällchen hier einmal tief in die Augen geschaut, und jetzt ist er bei mir, zumindest mal probeweise.«

»Ich verstehe«, grinste er und erklärte sich dazu bereit, für heute das Hundesitting zu übernehmen.

Während Emily in ihre Wohnung eilte, sich notdürftig schminkte und ihren Autoschlüssel suchte, dachte sie über Marc nach. Hatte ihr Nachbar eine Freundin? Zwei Weingläser in der Spüle, zwei Kaffeebecher auf dem Tisch, Wasserrauschen aus der Dusche. Und immer wieder sein verstohlener Blick in Richtung Badezimmer. Arme Kate. Emily war sich sicher, dass ihre Freundin bereits etwas verliebt war. Sollte sie ihr später in der Agentur von ihren Beobachtungen berichten? Oder sie es selbst herausfinden lassen? Emily war unschlüssig. Der Blick auf ihr Handydisplay verhinderte, dass sie sich weiterhin darüber Gedanken machte. Die Uhr zeigte kurz nach neun an, die Kontaktliste drei verpasste Anrufe, alle aus der Agentur.

Eine halbe Stunde später saß sie an ihrem Schreibtisch und hatte eben ihren Rechner hochgefahren, als Alex sie zu sich ins Büro bat.

»Geht es dir gut?«, fragte ihr Chef. »Du bist doch wieder gesund?« Vorsichtshalber bot er ihr den Platz am Ende seines Besprechungstischs an. Misstrauisch beäugte er ihre gerötete Nasenspitze und ihr ungekämmtes Haar.

Emily sah ihm an, dass er am liebsten die Luft zwischen ihm und ihr mit Desinfektionsspray sterilisiert hätte. »Nein, alles gut. Es geht schon wieder. Muss ja ...«

»Dann kann ich davon ausgehen, dass du die nächsten Tage pünktlich zur Arbeit erscheinst? Heute Morgen zum Beispiel hätten wir dich gut gebrauchen können.«

Emily schaute ihn an und wartete ab.

»Erinnerst du dich an den Messestand für 089SmartCoffeeSystems? Beziehungsweise die Reinzeichnung dafür?«

Ja, Emily erinnerte sich an den öden Job. Großgrafiken mit glücklichen Hipstern, die allesamt dämlich grinsend Kaffeetassen vor ihre Rauschebärte hielten. Fronten mit Kaffeebohnen und kecken Headlines, die ab sofort ganz stressfrei Kaffeegenuss in Büro und Kantine versprachen.

»Natürlich erinnere ich mich.«

Alex' Gesichtsausdruck wurde verhalten eisig. »Die Jungs von 089SmartCoffeeSystems sind sehr verärgert. Heute kamen die ersten Displays aus der Druckerei, allesamt ohne Logo.«

»Ernsthaft?«

»Ja, Emily, ernsthaft!« Alex fuhr sich genervt durchs Haar. »Annika hat daraufhin die gelieferten Druckdaten der Großgrafiken und Fronten des Messestands überprüft – und rate mal, was diese nicht enthielten?«

Emily schluckte. Das war sicher nur eine rhetorische Frage, daher antwortete sie nicht. Brauchte sie auch nicht, denn mit einer zwei Oktaven höheren Stimme beendete Alex den Satz selbst: »Logos!«

Emily überlegte kurz, ob sie die Schuld auf die Projektmanagerin abwälzen sollte. Aber erstens wäre das nicht fair und zweitens so auffällig wie eine nackte Nonne unter bärtigen Islamisten.

Zerknirscht entschuldigte sie sich und fragte, wie sie das wieder gutmachen könne.

»Ich mag dich ja gerne, Emily, aber ...«, setzte Alex an.

Emily war gespannt, was jetzt kommen würde. Ihrer Meinung nach war alles, was vor »aber« kam, gelogen. Eigentlich mochte sie Alex ja auch sehr gerne, wusste jedoch, dass »eigentlich« der kleine Bruder von »doch nicht« ist. Momentan machte er sich jedenfalls nicht beliebt bei ihr. Blödes Logo für blöde Hipster, also ehrlich, es gab wahrlich Schlimmeres. Warum arteten in der Werbebranche derartige Unwichtigkeiten immer sofort in riesige Tragödien aus? Wenn ein Haus abbrennt, man unheilbar krank ist oder jemand stirbt, *das* sind Tragödien, dachte Emily trotzig.

»Ich mag dich wirklich gerne«, wiederholte Alex, »aber wenn du nicht etwas mehr Engagement zeigst, muss ich mich von dir trennen.«

Emily schluckte. Sie murmelte »Okay« und gelobte von nun an volle Konzentration. Dann täuschte sie einen Hustenanfall vor, der genau das zur Folge hatte, was Emily sich erhofft hatte: Alex scheuchte sie umgehend aus seinem Büro.

»Du hättest mich echt vorwarnen können«, maulte Emily, als sie sich einen Kaffee aus dem supersmarten

System der Kaffeehipster ließ, das seit Neuestem die Agenturküche bereicherte.

»Hätte ich, wenn ich da gewesen wäre«, meinte Kate. »Ich bin auch eben erst hereingekommen.«

Emily betrachtet ihre Freundin. Kate sah gut aus, ihre Augen strahlten, ihr Haar war perfekt frisiert. Ihr rosafarbener Mohairpullover harmonierte bestens mit dem grauen Wollrock, den sie trug. Manchmal beneidete Emily sie fast um ihre tadellose Erscheinung. An ihr selbst sah alles immer irgendwie komisch aus. Auch wenn sie von Katie Kleidungstücke auslieh, wirkten diese an ihr nie so gepflegt und hübsch wie an ihrer Freundin.

Seufzend dachte sie an die schicken Wildlederstiefel, die sie in der Innenstadt gesehen hatte, die aber ein kleines Vermögen kosteten. Denn laut Kate waren teure Schuhe das A und O eines gelungenen Outfits.

»Du siehst gut aus«, stellte Emily bewundernd fest.

»Mir geht es auch gut.« Kate strahlte über das ganze Gesicht.

Kurz überlegte Emily, ob das mit Kates Schwärmerei für Marc zusammenhängen möge. Aber da sie ja heute Morgen festgestellt hatte, dass dieser vermutlich liiert war oder sich sonst wie die Nacht versüßt hatte, schnitt sie das Thema nicht an. Angesichts Alex' Stimmung war es sowieso ratsamer, sich umgehend und konzentriert an das Tagewerk zu machen. Die Reinzeichnung für eine Anzeige wartete auf sie und mehrere Updates auf der Webseite ihres Automobilkunden.

Sie wünschte Kate einen tollen Tag und wandte sich zur Tür.

»Em?«

Emily blieb stehen. Fragend schaute sie Katie an.

»Seit wann hast du einen Hund, Em?«

Emily stutze kurz und lachte dann auf. So war das also! Bislang wussten nur Marc und sie selbst von dem kleinen Racker. Und vermutlich die Person, die heute Morgen unter Marcs Dusche gestanden hatte.

Sie grinste noch, als sie sich an die Reinzeichnung für die Anzeige eines Junior-Labels ihres Modekunden machte. *Moutimaailma* hieß die finnische Zeitschrift, deren Mediadaten sie eben geöffnet hatte. Emily sprach kein Finnisch, vermutete aber, das dies Mutter-und-ihr-Kind hieß.

Seufzend dachte sie an ihre nicht existenten Königskinder, was würden die gut aussehen in den kleinen geringelten Pullovern, die sie nun bewarb. Ihre Gedanken schweiften ab. Sie nahm einen Stift und skizzierte ein Logo für ihr Kids&Kunst-Projekt. Der erste Entwurf war perfekt: modern, klar und doch verspielt. Eiligst machte sie die Druckdaten für die Anzeige fertig und widmete sich dann wieder dem Schriftzug, der schnell Gestalt annahm und bald schon die Eingangstür und das Erkerfenster zieren würde. Nachdem sie online den Druckauftrag erteilt hatte, scrollte sie sich durch den digitalen Ikea-Katalog und fertigte eine Einkaufsliste an. Als sie gerade die Anzahl der Stühlchen festlegen wollte, fiel es ihr wie Schuppen von den Augen: Sie hatte noch gar nicht überprüft, ob diese Theresa zwischenzeitlich ihren Sohn angemeldet hatte.

Gespannt rief sie ihre Webseite auf. Sie hielt die Luft an: Gleich fünf Teilnehmer hatten sich angemeldet, beziehungsweise Eltern ihren Nachwuchs. Fünf! Sie hatte genau drei Flyer verteilt und keinerlei Werbung für ihre Webseite gemacht. Sie scrollte die Liste der eingegangenen Anmeldungen durch.

– Anna-Lena Deutschmann, 7 Jahre
– Henri Goldstein, 4 Jahre
– Lorenz Markgraf, 7 Jahre
– Mathilda Green, 6 Jahre
– Noah Moretti, 9 Jahre

Fünf! Emily konnte es nicht fassen. Sie überschlug die Anmeldegebühren im Kopf. Fünf Kinder bedeuteten fast neunhundert Euro, und tatsächlich, als sie ihren Kontostand abrief, waren dort Zahlungseingänge über 895 Euro verzeichnet.

Emily grinste. Okay, sie hatte nicht vorgehabt, großen Aufwand zu betreiben, und fünf Alibi-Kinder waren mehr als genug. Aber die Wildlederstiefel rückten in greifbare Nähe, und wenn ihre Aktionen erst mal George und seine ach-so-tolle Verlobte entzweit hätten, besäße sie das perfekte Outfit für ihren Auftritt: Minirock und schicke Overknees aus feinstem Kalbsleder. Da würde sogar noch Geld übrig bleiben für sechs popelige Kinderstühle.

Doch welcher der Knirpse war das Kind dieser dämlichen Theresa? Anna-Lena und Mathilda schieden aus. Auch der kleine Henri, der war ja erst vier Jahre alt. Die beiden anderen Jungs waren interessant: Sie waren sowohl im passenden Alter als auch mit dem richtigen Nachnamen gesegnet. Emily schlug sich auf die Stirn. Warum war sie nicht schon eher darauf gekommen? Der Nachname von »Theresa M.« würde im Impressum auf deren Onlineshop zu finden sein.

Gerade als Emily den CottonKids-Webshop aufrufen wollte, klingelte ihr Telefon. Irgendein Finne warte auf die Druckdaten, ließ Mara wissen. Emily wimmelte die Projektmanagerin ab. Das hier, das war viel wichtiger. Sie rief das Impressum auf. Verantwortlich für die Inhalte von CottonKids war eine Theresa Meyers. Sie wechselte zu den Anmeldedaten auf ihrer eigenen Webpräsenz. Kein kleiner Meyers, der ihren Kurs besuchen würde.

Enttäuscht schluckte Emily. Ziel verfehlt. Und trotzdem musste sie nun einen Bastelkurs abhalten, denn die Eltern hatten ja bereits bezahlt. Einerseits wollte sie keine weiteren Teilnehmer, andererseits hatte diese dämliche Theresa ihr dämliches Kind noch nicht angemeldet. Sie gab der Neuen von George noch bis Mittwoch, danach wollte sie die Webseite offline schalten. Notfalls würde sie ihr einen zweiten Flyer plakativ an die Windschutzscheibe ihres Land Rovers kleben.

Emilys Telefon klingelte erneut. Genervt nahm sie ab.

»Em?«

»Was gibt es, Mara?«

»Erstens hat schon wieder der Finne angerufen. Er droht damit, eine schwarze Seite zu drucken, wenn er nicht umgehend die Druckdaten auf dem Server hat.«

»Und zweitens?«

»Zweitens will Alex, dass wir kurz ein Meeting im Besprechungsraum abhalten. Irgendein spannender Pitch, alles ganz eilig.«

Emily atmete tief ein. Stress kann man wegatmen, davon war sie überzeugt. Während sie auf drei zählte und die Luft wieder langsam ausströmen ließ, fiel ihr ein neuer Störer auf der Startseite von CottonKids auf. »Neu und nur für kurze Zeit«, prangte über einer Kollektion, deren Shirts grüne Flecken aufwiesen. Die dekorativen Kleckse war mit einer pinkfarbenen Outline umrandet, Popeye, der Seemann, verwies auf einen kleinen Schriftzug, der besagte, dass Spinat starkmache. Irgendwie witzig, dachte Emily. Aber nur fast. Sie identifizierte eindeutig die kleinen Shirts, die sie vor ein paar Tagen in *ihrem* Wäschekorb gefunden hatte.

Als sie zu Hause ankam, schwirrte ihr der Kopf. Da half alles Atmen nichts. Alex wollte an einer Ausschreibung einer Landesbehörde teilnehmen, die von der Bildmarke bis zum Claim ihren öffentlichen Auftritt überarbeitet haben wollte. Pfft. Ein Relaunch. Das bedeutete in jede Richtung jeweils drei begründete Vorschläge sowie eine mindestens dreißigseitige Präsentation. Und alles sollte bis Freitag stehen. Emily versuchte, die bevorstehende Aufgabe aus ihren Gedanken zu verscheuchen. Was heute ist, ist heute. Was morgen kommt, damit befasse dich morgen, betete sie im Stillen ihr Mantra herunter, als sie die Treppen zu ihrer Wohnung hochstieg. Erst einmal wollte sie den Hund bei Marc abholen, dann einen ausgedehnten Spaziergang durch das mittlerweile heftige Schneegestöber unternehmen.

Überrascht blieb Emily stehen. Vor ihrer Eingangstür standen ein Teller mit Plätzchen, eine Packung Pralinen und, liebevoll mit einem Tannenzweig dekoriert, ein Schokoladenweihnachtsmann. Was jedoch fehlte, war ein Hinweis, wer die Nikolausüberraschung vor ihre Tür gestellt hatte. Sie dachte an die Weinbrandbohnen für George, die sie mit Abführmittel präpariert hatte. Konnte es sein, dass nun die Retourkutsche kam? Misstrauisch beäugte sie die Leckereien. Einerseits lief ihr das Wasser im Munde zusammen, hatte sie heute lediglich ein belegtes Brötchen gegessen, andererseits war sie auf der Hut. Sie traute sich nicht, irgendetwas von den Süßigkeiten zu probieren. Der Mensch geht immer von sich selbst aus, dachte sie, als sie sich für den Spaziergang mit dem namenlosen Hund umzog. Wie weit war es mit ihr gekommen, dass sie, statt sich zu freuen, nun Misstrauen hegte? Praktisch Bittermandeln sah, wo Honig war. Sie stellte sich ihr Herz vor, schrumpelig geworden vor lauter Frust. Mundwinkel, die sich nach unten bogen und zusammengekniffene Lippen, wie sie bei verbitterten, humorlosen Menschen oft zu sehen waren. Wollte sie so ein Mensch sein?

Sie nahm sich fest vor, ab sofort mit ihren miesen Aktionen aufzuhören. Was hatten diese denn bis jetzt gebracht? Wahrscheinlich würde Georges Verlobte die festlich gedeckte Weihnachtstafel mit *ihrem* teuren Lalique-Salzstreuer dekorieren, denn neue Freundinnen durften so einiges, was alte Gefährtinnen nicht durften. So viel hatte Emily bereits begriffen. Oder diese Theresa würde einen Mörderumsatz mit der neuen Spinatklecks-Kollektion machen, für die sie die Grundidee selbst geliefert hatte. Während sie nun einen Hund und fünf bastelwütige Rotznasen an der Backe hatte. Sie würde aufhören, definitiv.

Gleich morgen, nach der nächsten Adventskalenderüberraschung für George.

Tag sieben

Das Kaubonbon war zäh, der Erdbeergeschmack etwas chemisch. Tapfer kaute Emily es weich, während sie mit klammen Fingern versuchte, die Druckknöpfe des Verdecks von Georges altem Cabriolet zu öffnen. Diese waren bei dem Oldtimer ebenso störrisch, wie das Kaubonbon hartnäckig war. Das Auto war Georges ganzer Stolz: Was würde er sich ärgern, wenn der rosa Klumpen gleichermaßen seine Anzughose und den Fahrersitz verklebte. In einem Gefährt, in dem man weder Chips essen noch Kaffee trinken durfte.

Die kurze Zeit, die sie benötigte, um von ihrem Wagen zu Georges Parkplatz zu joggen, hatte genügt, Zweifel in ihr zu säen. Vielleicht lag es an der frischen Luft am Morgen, die ihr Gehirn mit Sauerstoff versorgte, vielleicht auch an dem Hündchen, das glücklich neben ihr hergestolpert war: Emily hatte überlegt, ob es nun langsam nicht doch genug wäre. Hatte sie gestern nicht genau das vorgehabt?

Jedoch, als sie sich jetzt mit dem idiotischen Verdeck abmühte und sich daran erinnerte, wie wichtig George sein Auto nahm, fand sie ihre kleine Gemeinheit gerechtfertigt. Denn ausgerechnet als sie sich damals in ein wunderschönes Sofa verliebt hatte, hatte George sich den neuen Oldtimer angeschafft. Davon ausgehend, dass er sich an den Kosten für das neue Möbelstück beteiligen würde – immerhin würde er ja ebenfalls auf dem guten Stück sitzen – hatte Emily bestellt. Die Rechnung durfte sie dann allerdings allein begleichen, denn der ach-so-tolle Wagen war die Gelegenheit des Jahrhunderts, und statt Möbel waren jetzt neue Reifen, eine Lichtmaschine und weiß der Kuckuck was dringender anzuschaffen. Nun nahm das türkisfarbene Monstrum zwei Drittel ihres kleinen Wohnzimmers ein. Emily hoffte, dass George nebst Anhang auf dem kargen Boden sitzen musste.

Energisch kaute sie die zähe Masse weich. Plötzlich spürte sie ein unangenehmes Ziehen im hinteren Backenzahn. Vorsichtig nahm sie das Kaubonbon aus dem Mund und starrte fassungslos auf die Zahnfüllung, die in dem rosafarbenen Klumpen steckte. Sie befühlte die scharfen Ränder ihres Backenzahns vorsichtig mit der Zunge.

»So ein Mist!«, fluchte Emily. Sie konnte ja schlecht ihre Plombe auf Georges teuren Ledersitz kleben. Ganz davon abgesehen, dass sie nun vor der Arbeit versuchen musste, einen Notfalltermin bei einem Zahnarzt zu bekommen. Hätte sie nur auf ihr Bauchgefühl gehört. Karma. Das Karma schlug zurück.

Sie klemmte sich das Hündchen unter den Arm, entfernte sich von Georges Cabrio und googelte in sicherer Distanz Zahnarztpraxen in der Nähe.

Das Wartezimmer in Dr. Ben Rosenfeldts Praxis war so früh am Tag menschenleer. Nur ein Patient war vor ihr dran. Emily betrachtete den geschmackvoll eingerichteten Raum. Statt weißer Wände gab es hier grüne, statt Plastiksitzen dänisch anmutende Holzstühle aus den Sechzigerjahren. Und was Emily am meisten beeindruckte: Statt gerahmter Kunstdrucke, oder schlimmer noch, statt gerahmter Kalenderblätter, zierten hier fantastische Kunstwerke den grünen Grund. Eine böse grinsende Micky Maus in Öl und ein abstraktes Gemälde hingen neben einem sicherlich acht Quadratmeter großen Werk mit hölzernen Schusterleisten, die in ihrer Formation die Abfolge eines Tangoschritts ergaben. Gerade als Emily sich in den Anblick eines antik wirkenden kleinen Porträts vertiefte, rief die Sprechstundenhilfe sie in das Behandlungszimmer. Erst als sie auf dem Stuhl saß, fiel ihr ein, Kate Bescheid zu geben, dass sie sich verspäten würde. Schnell sandte sie ihr eine WhatsApp.

»Notfall! Bin beim Zahnarzt – komme später.«

Kate antwortete prompt. »Besser nicht so spät – Alex stinksauer.«

Eben wollte Emily nachhaken, was ihrem Chef denn jetzt schon wieder die Laune versaut hatte, als Dr. Ben Rosenfeldt den Raum betrat. Schnell ließ sie das Smartphone in ihre Tasche gleiten und blickte in zwei eisblaue Augen.

Der gut aussehende Mann von der Bäckerei, alias der Mann, an dessen Daunenweste erst vor Kurzem ihr verschwitztes Gesicht geklebt hatte, alias der Zahnarzt, in dessen Praxis sie nun gelandet war, lächelte sie nun an.

»Na, wo drückt der Schuh?«, fragte er, während seine Assistentin ihr ein grünes Lätzchen umhängte.

»Ein kleines Malheur am Morgen«, stammelte Emily. »Ein Kaubonbon hat eine Plombe gelöst.«

Dr. Rosenfeldt zog eine Augenbraue hoch. Offensichtlich musste er sich ein Grinsen verkneifen, seine Mundwinkel zuckten.

»Kaubonbons zum Frühstück?«

»Äh, ja.«

Was hätte Emily auch sonst antworten können? Natürlich hatte sie nicht vorgehabt, das chemisch schmeckende

Ding wirklich zu essen, aber das konnte sie ja schlecht zugeben. Sie grinste hilflos und ließ die Frage einfach so stehen. Emily beschlich das Gefühl, dass jedes Mal, wenn sie mitten in einer peinlichen Situation steckte, dieser tolle Typ auftauchte und sie mit seinen eisblauen Augen amüsiert musterte. Vielleicht war Dr. Ben Rosenfeldt nicht einfach nur ein gut aussehender Mann. Vielleicht war er ihr mieses Karma oder ihr schlechtes Gewissen, das sich immer dann zu einer Person materialisierte, wenn sie Böses vorhatte.

Emily betrachtete das fleischgewordene Karma, das ein weißes Lacoste-Shirt trug. Seine Arme waren durchtrainiert, die Schenkel, die in weißen Jeans steckten, waren schlank. Emily verwarf ihre kindischen Gedanken. Das war hier ja schließlich kein tschechisches Märchen, wo sich Nüsse in Ballkleider und schlechte Absichten in grüne Männchen verwandelten. Fakt war, sie saß auf einem Zahnarztstuhl und der attraktive Dr. Rosenfeldt, der morgens sicher Vollkornbrot und Hüttenkäse aß, dachte, sie würde ernsthaft Kaubonbons zum Frühstück essen. Der muss ja den Eindruck haben, dachte wiederum Emily, ich wäre völlig dämlich. Eines von diesen hilflosen Dingern, die nicht wussten, wie man Brokkoli kochte. Die heulten, wenn die Waschmaschine kaputtging oder die durchdrehten, wenn der Wagen nicht ansprang. Wenigstens hatte sie heute ihr neues eng anliegendes Joggingoutfit an, in dem sie bestimmt drei Kilo schlanker aussah, als sie in Wirklichkeit war.

»Dann wollen wir mal sehen«, meinte der Arzt, und Emily öffnete brav den Mund.

Wenig später saß sie in seinem Büro. Dr. Ben Rosenfeldt zeigte ihr Röntgenaufnahmen ihres Gebisses. Sie hatte außer der verlorenen, tatsächlich noch eine weitere

Amalgamfüllung, die dringend ersetzt werden sollte. Auch schlug er eine Überkronung des provisorisch behandelten Zahns vor.

»Wird das teuer?«, fragte Emily seufzend.

»Mmh, na ja, ganz preiswert wird es nicht. Rosi soll kurz einen Kostenvoranschlag machen. Ich bin gleich wieder da«, sagte er und verschwand in das Vorzimmer.

Emily schaute sich in Dr. Rosenfeldts Büro um. Auch hier war alles geschmackvoll eingerichtet. Statt moderner Kunstwerke hing nur ein einzelnes Bild an der Wand: eine gerahmte Kinderzeichnung. Die Buntstift-Kritzelei erinnerte Emily an Chagall. Ein großes Männchen mit langen Bleistiftbeinen hielt ein kleineres an der Hand. Im Himmel schwebte ein drittes Männchen mit dreieckig gemaltem Torso zwischen blauen Kringeln und einem gelben Wirbel. Auf Dr. Rosenfeldts Teakholz-Schreibtisch stand ein silberner Bilderrahmen, den Emily nun vorsichtig umdrehte. Das Foto zeigte eine lachende Frau, die einen kleinen Jungen hielt, dessen schokoladeverschmiertes Gesicht in die Kamera strahlte. Emily verspürte einen kleinen Stich in der Gegend, in der sich ihr Herz befand. Vorsichtig schob sie den Rahmen wieder in die Ausgangsposition. War ja klar, dachte sie enttäuscht, die besten Männer sind alle verheiratet. Und warum sollte Dr. Ben, der nicht nur äußerst attraktiv war, sondern auch humorvoll und nett zu sein schien, keine hübsche Frau und keinen niedlichen Sohn haben. Emily seufzte.

»Schmerzen?«

Emily fühlte sich schon wieder ertappt. Sie errötete leicht und verneinte. Außer einem leichten Ziehen spürte sie nichts. Und dieser minimale Hauch von Schmerz geschah ihr ganz recht.

Dr. Ben Rosenfeldt lächelte sie an. »Ich hatte ja versprochen, dass ich beim dritten Mal einen Drink ausgebe«, setzte er an.

»Mmh«, nuschelte Emily verlegen.

»Aber angesichts der Tatsache, dass Sie nun drei Stunden nichts essen oder Heißes trinken sollten, verschieben wir das besser noch einmal.« Fragend schaute er sie an.

Bestimmt fünf Schmetterlinge auf einmal erhoben ihre Flügel und flatterten gegen Emilys Magenwände. Sie schielte auf seine Hände. Er trug keinen Ehering. Aber was hieß das schon? Als Dentist durfte er diesen aus hygienischen Gründen vermutlich gar nicht tragen.

»Wenn die Betäubung nachlässt, kann es eventuell noch etwas schmerzen. Soll ich Ihnen ein Schmerzmittel verschreiben?«

»Nein, danke«, erwiderte sie tapfer. »Ich bin nicht so schmerzempfindlich.«

»Benötigen Sie eine Krankmeldung?«

Emily wägte kurz ab. Die Entscheidung fiel ihr nicht sonderlich schwer. Ihr Chef hatte aus irgendeinem Grund miese Laune, Katie würde ihr Vorwürfe machen, dass sie, erstens Kaubonbons zum Frühstück aß und zweitens, seit Jahren nicht ihre schädlichen Amalgamfüllungen hatte ersetzen lassen. Außerdem hatte Emily das Gefühl, dass ihr Speichel aus dem Mundwinkel triefte. Nein danke, die Agentur konnte gerne warten. Und jetzt, wo sie eine ärztliche Bescheinigung hatte, konnte ihr ja schlecht jemand mangelnden Arbeitseifer vorwerfen.

»Au ja, furchtbar gerne!«, entfuhr es ihr. Erschrocken schlug sie die Hand vor den Mund. Gleich darauf musste sie grinsen. Ihre Euphorie war schon sehr offensichtlich. Auch Dr. Rosenfeldt schmunzelte, während er etwas in seinen Computer tippte.

»Nun zum Kostenvoranschlag.« Er griff zum Drucker und zog drei eng bedruckte Bögen heraus. »Wenn der Zahn von Karies befallen ist, muss die Krankenkasse bis zu fünfzig Prozent der Kosten für die Füllung und Porzellanüberkronung übernehmen.« Er schaute sie an. Dann verzog sich sein Mund zu einem kleinen Lächeln. »Ich fürchte, ich habe da eine winzig kleine Spur von Karies entdeckt. Entsprechend beantrage ich, dass die Kasse einen Teil der Kosten übernimmt, in Ordnung?«

»Oh, das ist super«, Emily korrigierte sich schnell. »Also nicht so toll mit dem Kariesbefall, aber sonst sehr praktisch.«

Dr. Rosenfeldt zwinkerte ihr zu und schob ihr den Antrag für die Krankenkasse über die Tischplatte. Sein Ärmel streifte den Bilderrahmen, den Emily geistesgegenwärtig auffing, bevor er kippte.

»Süß, der Kleine.«

»Ja, das ist er in der Tat.«

»Ist das der kleine Künstler?«

Ben schaute sie fragend an.

Emily wies auf die Buntstiftzeichnung, die hinter Dr. Rosenfeldt an der Wand hing. »Das hat was von Marc Chagall.«

»Ja, tatsächlich.« Erstaunt sah der attraktive Arzt Emily an. »Das ist außer Ihnen noch niemandem aufgefallen. Ich musste auch spontan an Chagall denken, als ich es das erste Mal sah.«

»Fast wie eine Mischung aus ›Die Vermählung‹ und ›Le Jardin d'Eden‹«, merkte Emily an.

»Ja, fehlt nur noch die obligatorische blaue Ziege«, scherzte Ben Rosenfeldt. Er betrachtete die Zeichnung und ein trauriger Zug legte sich um seinen Mund. Für einen Moment verschleierte sich der Blick aus seinen hellblauen Augen. Dann wandte er sich wieder Emily zu.

»Ich muss weitermachen, der nächste Patient wartet bereits. Lassen Sie sich bitte von Rosi einen Folgetermin geben. Und bis dahin, keine Kaubonbons mehr zum Frühstück, versprochen?«

Emily versprach dies und schüttelte Dr. Rosenfeldt die Hand. Er hatte einen warmen, festen Händedruck. Sie sammelte bei Rosi den neuen Hund ein, der sich vor lauter Wiedersehensfreude gar nicht mehr einkriegte, als sie um die Ecke bog. Noch bevor sie sich auf den Heimweg machte, sandte sie Alex ein Foto ihrer Krankmeldung. Dann schaltete sie ihr Handy aus.

Während der Fahrt zu Ikea dachte sie an Dr. Ben Rosenfeldt, seinen begabten Sohn und die außergewöhnlichen Kunstwerke im Wartezimmer. Was für ein Unterschied zu Georges Büro. Der konnte gute Kunstdrucke nicht von schlechten Postern unterscheiden und Picasso nicht von Miró. Geschweige denn hätte er auch nur ein Kunstwerk mit bunten Ziegen Marc Chagall zuordnen können.

Dr. Ben Rosenfeldt. Wenn Nomen gleich Omen ist, dachte Emily, dann wäre sie als Partnerin des attraktiven Zahnarztes auf Rosen gebettet. Energisch schüttelte sie den Kopf. Besser, sie verbat sich ihre Träumerei. Offensichtlich war Dr. Rosenfeldt schon vergeben.

Sie streichelte den neuen Hund, der es sich auf dem Lammfellbezug des Beifahrersitzes gemütlich gemacht hatte. Das kleine Kerlchen war ihr bereits ans Herz gewachsen. Emily wusste, natürlich war ein Hund kein Ersatz für einen Lebenspartner, und schon gar nicht für ein Kind. Aber er war süß, er war treu und freute sich jedes Mal wie doof, wenn er sie sah. Damit erfüllte er bereits drei Kriterien, die George in den letzten Wochen ihrer Beziehung nicht mehr draufgehabt hatte.

Sie drehte mit ihm eine kurze Runde auf dem Ikea-Parkplatz, bevor sie sich daran machte, ihre Einkaufsliste abzuarbeiten.

Tag acht

Emily drehte sich im Bett um. Der Hund hatte sie mit seiner feuchten Schnauze vorsichtig angestupst. Es war gerade mal halb sechs, die Zeit, zu der sie sich üblicherweise auf den Weg zu Apartment siebzehn machte.

»Schlaf weiter«, murmelte Emily. Erstens war sie müde und zweitens hatten ihre bisherigen Aktionen die Wirkung völlig verfehlt. Drittens war sie krankgeschrieben. »Schlaf weiter, heute bleiben wir im Bett.«

Erstaunlicherweise kuschelte sich der Hund wieder in sein Körbchen und schloss die Augen.

Geht doch, dachte Emily und schlief ebenfalls noch einmal ein.

Als sie zwei Stunden später aufwachte, fühlte sie sich ausgeruht und fit. Auch der Backenzahn, der nachts noch etwas geschmerzt hatte, pochte nicht mehr. Sie schlüpfte in ihre Jeans, machte sich einen doppelten Espresso und ging mit dem Hund raus. Sie schlich sich an Marcs Tür vorbei. Wer weiß, nicht dass Katie dort wieder übernachtet hatte und ihr nun im Hausflur über den Weg lief. Vorsorglich ließ sie auch ihr Handy ausgeschaltet. Das wäre das Letzte, was sie nun gebrauchen könnte, blöde Fragen von Alex – oder auch fürsorgliche von Kate.

Sie fühlte sich wie am ersten Tag eines beginnenden Urlaubs: frei, gut gelaunt, voller Tatendrang. Das sollte ihr keiner versauen. Auch nicht sie selbst, beschloss sie.

Denn ab heute wollte sie ein neues Leben beginnen. Ihre Wohnung aufräumen, zum Beispiel. Sich ihrem Alter entsprechend benehmen: nämlich erwachsen. Nicht von verheirateten Zahnärzten träumen. Gymnastik machen, denn laut George wohnte in einem gesunden Körper ein gesunder Geist. Und da sie ja ab sofort sowieso gesund und sportlich werden würde, sogar Vollkornbrot und Hüttenkäse zum Frühstück essen. Sozusagen konsequent ihr Glück in Angriff nehmen, statt nur am Rande stehen und auf Türen starren, die sich unwiderruflich hinter ihr geschlossen hatten. Dann, da war sich Emily ganz sicher, würde sie sich endlich wieder so fühlen, wie sie sich eigentlich fühlen sollte: attraktiv und mittendrin.

Jedoch hielten die guten Vorsätze nicht lange an. Genau genommen nur bis zum Erdgeschoss. In ihrem Briefkasten lag eine Einladung zu einer Vernissage. Und gleich darunter, die zur Hochzeit ihrer Cousine Annie.

Von wegen mittendrin, dachte sie während ihrer Gassirunde mit dem Hund. Lebhaft erinnerte sie sich daran, wie sie, animiert durch Kate, die ihr geraten hatte, sich ins Nachtleben zu stürzen, anfangs noch Einladungen angenommen hatte. Auf der ersten, einer Party von Alex, waren nur Pärchen gewesen, die allesamt Händchen gehalten und nach Mitternacht dann geknutscht hatten. Auf der zweiten, einer Vernissage, hatte sie sich den ganzen Abend krampfhaft an ihrem Pinot Grigio festgehalten. Auch die Familienfeier, die ihre Eltern im Herbst anlässlich ihrer Rubinhochzeit ausgerichtet hatten, war eine Qual gewesen. Um den mitleidigen Blicken, mit denen sie bedacht wurde, etwas entgegenzusetzen, hatte sie behauptet, sie wäre wieder liiert. Mit einem ganz tollen Mann. Einem ganz erfolgreichen. So erfolgreich, dass er sogar am Wochenende mit Wertpapieren handeln musste.

Die Schwägerin ihrer Schwester hatte sie mit einem Blick bedacht, der implizierte, sie wäre eine arme verzweifelte Frau. George ist schuld, dass ich mich auf Partys und Familienfesten zum Affen gemacht habe, dachte sie erbost. Dass andere dachten, sie hätte einen Phantomfreund und wäre eine *sehr, sehr traurige Frau.*

Wütend hatte sie überlegt, ob George es nicht doch verdient hätte, sich heute etwas zu ärgern. Ihre erste Idee, das Türschloss seines Cabriolets mit Sekundenkleber zu füllen, hatte sie gegen die abgewägt, heißes Wasser vor seine Haustür zu schütten. Bei den Temperaturen, die heute Morgen herrschten, würde es sofort zu Blitzeis gefrieren. Das würde ihm recht geschehen, hatte Emily gehässig gedacht. Sie hätte es George gegönnt, mal so richtig auf die Fresse zu fallen. Kaum gedacht, war sie auf einer gefrorenen Pfütze ausgerutscht und beinahe auf das Hündchen gestürzt.

Karma. Wer anderen Böses wünscht und so weiter. Schnell hatte sie George ein langes Leben und viele Kinder gewünscht, um das drohende Unheil von sich abzuwenden.

Nun saß sie an ihrem alten Küchentisch und musste lachen, als sie daran zurückdachte. Der neue Hund tobte über die abgewetzten Dielen und schüttelte die kleine Fledermaus durch, die sie ihm gestern bei Ikea gekauft hatte. Er liebte sein neues Spielzeug. Sie betrachtete den Schokoladen-Nikolaus, der unangetastet auf ihrem Tisch stand. Unangetastet deswegen, weil Emily immer noch nicht wusste, wer ihn vor ihre Tür gestellt hatte – und ob er nicht doch vergiftet war. Misstrauisch beäugte sie ihn. Wäre schon lecker, jetzt zu ihrem Cappuccino, den die Maschine eben ausspuckte, aber sie traute sich nicht.

Bevor sie sich auf den Weg zu Marcs kleiner Werkstatt machen würde, um diese mit den neu erstandenen Tischen und Stühlchen einzurichten, wollte sie noch kurz ihre Webseite prüfen.

Es waren weitere drei Anmeldungen eingegangen. Gut, dass sie vorsorglich gestern sechs statt der geplanten vier Kinderstühle sowie zwei etwas größere Sitzgelegenheiten besorgt hatte. Sie haute einen plakativen Störer über das Kursangebot, der besagte, dass der Kurs leider ausgebucht sei. Dann schaute sie sich die Neubuchungen an: Lucy und Lilly Landwehr, beide fünf Jahre alt und ein Finn Meyers, acht. Emilys Herz machte einen Sprung. Das musste er sein. Das neue Kuckuckskönigskind. Gedankenverloren wickelte sie den Weihnachtsmann aus und biss ihm die Mütze ab.

Wie gut, dass sie heute noch krankgeschrieben war. In Gedanken küsste sie Dr. Ben Rosenfeldt für den hervorragenden Vorschlag. Immerhin musste sie heute die Möbel zur Werkstatt bringen und die Voraussetzungen dafür schaffen, ganze acht Kinder gleichzeitig bei Laune zu halten. Ihr wurde etwas mulmig. Hoffentlich war kein Blödmannkind darunter. So nannte Emily Rotznasen, die eine ganze Gruppe lieber Kids sprengen konnten. Verzogene Gören, die mit feistem Gesichtsausdruck entweder ständig ihren Willen durchsetzen wollten oder sich beleidigt gleich ganz verweigerten. Natürlich war es politisch nicht korrekt, den Nachwuchs von anderen Leuten als Blödmannkind zu bezeichnen. Vor allem, wenn man wie sie, selbst gar kein Kind vorweisen konnte. Noch nicht einmal ein verhaltensauffälliges.

Jedenfalls sollte ich Bestechungsschokolade oder Ähnliches besorgen, dachte sie, als es klingelte. Sie schlich auf

Socken zur Tür und spähte durch den Spion. Erleichtert öffnete sie ihrem Nachbarn.

»Das kam heute Morgen für dich an. Ich habe es mal angenommen.« Marc reichte ihr ein schmales Hermes-Paket.

»Super. Das sind die Folien für die Eingangstür und die Erkerfenster. Komm doch kurz rein.«

Emily machte ihm einen Espresso und prüfte die Klebefolien, auf denen ihr neues Logo und ein Schriftzug in silbernen Lettern prangte. »Perfekt. Ich wollte eben zur Werkstatt.«

Marc brach ein Stück vom Schokoladen-Nikolaus ab und tunkte es in seinen Espresso. »Nett von Frau Hammerschmidt, nicht wahr?«

Emily schaute ihn verständnislos an.

»Na, wie ich sehe, hat sie dir auch einen Weihnachtsmann vor die Tür gestellt.«

Frau Hammerschmidt! Die freundliche Rentnerin aus dem zweiten Stock. Von wegen böse Überraschung. Von wegen vergiftet. Sondern nur eine nette Geste einer älteren Frau. Emily bekam ein schlechtes Gewissen. Bevor sie sich auf den Weg zur kleinen Werkstatt machte, packte sie ein paar ihrer selbst gebackenen Honigherzen und eine schöne Kerze auf einen Weihnachtsteller und bedankte sich persönlich bei Frau Hammerschmidt.

Stolz blickte Emily sich um. Acht dreieckige Kindertische (eigentlich waren es Couchtische) waren paarweise angeordnet, kleine Stühle, die aussahen, als hätte sie Arne Jacobsen entworfen, gruppierten sich in fröhlichen Farben drumherum. Funkelnde Lichterketten schmückten den Erker, bunte Kissen zierten die Sitzbank darin. Darauf hatte Emily mehrere Stofftiere drapiert, von rosa Schweinchen über Haifische und Schildkröten bis hin zu einem grünen Krokodil. Auf der Werkbank lagen kleine Scheren, Leim und Bastelpappe bereit. Sie hatte Malerkittelchen besorgt, die sie an die aus einem alten Ast und Seilen bestehende Garderobe hängte. Einer spontanen Idee folgend hatte sie die Kittel gleich mit den Namen der Kinder beschriftet. Nun hingen Anna-Lenas, Henris, Lorenz', Mathildas, Noahs, Lucys und Lillys sowie Finns Kittel fein säuberlich nebeneinander, bereit, um am Sonntag die Kleidung der Knirpse zu schützen. Die Küchenschränke enthielten jetzt grüne, rosa und blaue Kinderbecher sowie passende Plastikteller. Emily hatte ein glitzernd-buntes und gemütliches Kinderparadies geschaffen.

Was man an einem arbeitsfreien Tag und mit abgeschaltetem Handy so alles erledigen kann, dachte sie. Ihr Gewissen regte sich kurz. Sie konnte sich lebhaft vorstellen, dass Alex angesichts des anstehenden wichtigen Pitchs schon sehr nervös war. Sie schob den Gedanken von sich. Jetzt ist jetzt, dachte sie trotzig, und jetzt bin erst einmal ich dran. Beziehungsweise die Bastelkinder. Außerdem würde sie morgen ja wieder in der Agentur sein. Schon deshalb, weil es andernfalls blöd aussehen würde, wenn sie am Wochenende quietschfidel und pudelgesund einen Kinderbastelkurs abhalten würde.

Emily holte sich nebenan beim Bäcker einen Coffee-to-go und betrachtete ihr Werk von außen. Das Kids&Kunst-Logo zierte Tür und Fenster, Hunderte LEDs, die von der Decke und im Erker hingen, tauchten die kleine Werkstatt in funkelndes Licht. Fast zu schade für nur einen einzigen Tag. Emily mochte gar nicht daran denken, nach dem Wochenende Marcs Werkstatt wieder in den Ausgangszustand zu verwandeln. Der neue Hund stupste sie mit seiner feuchten Schnauze an und wedelte mit dem Schwanz.

In Gedanken machte sie eine Liste der Dinge, die bis Sonntagmorgen noch getan werden mussten. Sie wollte Schablonen für Tierköpfe fertigen. Papprollen, Bastelkrepp und Acrylfarben besorgen. Überraschungseier für Störkinder oder ganz besonders liebe Kinder kaufen. Ach ja, und Sojamilch für den veganen Kakao. Vielleicht würde sie auch einen Smartiekuchen backen, vielleicht sogar ganz weihnachtlich in Tannenbaumform.

Das Projekt machte ihr Spaß. Nachdem sie weitere 537 Euro für die drei Neuzugänge auf ihrem Konto verzeichnen konnte, hatte sie überlegt, ob ihre kleine Bastelwerkstatt nicht eine gute Alternative zu ihrem eintönigen Job in der Agentur wäre. So oder so, allein durch die drei neuen Teilnehmer war sie einen Teil ihrer Sorgen los: Lucy, Lilly und Finn finanzierten sozusagen den Eigenanteil an ihrer neuen Zahnkrone.

Als sie nun erschöpft aber zufrieden das Ergebnis ihrer Anstrengungen betrachtete, fing es an zu schneien. Der Hund hüpfte und drehte sich im Kreis, im Bemühen, ein paar Schneeflocken zu fangen. Sie fühlte sich glücklich. Fühlte es sich so an, mehr Honig statt bitterer Erinnerungen ins Herz zu lassen? Auf kindische Aktionen zu verzichten und allen nur das Beste zu wünschen? Freundlichen Nachbarinnen Gebäck zu bringen, statt frühmorgens mit dem Feldstecher frierend das Apartment ihres Ex-Freundes ins Visier zu nehmen?

Sie nahm sich fest vor, von nun an anderen Gutes zu tun und Gutes zu gönnen, als sie das Licht in der Werkstatt löschte und sich lächelnd auf den Weg nach Hause machte.

Tag neun

Eine merkwürdige Stimmung lag in der abgestandenen Luft der Agentur, als Emily betont pünktlich an ihren Schreibtisch hetzte. Sie hatte absichtlich darauf verzichtet, sich zu schminken, in der Hoffnung, noch etwas mitgenommen auszusehen. Kate machte ihr, die eine Hand am Hörer, die andere an der Tastatur, wilde Zeichen mit Mund und Augenbrauen, als sie an deren Schreibtisch vorbeikam. Fragend zog Emily nun ebenfalls eine Augenbraue in die Höhe. Kate deckte den Hörer kurz mit der Hand ab und raunte ihr zu: »In fünf Minuten in der Küche?«

Emily nickte. Sie spürte, dass irgendetwas nicht in Ordnung zu sein schien. Mara war nicht an ihrem Arbeitsplatz, Joe starrte konzentriert auf seinen Bildschirm, der Azubi hatte Kopfhörer auf und wischte auf seinem Handy herum. Die beiden anderen Grafiker telefonierten. Keiner begrüßte Emily, keiner fragte, wie es ihr oder ihrem Zahn ginge. Der Meetingraum war leer, die Tür zu Alex' Büro stand offen, offensichtlich war er ebenfalls nicht da.

Sie stellte das Körbchen unter ihren Schreibtisch, legte erst ein altes Handtuch hinein, dann einen Kauknochen und schließlich den Welpen. Auch hiervon nahm keiner Notiz.

Manchmal machte Emily arbeiten echt Spaß, aber wenn die Stimmung so war wie heute, wäre sie am liebsten sofort wieder umgedreht. Alle schienen schlecht drauf zu sein. Außer dem Hund, der war happy und nagte selig an dem Kauknochen. Emily registrierte, dass Kate ihr Telefonat beendet hatte, und machte sich auf den Weg in die Küche.

»Wo sind die denn alle?«, fragte sie Katie.

»Alex und Mara bei Kunden, Maximilian bei der Druckabnahme und der Rest – keine Ahnung.«

Emily startete das Menü des hippen SmartCoffee-Systems und hob fragend eine Kaffeetasse hoch. Als Kate ablehnte, wählte sie für sich einen Arabica extra-fuerte aus Bioanbau und verfeinerte ihn mit Vanillemilch.

»Warum bist du denn gestern nicht ans Telefon gegangen, Emily?«

»Weil ich krankgeschrieben war und nach der Zahn-OP noch Schmerzen hatte«, übertrieb Emily etwas die Tatsachen.

»Und jetzt? Geht es dir wieder gut?«

Emily zuckte mit den Schultern. »Muss ja.«

»Ich wollte dich vorwarnen. *Her Majesty is not amused.*«

»Alex? Wieso denn? Was ist denn jetzt schon wieder?« Emily raufte sich genervt die Haare. Immer das Gleiche, konstatierte sie im Stillen. Vor einem Pitch war ihr Chef jedes Mal ultranervös und drohte durchzudrehen.

»Wann ist dieser Termin im Ministerium noch mal?«, erkundigte sie sich bei Kate.

»Em! Der ist am Montagmorgen.«

Auweia, dachte Emily, sie hatte weder eine Idee noch Entwürfe. Geschweige denn wenigstens eine Seite der anzufertigenden PowerPoint-Präsentation. Auch hatte sie keine Ahnung, ob bereits ein Texter am Projekt arbeitete. Am besten, sie brachte sich gleich auf den aktuellen Stand und las sich schnell in das Briefing ein, bevor Alex vom Kunden zurückkommen würde.

»Em, das ist nur *ein* Problem. Es gibt aber noch ein weiteres.«

»Was? Wieder ein fehlerhaftes Farbprofil? Ein falsch angelegter Beschnitt? Oder das Blau im Katalog kommt nicht raus wie beim Andruck?« Genervt strich sich Emily eine widerspenstige Locke aus der Stirn. Eben wollte sie Katie darüber aufklären, was ihrer Meinung nach *wahre* Tragödien im Leben sind, als diese ihr beruhigend eine Hand auf die Schulter legte.

»Na ja, die Anzeige in *Moutimaailma.*«

Emily schluckte.

»Da ist laut Redaktion wohl eine schwarze Seite erschienen.«

»Foxtrott-Uniform-Charlie-Kilo«, fluchte Emily im Fliegeralphabet. Sie erinnerte sich vage an den Finnen, der am Schluss schier geheult hatte, weil bei Druckunterlagenschluss keine Druckdaten für die Anzeige ihrer Kunden vorlag. An Mara, die ständig genervt hatte. Hatte sie letztendlich die Daten auf den Server des Magazins gelegt oder nicht? Emily konnte es nicht sagen.

»Warum hat mir das keiner gesagt?«

»Em, Mara hat es wohl mehrmals gesagt. Behauptet sie jedenfalls.«

»Ja, das hat sie vermutlich«, resigniert zuckte Emily mit den Schultern. Der Tag fing ja gut an. Sie war geneigt, gleich nach dem Kaffee ihre Sachen sowie den Hund zu packen und das Gebäude zu verlassen, noch bevor Alex eintraf. Ob der sympathische Dr. Rosenfeldt sie noch mal krankschreiben würde? Manchmal verraucht ja Wut innerhalb von zwei, drei Arbeitstagen, dachte sie hoffnungsvoll. »Na ja, Katie, ich würde sagen, das Kind ist jetzt eh schon in den Brunnen gefallen.«

»Ich würde sagen, das Kind ist nicht nur hereingefallen, es ist jämmerlich abgesoffen.«

Trotz allem musste Emily kichern.

»Über verschüttete Milch soll man keine Tränen vergießen«, setzte Kate eine Plattitüde nach.

»Ja, und Besuch und Fisch stinken nach drei Tagen«, ergänzte Emily.

»Em, du bist draußen! Der hat gar nicht gepasst.«

»Macht nichts! Ich habe jetzt einen tollen Zahnarzt«, alberte Emily völlig sinnbefreit herum. Als Kate fragend eine Augenbraue nach oben zog, erzählte Emily ihr von ihrem Besuch bei Dr. Rosenfeldt. Von seinem weißen Lacoste-Shirt, den tollen Kunstwerken im Warteraum und von dem Bilderrahmen auf seinem Schreibtisch.

»Der tolle Typ vom Bäcker ist also jetzt dein Zahnarzt?«, rückversicherte sich Kate, dass sie die Zusammenhänge richtig verstanden hatte. »Und du denkst, er ist verheiratet?«

Emily seufzte. »Sieht ganz danach aus.«

Jetzt seufzte auch Kate. Dann grinste sie. »Bei dir läuft's!« Kates Sarkasmus war wie immer unübertrefflich.

Sie beschlossen, sich umgehend an ihre Arbeitsplätze zu begeben, um wenigstens noch einiges in Angriff zu nehmen, bevor Alex wieder zurück war und weitere Vorwürfe erheben würde.

So weit kam Emily aber nicht. Ungefähr vierzig Zentimeter vor ihrem Schreibtisch befand sich eine gelbe Lache auf dem Linoleum. Vom neuen Hund dagegen fehlte jede Spur.

Sie schaute unter jeden einzelnen Schreibtisch. Hinter die Stapel mit Zeitschriften, die auf dem Boden lagen. In den Topf mit der großen Palme. Weder auf der Toilette noch im Meetingraum konnte sie ihn finden. Sie konnte ihn noch nicht einmal rufen, er hatte ja noch keinen Namen. Eine erste Unruhe schlich sich in Emilys Gedanken. Konnte er durch eine unachtsam geöffnete Tür nach draußen entwischt sein? Beunruhigt dachte sie an den Verkehr auf der Nymphenburger Straße. An die großen SUVs und das kleine Kerlchen. An das dünne flauschige Fell und die bittere Kälte vor der Tür. Mit Tränen in den Augen ging sie die Kontrollrunde nun rückwärts. Eben prüfte sie erneut die Toilettenräume, als sie ein lautes Fluchen hörte. Alex war zurück. Und auf der Pfütze ausgerutscht. Die Dokumente aus seiner Aktenmappe lagen verstreut am Boden, den Hosenboden seiner Chinos zierte ein nasser Fleck.

»Was zum Teufel …«, setzte er an und begutachtete seine Hose. Mara, Joe und der Azubi, dessen Name Emily ständig vergaß, waren herbeigeeilt und klaubten die losen Blätter vom Linoleumboden. *Bei mir läuft's halt*, wiederholte Emily in Gedanken Kates sarkastische Bemerkung. Immer wenn man denkt, schlimmer geht es nicht mehr, kommt es noch dicker. Denn, schlimmer geht immer.

Vorsichtshalber wich sie drei Schritte zur Seite, als Alex, auf dem Weg zu seinem Büro, mit verkniffenem Gesicht an ihr vorbeistürmte. Er knallte die Tür hinter sich zu. Das war etwas, was er sonst nie tat. Tatsächlich hatte Emily in den ganzen viereinhalb Jahren, in denen sie für Alex arbeitete, noch nie die Tür zu seinem Büro geschlossen gesehen. Gleich darauf riss er die Tür wieder auf.

»WEM. GEHÖRT. DIESER. HUND?« Alex hielt das Hündchen hoch über seinen roten Kopf.

Erleichtert eilte Emily zu ihm. »Da ist ja der kleine Racker.« Behutsam nahm sie ihn ihrem Chef ab. Der Hund leckte ihr begeistert über das Gesicht. »Es tut mir leid, Alex. Ich wollte dich fragen, ob es in Ordnung ist, ihn ab und zu mit in die Agentur zu bringen. Aber du warst ja heute Morgen nicht da.« Vorsichtig musterte sie ihren Vorgesetzten. Auch der kleine Hund legte den Kopf schief und schaute Alex an.

»Ihr seid ja süß, ihr zwei«, meinte er und kraulte den Welpen hinter den Ohren. Nachdenklich schaute Alex Emily an. Die steile Falte zwischen seinen Augenbrauen war noch nicht wieder verschwunden, ein Zeichen, dass die Wut noch nicht verraucht war. »Ich würde vorschlagen«, fuhr er fort, »du beseitigst kurz die Pfütze und gehst dann eine Runde Gassi. Ich ziehe mich um, erledige ein paar eilige Dinge und dann gehen wir gemeinsam mittagessen. Wir haben ein paar Dinge zu besprechen.«

Erleichtert atmete Emily aus. Der große Anschiss war ausgeblieben. Sie hatte das Gefühl, auch der Rest der Agentur hatte die Luft angehalten. Nun kehrten alle an ihre Schreibtische zurück, nur der Azubi hatte bereits einen Eimer mit Wasser gefüllt und wollte eben das kleine Malheur beseitigen.

»Lass mal, äh du«, meinte Emily, »das ist wirklich nicht deine Aufgabe. Ich mache das schon.« Sie bedankte sich bei ihm und machte sich ans Werk.

Während sie eine Runde um den Block drehte, fing es an zu schneien. Alex, reflektierte sie, war auffallend ruhig geblieben. Kein Wort über den eiligen Pitch, kein Wort über die geplatzte Anzeigenschaltung. War das die Ruhe vor dem Sturm? Wie die Flut, die sich erst einmal ins Meer zurückzog, und dann mit ungebremster Kraft zurückkam und sich in einer gewaltigen Welle brach? Sie betrachtete die tanzenden Schneeflocken und den tapsigen Hund, der freudig neben ihr herstolperte. Ihr wurde warm ums Herz. Jetzt ist jetzt, dachte sie, und jetzt ist gut. Man kann sich schließlich auch erst dann Sorgen machen, wenn die Situation da ist.

Zwei Stunden später sah die Sache schon ganz anders aus. Sie saß mit Alex im *Mezzanine*, einer kleinen Tapas-Bar. Emily kannte das Lokal, es lag in unmittelbarer Nähe zu der Kanzlei, in der sich George den Arsch abarbeitete, immer die Karotte der möglichen Partnerschaft vor der Nase. Emily erkannte an einem Ecktisch in einer halbhohen Nische einen seiner Kollegen, der mit einem dicken Mann ein ernsthaft aussehendes Gespräch führte. Seit Monaten hatte sie das Stammlokal der benachbarten Juristen gemieden. Dennoch erkannte Raoul, Inhaber und Kellner in einer Person, sie sofort wieder.

»Schön, dich wieder einmal zu sehen, Em«, begrüßte er sie.

Fünf Minuten später hatten sie und Alex nicht nur einen »Gruß aus der Küche« vor sich stehen, sondern ein ganzes Begrüßungskomitee. Alex schien beeindruckt zu sein. Er schob sich ein frittiertes Bällchen in den Mund und stocherte mit der Gabel in den Anchovis, die auf einem Salatblatt ruhten.

Emily sah, dass er einen Anfang suchte. Sie setzte gedanklich fünfzig Euro auf »Ich mag dich ja sehr gern, aber ...«.

Tatsächlich startete er mit ähnlichem Wortlaut. »Emily, du weißt, dass ich deine Arbeit sehr schätze.«

»Aber?«, nahm sie ihm die nächste Hemmschwelle ab. »Es gibt doch sicher ein Aber?«

»Das tut es leider, ja«, seufzte er bedauernd, bevor er sich ein weiteres Häppchen in den Mund schob.

Emily überlegte, ob sie in die Offensive gehen sollte. Immerhin wusste sie von der schwarzen Seite im finnischen Magazin. Aber warum sollte sie schlafende Hunde wecken? Vielleicht hatte Alex es ja auch vergessen und wollte auf etwas ganz anderes raus. Sie entschied sich dennoch, das unangenehme Thema anzuschneiden.

»Moutimaailma«, starteten beide gleichzeitig. Verblüfft hielten sie inne und grinsten sich an.

»Du zuerst«, forderte Emily ihn auf. Vorsorglich schenkte sie ihm ein Glas des fruchtigen Weißweins ein, den Raoul zwischenzeitlich an den Tisch gebracht hatte.

»Na gut«, meinte Alex. »Du weißt von der schwarzen Seite, die statt unserer Anzeige erschien?«

Emily nickte. Noch bevor sie eine Entschuldigung murmeln konnte, fuhr er fort.

»Wir machen alle mal Fehler, Emily. Und bestimmt hat jeder von uns schon mal vergessen, wichtige Daten vor Druckunterlagenschluss zu senden.« Er legte eine bedeutungsvolle Pause ein.

Jetzt kommt das Aber, dachte sich Emily.

»Aber die Druckdaten nicht vor der absoluten Deadline zu senden, wenn der Redakteur hier viermal anruft, das hast nur du geschafft.«

Sie nickte resigniert. Das durfte nicht passieren und wäre ihr auch nicht passiert, wenn sie nicht ständig an George und sein neues Glück hätte denken müssen. Aber das war keine Entschuldigung, das sah selbst sie ein.

Zu allem Unglück betrat nun auch noch ebendieser, gefolgt von drei Kollegen, die Tapas-Bar. Emilys Herzschlag setzte für einen Moment aus. Der Bissen, den sie eben runterschlucken wollte, klemmte nun zwischen Rachen und Speiseröhre. Sie röchelte. Verzweifelt griff sie nach ihrem Glas Wein und nahm einen großen Schluck, um einen Hustenanfall zu vermeiden. Alex, der Emilys Keuchen als eine Reaktion auf seine Ansage wertete, legte ihr verständnisvoll eine Hand auf die Schulter.

»Emily, es tut mir leid. Aber so eine ganzseitige Anzeige kostet ein Vermögen, wie du weißt. Und ich trage hier nicht nur Verantwortung für dich und mich. Ich muss dafür Sorge tragen, dass die Miete bezahlt wird und vierzehn Mitarbeiter am Ende des Monats ihr Gehalt bekommen. Ich bin derjenige, der den Laden am Laufen hält. Und ich bin derjenige, der kein Risiko eingehen kann, dass anstehende Arbeiten fehlerhaft oder gar nicht ausgeführt werden.«

Scheiße, dachte Emily, jetzt kommt sicher gleich wieder die Geschichte mit den fehlenden Logos auf dem Messestand der Scheiß-Kaffeehipster. Alex hatte immer noch die Hand auf ihrer Schulter und blickte sie beschwörend an.

»Das verstehst du doch, Emily?«

»Natürlich. Und es tut mir auch leid. Ich weiß, dass ich die letzten Tage etwas unkonzentriert war.« Unwillkürlich schweifte ihr Blick zu George, der sie entweder bis jetzt nicht entdeckt hatte, oder sie bewusst ignorierte. Sollten ihn ihre miesen Überraschungen während der letzten Tage erreicht haben, so sah man es ihm nicht an. Er sah gut aus. Ausgeschlafen und gut gelaunt. Glücklich. Emily schluckte und zwang sich, ihre Aufmerksamkeit wieder Alex zuzuwenden.

»Mit Moutimaailma hatten wir noch Glück im Unglück. Mara hat den Anzeigenleiter angerufen. Dieser bot an, in der nächsten Ausgabe die Anzeige kostenfrei zu wiederholen. Immerhin sind wir kein unbedeutender Anzeigenkunde für das Magazin.«

»Und unsere Kunden? Sind die sehr sauer?«

»Auch da sind wir mit einem blauen Auge davongekommen. Die fanden das gar nicht so schlimm. Sogar noch besser, in der teureren Weihnachtsausgabe platziert zu sein.«

Emily atmete erleichtert aus. Es schien sich ja doch noch alles zum Guten zu wenden. Den Zahn zog ihr Alex aber postwendend.

»Apropos nicht Konzentriert-gewesen-Sein ...«

Abwartend musterte sie ihren Chef.

»Du warst nicht nur nicht konzentriert, Emily. Du warst erst gar nicht anwesend.«

Emily hatte keine Lust mehr zu lügen. Sie konnte ihm jetzt eine herzerweichende Geschichte von der erst ganz schlimmen Erkältung, und dann die der äußerst schmerzhaften Zahnoperation auftischen. Oder es einfach lassen. Dass sie richtig entschieden hatte, indem sie einfach die Klappe hielt, zeigte Alex' nächster Satz.

»Meine Frau hat dich bei Ikea gesehen. Quietschfidel.«

Emily schluckte. Egal, was sie jetzt sagen würde, es würde nicht helfen. Sie könnte nun Donald-Trump-mäßig herumschreien, und ob sie die Wahl gewonnen hätte, aber das Ergebnis wäre das Gleiche: Niemand würde ihr glauben, und noch schlimmer, sie würde sich zum Affen machen. Es gab in dieser Situation keine richtigen Worte. Außer die einer ehrlich gemeinten Entschuldigung.

»Emily, daher habe ich einen Vorschlag für dich.«

Verwundert sah sie ihn an.

»Ich schlage vor, wir lösen unser Arbeitsverhältnis einvernehmlich. Ich kündige dir auf das Monatsende, biete dir aber an, dass du auf freiberuflicher Basis für uns weiterarbeitest. Praktisch auf Abruf – und nur dann, wenn du Zeit und Lust hast. Und vor allem, wenn du dir zutraust, die Projekte auch mit ganzer Seele und noch mehr Herzblut zu erledigen.«

Das musste Emily erst einmal sacken lassen. Gekündigt. Während George gut aussehend, glücklich und frisch verlobt ein paar Tische weiter gerade mit seinen Kollegen über irgendeinen Scherz lachte, saß sie hier und erhielt einen freundlichen Rauswurf. *Es läuft*, dachte Emily sarkastisch, *es läuft.*

Eine Stunde später erhielt die Kanzlei eine Lieferung. Zehn Pizzen mit Sardellen und extra viel Knoblauch. Bestellt auf Georges Namen. Sardellen, weil George dagegen allergisch war. Knoblauch, weil er davon Blähungen bekam.

Tag zehn

Die Nacht war unruhig gewesen. Die Bestürzung über ihren Rauswurf hatte sie nicht schlafen lassen. Gekündigt. Sie hatte sich von einer Seite auf die andere gewälzt, nur um nach zwei Stunden wieder aufzustehen und sich ein Glas Rotwein in der Küche zu genehmigen. Nach Abzug aller Urlaubstage musste sie genau noch einen Tag arbeiten: heute. Dann sollte sie sich arbeitslos melden. Emily wusste gar nicht wie und wo man das überhaupt machte. Oder würde Alex sein Versprechen halten, und sie freiberuflich auf Stundenbasis buchen? Auch was sie in diesem Fall zu tun hatte, wusste sie nicht. Ein Gewerbe anmelden? Dem Finanzamt mitteilen, dass sie nun Freelancer war? Angebote der Krankenkassen einholen? Ein riesiger Berg Fragen türmte sich vor Emily auf. Erst gestern noch, nachdem der erste Schreck sich gelegt hatte, hatte sie die Idee gar nicht einmal so schlecht gefunden. Sie kannte die Stundensätze der freiberuflichen Grafiker und Texter, die Alex hin und wieder für einzelne Projekte buchte. Wäre sie nur drei bis vier Tage im Monat ausgebucht, wären Fixkosten wie Miete und Krankenkasse vermutlich bezahlt. Drei bis vier Tage, das klang verlockend. Je weiter die Nacht jedoch vorangeschritten war, desto größer wurden ihre Zweifel. Im zunehmenden Dunkel der Nacht mutierten harmlose Fragen zu immer dickeren Monstern, die sie hinterrücks überfielen und ihr die Luft abschnürten.

Letztendlich war sie in einen unruhigen Schlaf gefallen, den der neue Hund um vier Uhr morgens beendete, indem er auf ihr Bett sprang und sie mit seiner feuchten Nase anstupste.

Nun stand sie hier und fror auf dem windigen Durchgang im dreizehnten Stock. Apartment siebzehn war wach. Und Emily nicht klüger. Eine Elster saß keckernd auf den gefrorenen Zweigen der Eiche, die den Parkplatz des Hochhauses zur Straße hin abgrenzte. Müde Gesichter starrten hinter den Scheiben der gerade einfahrenden S-Bahn apathisch auf blau schillernde Displays, dick eingemummelte Fahrgäste stiegen zu. Die Stadt erwachte im Zeitlupentempo, analog zu der klirrenden Kälte, die ihre Bewohner heute Morgen lähmte.

Emily dachte an George. Daran, wie fantastisch er gestern ausgesehen hatte. Er war gut in Form, seine Gesichtszüge entspannt. Vielleicht hatte er sogar etwas abgenommen, von seinem kleinen Bauchansatz, den sie immer sehr sympathisch gefunden hatte, war keine Spur zu sehen gewesen. Aber nicht so, wie unglückliche Leute abnahmen, die anschließend ausgezehrt, bleich oder schlimmer noch, faltig aussahen. Vielmehr wirkte er durchtrainiert, zufrieden und gesund. George war glücklich. Ein bitterer Kloß, den Emily noch nicht so recht verdauen konnte.

Sie dachte an ihr schrumpeliges Herz, das sich nun ein weiteres Mal schmerzhaft zusammenzog. An ihre Mundwinkel, deren Verlauf nach unten sich keinesfalls in ihr Gesicht eingraben sollten. An ihr Karma, an dem sich arbeiten ließ.

Emily hatte eines Tages erkannt, dass man nicht gleichzeitig traurig sein *und* lächeln kann. Nun zwang sie ihre Gesichtsmuskeln dazu, die Mundwinkel anzuheben, während sie bewusst ein- und ausatmete. Bei jedem Atemzug zählte sie bis fünf, bevor sie die Luft wieder ausströmen ließ. Der neue Hund schaute sie interessiert an. Sie nahm das kleine Kerlchen vom Boden und steckte den zitternden Welpen unter ihre Daunenjacke. Freudig leckte er ihr über die kalte Wange, bevor er seine Schnauze in ihrem Schal vergrub. Nun musste Emily lächeln, auch ohne dass sie ihre Gesichtsmuskeln dazu zwang. Auch das hatte sie im Verlauf der letzten Monate gelernt: Es ist unmöglich, frustriert zu sein, während man dankbar ist. Zwei Emotionen, die nicht kompatibel sind. Nachdem sie also reflektierte, was sie alles verloren hatte, rief sie sich ins Gedächtnis, wofür sie dankbar sein konnte.

Verloren hatte sie Georges Liebe, ihren Seelenfrieden, eine Backenzahnplombe und ihren Job. Ach ja, und ein paar Kilos.

Dankbar war sie für Katies Freundschaft. Diese hatte sie gestern Abend eingeladen, mit ihr und Marc gemeinsam zu kochen. Dankend hatte Emily abgelehnt. Die beiden waren so frisch verliebt, dass sie sich eindeutig wie das fünfte Rad am Wagen vorgekommen wäre. Außerdem hatte sie seit den Häppchen in der Tapas-Bar samt der tollen Beilage, ihrer Kündigung, keinen Appetit mehr. Dennoch war sie gerührt. Sie wusste, auf Kate war in jeder Lebenslage Verlass. Ebenso dankbar war sie für den kleinen Hund, der sich unter ihrer Daunenjacke an sie kuschelte. Daher konnte sie auch etwas Dankbarkeit für George, die dämliche Theresa und ihr dummes Balg empfinden. Wären diese vor ein paar Tagen zu Hause gewesen und hätten den kleinen Hund in die Familie aufgenommen, hätte sie nun niemanden, der sich wie blöd freute, wenn er sie sah. In der Folge war sie auch Alex dankbar. Denn nun konnte sie zukünftig ihre Zeit frei einteilen, von zu Hause aus arbeiten, das Hündchen neben ihrem Schreibtisch. Ach ja. Und für die verlorenen Kilos war sie ebenfalls dankbar.

Deutlich besser gestimmt, packte sie nun ihr Fernglas und ihre Thermoskanne ein und machte sich auf den Weg nach unten. Im Fahrstuhl fielen ihr weitere Begebenheiten ein, für die sie Dankbarkeit empfand: ihre Idee mit der Kids&Kunst-Werkstatt; Marc, der ihr kostenfrei den Raum hierfür überließ; die Eltern der kleinen Teilnehmer, die immerhin 1432 Euro auf ihr Konto gespült hatten.

Es wirkte, der Frust war wie weggeblasen. Und als sie auf dem Weg in die Agentur war, hatte sie sogar regelrecht gute Laune. Nun konnte sie das Tierheim anrufen und Bescheid geben, dass sie den kleinen Racker behalten würde. Sie erwog, einen Folgekurs abzuhalten und Marc zu fragen, ob sie die Werkstatt weiterhin nutzen dürfte. Gab es nicht statt Arbeitslosengeld auch eine Art Existenzgründerzuschuss für Start-ups? Die Welt sah wieder rosig aus, als Emily die Agentur betrat.

Abschiedsstimmung lag noch keine in der Luft. Was zum einen daran lag, dass Alex gestern verkündet hatte, Emily würde weiterhin freiberuflich zum Team gehören. Zum anderen war Freitag. Freitags war immer besonders viel besonders eilig zu erledigen. Meist fiel Kunden, und das war wirklich branchenübergreifend, ganz Wichtiges ein, was diese vor dem Wochenende vom Tisch haben wollten. Gerne auch kurz vor Feierabend. Daher arbeiteten alle konzentriert, und Emily machte sich in aller Ruhe daran, letzte Projekte abzuschließen oder anderen Mitarbeitern zu übergeben. Einer der von ihr betreuten Kunden war die Kanzlei, für die George arbeitete. Wehmütig dachte sie zurück an den Tag, an dem sie ihn das erste Mal gesehen hatte. Die Anwälte hatten Alex' Agentur damit beauftragt, deren Webseite zu modernisieren. In werberisch hieß das »Website Relaunch«, welcher sich vor allem in moderneren Bildern, einer intuitiv bedienbaren Menüführung und Headlines mit austauschbaren Keywords widerspiegelte. Plakative Aussagen über Nachhaltigkeit, Vertrauen und Innovation kommunizierten, dass der User hier auf der richtigen Seite gelandet war. Statements von photoshopgeschönten Mitarbeitern versprachen langjähriges Know-how, jede Menge Herzblut und eine ausgezeichnete Expertise.

Bla, bla, bla, dachte Emily. Sie loggte sich mit den Zugangsdaten der Agentur auf der Webseite ein und rief die Kontaktseite der Kanzlei auf. Unter der Headline »Mit wem sie es zu tun haben, wenn Sie es mit uns zu tun haben« strahlte ihr George fröhlich entgegen. Kurzentschlossen baute sie einen Zahlendreher in seine Durchwahlnummer. Dann löschte sie das »I« aus seinem Nachnamen, sodass King George nun Georg Köng hieß. Sie war versucht, sein Foto gegen eine Abbildung von King Kong auszuwechseln.

Emily widerstand. Das wäre wirklich zu offensichtlich gewesen. Sie blickte zu dem kleinen Hund, der neben ihr in seinem Körbchen seinen Kauknochen bearbeitete. Er wedelte mit dem Schwanz und legte den Kopf schief, als wollte er fragen, ach, warum eigentlich nicht?

Grinsend fragte sich nun auch Emily, warum eigentlich nicht? Und weil sie schon dabei war, ersetzte sie nicht nur Georges professionelles Lächeln gegen das grimmige von King Kong, sondern auch seinen Vornamen gegen den von ihr verwendeten Kosenamen »King«.

Danach hatte sie den Kopf frei, um alten Schriftverkehr zu sortieren. Anschließend las sie interessehalber das Briefing für den Pitch der Landesbehörde, mit dem nun eine Freelancerin beauftragt worden war. Spontan skizzierte sie drei der Eventlogos, die ein Teil der Aufgabe waren und begründete ihre Entwürfe in jeweils drei Zeilen.

Je länger sie darüber nachdachte, desto besser fand sie ihre Ansätze. Die Aufgabe war zwar schon vergeben, aber zusätzliche Ideen schadeten nie, vor allem nicht, wenn man wie sie auf lukrative Aufträge in der Zukunft hoffte. Am besten, sie ließe auch gleich wieder ihre »King Kong«-Kreation verschwinden, bevor das noch Ärger gab. Denn Ärger hatte sie bereits genug.

Kurzentschlossen verwandelte sie den Affen zurück in Georg König und zwinkerte dem neuen Hund zu, bevor sie Alex ihre Fleißarbeit zumailte. Postwendend meldete sich dieser.

»Und? Wie findest du es?«, fragte Emily gespannt.

»Spinnst du jetzt komplett, Emily?«

Also so schlecht sind die Entwürfe ja bei Weitem nicht, dachte sie. Sie fand sie sogar ausgesprochen gut, die Herangehensweise kreativ und die Kampagnenansätze gut begründet. Sie wartete ab. Das hatte sie von George in seiner Funktion als Jurist gelernt. Wenn man nicht weiß, worauf der Gegner hinauswill, erst einmal schweigen. Genau das tat sie nun.

»Ich gehe davon aus, King Kong geht auf deine Mütze. Hier hat eben ein erboster Jurist angerufen und mir alles Mögliche angedroht. Alles! Mögliche!«, wetterte Alex.

Emily musste den Hörer weit weg von ihrem Ohr halten, so laut schrie ihr Chef. Sie hörte ihn dual, denn der gleiche Wortlaut schallte aus seinem Büro.

Der Azubi ohne Namen starrte sie an. Katie zog fragend eine Augenbraue nach oben und grinste. Der Hund verzog sich winselnd unter ihren Schreibtisch, in der Küche ließ jemand Besteck fallen. Dann herrschte gespenstige Ruhe.

Betont ruhig antwortete Emily. »Moment, ich schau es mir mal an. Bin gleich so weit, Moment.« Demonstrativ rief sie die Seite auf. »Ich weiß nicht, was du meinst«, log sie, »sieht für mich alles normal aus.«

Alex, der parallel die Webseite der Kanzlei geöffnet hatte, stutzte. »Eben war da noch ...«, stammelte er.

Emily nutzte seine Verwirrung und schwenkte sofort über zum nächsten Thema. Ablenkung war besser, als Konflikte zu vertiefen, auch das war eine Taktik, die George oft und gern anwendete. Sowohl bei den Gegenspielern seiner Mandanten als auch privat. Wie oft war er abends vom Gericht gekommen und hatte stolz berichtet, wie gekonnt er Kontrahenten rhetorisch ausgeknockt hatte. Wenn Emily daran zurückdachte, war sie geradezu froh, sich diesen Blödsinn nicht mehr anhören zu müssen. Viel Spaß, Theresa, wünschte sie gedanklich ihrer Nachfolgerin, viel Spaß und viel Freude mit George!

»Wie findest du die Entwürfe zu den Event-Logos? Hast du schon darüber geschaut?«, fragte sie daher übergangslos.

Alex verneinte, versprach aber, sie sich gleich anzuschauen.

Erleichtert, noch einmal mit einem blauen Auge davon gekommen zu sein, beendete Emily rasch das Gespräch.

Vor ihrer Wohnungstür lag ein Teller mit zwei Stückchen Kuchen, als Emily, bepackt mit ihren persönlichen Dingen, zu Hause eintraf. Misstrauisch begutachtete sie das Backwerk und ließ den Hund daran schnuppern.

»Blödsinn«, rief sie sich selbst zur Ordnung. Nach dem King-Kong-beinahe-Disaster hatte sie sich geschworen, positiv in ihr neues freies Leben zu starten. Die schönen Momente zu genießen. Oder, um es mit Kates Worten zu sagen: weniger Bitteres und mehr Honig in ihr Herz zu lassen. Auch wenn dies im Laufe des Nachmittags nicht so einfach gewesen war. Je näher der Feierabend und damit der Abschied von ihrem Arbeitsplatz rückte, desto wehmütiger war sie geworden.

Als sie damals aus dem kleinen Dorf, in dem sie aufgewachsen war, nach München kam, stand ihr die Welt offen. Das Studium mit Bestnote abgeschlossen, hatte sie auf dem umkämpften Wohnungsmarkt eine bezahlbare Altbauwohnung in Maxvorstadt gefunden und nach einem nur dreiwöchigen Praktikum eine Festanstellung als Grafikerin und Reinzeichnerin in der Agentur erhalten.

Wenige Zeit später lag nicht nur eine aussichtsreiche Zukunft in München vor ihr, sondern auch ein erfolgreicher Anwalt ihr zu Füßen. Mit George kamen die gemeinsame, größere Wohnung und ein neuer Freundeskreis. Der aufstrebende Jurist und die begabte Grafikdesignerin. Sie waren gut integriert in ihr Umfeld, waren in allen angesagten Lokalen anzutreffen und zu allen interessanten Events eingeladen. Sie konnten sich so einige Extras leisten, und eine glückliche Zukunft mit Karriere, extravaganter Hochzeit und hübschen Königskindern schien vor ihnen zu liegen. Keinen Gedanken hatte Emily an unglückliche Singles und arbeitslose Menschen verschwendet. Oder auch an die, die einfach im falschen Stadtteil wohnten. Denn die gab es nicht in ihrer Seifenblase mit George, damals nicht. Jetzt trafen praktisch alle drei Merkmale auf sie selbst zu, und sie fragte sich, ob sie zukünftig ebenfalls unsichtbar wäre. Sich sozusagen unterhalb des Radars glücklicher und erfolgreicher Menschen bewegen würde.

Sie fütterte den Hund und betrachtete den Kuchen. Ihr Magen knurrte. Sie stellte sich selbst vor die Wahl: weiterhin über die verpatzten Gelegenheiten der Vergangenheit zu jammern oder das Beste aus dem Hier und Jetzt herauszuholen.

»Jetzt erst recht«, murmelte sie das Patentrezept ihres Großvaters, wann immer sich Steinchen oder auch dicke Brocken auf seinen Weg verirrt hatten.

Ein hilfreicher Leitsatz, fand Emily. Ebenso wie der, grundsätzlich seinen Mitmenschen erst einmal positive Beweggründe zu unterstellen. Sie schichtete den Käsekuchen auf einen ihrer eigenen Teller, spülte den fremden und legte ein paar Pralinen darauf.

Erfreut öffnete Frau Hammerschmidt die Tür. »Hat der Kuchen geschmeckt?«, erkundigte sich die Rentnerin und bat Emily in ihre Wohnung. »Und was ist denn das für ein süßes Kerlchen?« Sie streichelte den kleinen Hund, der nun aufgeregt um ihre Füße tänzelte.

Eigentlich war Emily müde, sehnte sich nach einem heißen Bad und wollte auch noch eine Einkaufsliste für morgen erstellen. Immerhin war Sonntag der große Tag, und sie hatte noch keinen Plan, was die Bastelkids zum Mittagessen bekommen sollten. Aber Frau Hammerschmidt ließ keine Widerrede zu und schob sie in die Küche, wo sie geschäftig herumwirbelte, während sie Emily einen Tee aufdrängte. Ein leckerer Geruch strömte aus dem Ofen und zog durch die Küche. Emily lief das Wasser im Munde zusammen.

»Lasagne, in zwei Varianten«, verkündete die agile Best Agerin.

»Warum in zwei Varianten?« Insgeheim fragte sich Emily, wer das alles essen sollte, denn so viel sie wusste, war Frau Hammerschmidt Witwe.

»Ach, die Jugend von heute«, seufzte sie. »Die einen essen ganz normal, die anderen vegetarisch, die dritten sind irgendwas-intolerant und einer speist nur vegan, als ob das in irgendeiner Weise gesünder wäre als ganz normale Vollwertkost.« Sie lachte und fügte erklärend hinzu: »Morgen kommen meine Enkel zum Essen.«

Während Frau Hammerschmidt die beiden Auflaufformen aus dem Ofen nahm, erzählte ihr Emily von ihrem Kids&Kunst-Kurs und berichtete, dass sie noch keinen Plan bezüglich des angekündigten Mittagessens in Bio-Qualität hatte.

»Nudelauflauf?«, schlug die Nachbarin vor. »Vielleicht einen mit glutenfreien Nudeln, Bio-Spinat und Sojarahm, den anderen herkömmlich, mit Sahne, Speck und Ei? Dazu ein paar Möhrenschnitze und Minitomaten, damit sind Sie in jedem Fall auf der sicheren Seite.«

Emily war beeindruckt. Tatsächlich hatte Frau Hammerschmidt gerade eines ihrer Probleme gelöst. »Meinen Sie, Sie könnten mir das Rezept aufschreiben?«, fragte sie hoffnungsvoll.

»Wann benötigen Sie denn die Aufläufe am Sonntag?«

»Na ja, ich denke so spätestens um halb eins, beziehungsweise, wie lange muss denn so ein Auflauf in den Ofen?«

Frau Hammerschmidt lächelte sie freundlich an. »Kindchen, haben sie jemals einen Nudelauflauf gemacht?«

»Nein«, gab Emily kleinlaut zu. »Ich hoffe, das ist nicht so kompliziert.«

»Ich habe einen Vorschlag. Sie besorgen morgen Vormittag die Zutaten, die ich Ihnen gleich aufschreibe, und ich kümmere mich um den ganzen Rest. Wie sagt man heute: Ich kümmere mich um das Catering.«

Emily war sprachlos angesichts der Hilfsbereitschaft der netten Rentnerin. Dankbar nahm sie das Angebot an. »Aber ich bestehe darauf, Sie für Ihre Mühe zu bezahlen. Immerhin kassiere ich von den Eltern ja auch nicht gerade wenig für einen Kurs inklusive Verpflegung.«

Nach kurzem Zögern schlug Frau Hammerschmidt ein. »Tja, wenn das so ist, dann sage ich nicht nein.«

»Eine Hand wäscht die andere«, lachte Emily.

»Was du heute kannst besorgen, das verschiebe nicht auf morgen«, ergänzte Frau Hammerschmidt und fing an, eine Zutatenliste zu erstellen.

»Wessen Brot ich ess, dessen Lied ich sing« – etwas Passenderes fiel Emily auf die Schnelle nicht ein.

»Emily? Sie sind draußen, Thema verfehlt!«

Mann, diese Frau Hammerschmidt war aber auch auf Zack.

Tag elf

Langsam stieg die Nervosität vor ihrem ersten eigenen Event. Emily stand im überfüllten Supermarkt und zwang sich, konzentriert ihre Einkaufsliste abzuarbeiten. Bio-Äpfel wanderten neben zuckerfreien Fruchtbonbons, Schokolinsen und transparenter Geschenkfolien ebenso in den Einkaufswagen, wie bunte Schleifen, Überraschungseier, Spinat und Speck. Sie mochte diese riesigen Mega-Märkte nicht. Die Wege waren lang, die Gänge überfüllt, die Beschallung mit Supermarktnews und seichter Fahrstuhlmusik störte ihre Konzentration. Während sie versuchte, sich zu erinnern, ob sie noch Seife zu Hause hat, entdeckte sie zwei Reihen weiter eine Frau, die aussah wie Theresa.

Vorsichtig schlich sie näher. Hoffentlich war George nicht ebenfalls hier. Sie nahm einen Karton Waschpulver aus dem Regal, den sie notfalls vor ihr Gesicht halten konnte. Zu *ihren* Zeiten hatte George das Einkaufen stets ihr überlassen. Aber, so dachte sich Emily, man kann ja nie wissen. Neues Glück, neue Gewohnheiten.

Theresa schien jedoch allein zu sein. Von Nahem betrachtet, sah sie eigentlich nett aus. Sie trug Jeans, Stiefel, einen grünen Wollpullover und eine graue Daunenjacke. Sie war ungeschminkt und nicht ganz so schlank, wie Emily vermutet hatte. Unter anderen Gegebenheiten wäre sie der Typ Frau gewesen, mit dem sie sich hätte anfreunden können.

Ach ja, jetzt fiel es Emily ein, es war ja das dritte Adventswochenende. George war bei seinem Juristentreffen und füllte sich mit Whiskey ab. Das war der Grund gewesen, warum sie den Bastelkurs auf morgen gelegt hatte.

Vorsichtig spähte sie in Theresas Einkaufswagen, den diese am Ende des Ganges hatte stehenlassen, während sie drei Reihen weiter Marmeladensorten auf ihre Inhaltsstoffe prüfte. Himbeergelee aus Österreich, hätte Emily ihr am liebsten zurufen. Da machte George keine Kompromisse. Ebenso wenig wie bei der Wahl seiner Zahnpasta, die bereits in Theresas Einkaufswagen lag. Er schwor auf eine bestimmte Marke, aber wehe, wenn diese statt *sensitiv professional* nur *sensitiv* war. Emily erinnerte sich lebhaft daran, wie George sich aufregen konnte, wenn sie wieder einmal im Supermarkt zur falschen Zahnpasta gegriffen hatte. Sie hatte jetzt noch einen Riesenvorrat der falschen Paste zu Hause, denn George war in seiner Kompromisslosigkeit gnadenlos und bestand jedes Mal darauf, dass sie noch einmal loszog, um ihre Fehleinkäufe zu korrigieren.

Theresa war noch in sicherer Entfernung und studierte Etiketten. Kurzentschlossen nahm sie eine Packung *sensitiv*-Zahnpasta aus dem Regal und tauschte sie gegen die in Theresas Wagen aus. Sie kicherte. Spätestens morgen früh, wenn George seinen Rausch ausgeschlafen hatte, würde es eine Ansage geben, da war sich Emily sicher. Da nutzte auch der schönste Adventssonntag ohne Kind nichts, der Tag war verdorben.

Emily betrachtete die zahlreichen Fotos, die gerahmt in Frau Hammerschmidts gemütlicher Küche hingen, während diese die Einkäufe verräumte.

»Wie viele Enkel haben Sie?«, erkundigte sie sich.

»Sieben, und ein achtes ist unterwegs.« Frau Hammerschmidt zeigte auf ein vergilbtes Foto, das sie mit einer wilden Mähne, breiten Schulterpolstern und vier Kindern zeigte. »Das da, auf meinem Schoß, ist unser Nesthäkchen Christin. Und jetzt ist sie selbst schon zweifache Mutter.« Die alte Dame seufzte. »Wie die Zeit vergeht.«

Emily registrierte, dass keine der Fotografien einen Ehemann zeigte. »Ihr Mann ist verstorben?«, traute sie sich zu fragen.

Frau Hammerschmidt lachte. Mit ihrer Antwort verblüffte sie Emily: »Schön wär's.« Als Emily nicht wusste, was sie darauf erwidern sollte, meinte die Best Agerin: »Sagen wir mal so, für uns ist er gestorben. Nach Mädchen Nummer vier war er weg. Ohne Erklärung, von einem Tag auf den anderen. Erst Jahre später haben wir erfahren, dass er auf Tobago mit einer neuen Frau eine Familie gegründet hat.«

»Das ist bitter.«

»Anfangs ja. Aber wie Sie sehen, sind wir auch so zurechtgekommen. Und wir hatten eine gute Zeit, die Mädchen und ich. Wer weiß, ob wir so viel Spaß gehabt hätten, mit einem mürrischen Vater im Haus, denn launisch war er.«

»Das ist schön, also ich meine, dass Sie so gut zurechtgekommen sind.« Emily stellte sich den perfekten Mädelshaushalt vor. »Und an Weihnachten? Kommen dann alle zu Ihnen?«

»Ja. Bis auf meinen Enkel Tobias, der studiert in Toronto.«

»Dann haben Sie ja volles Haus. Wenn ich helfen kann, etwa bei Besorgungen oder den Weihnachtsbaum zu transportieren, lassen Sie es mich gerne wissen.«

»Das ist lieb. Aber die Kinder kümmern sich um alles.«

»Schön, wenn man eine Familie hat, die sich um alles kümmert.«

»Und Sie? Fahren Sie zu Ihrer Familie an Weihnachten?«, erkundigte sich Frau Hammerschmidt.

Weihnachten. Darüber hatte Emily sich noch gar keine Gedanken gemacht. Früher, als ihr Großvater noch lebte, war sie mit George immer am ersten Weihnachtsfeiertag nach Hause gefahren. Ihre Mutter hatte Entenbraten und Knödel zubereitet, ihre Schwester reiste samt Ehemann und ihren zwei Jungs an. George hatte mit seinem Schwager-in-spe Whiskey getrunken, sie war, sofern Schnee lag, mit den Neffen rodeln gegangen. Am zweiten Tag hatte ihr Vater, unterstützt von George, einen Truthahn gefüllt. Mit karierten Schürzen standen sie Stunden in der gemütlichen Küche ihrer Eltern. Seufzend dachte Emily an die vergangenen Zeiten zurück. In ihrer Erinnerung glitzerte der Raureif auf den Feldern besonders hell, das Haus der Eltern war erfüllt vom Duft frisch gebackener Honigherzen, selbst die Neffen stritten sich nicht um Blödkram. Sie sah sich selbst und George auf dem alten Ledersofa ihrer Eltern sitzen, Klaviermusik erfüllte den Raum. Eine Bittermandel bahnte sich schleichend den Weg zu ihrem Herzen.

»Ich hätte nicht fragen sollen«, entschuldigte sich Frau Hammerschmidt.

»Nein, nein«, entgegnete Emily. »Ich musste nur gerade daran denken, dass früher alles so perfekt war an Weihnachten. Jedenfalls meistens.« Sie erzählte Frau Hammerschmidt von George, seiner bescheuerten Patek

Philippe und dass er sie gern »Drama Queen« genannt hatte. Sie erzählte ihr von ihrer Oma und den Honigherzen. Sie erzählte von ihren Eltern, die nun, seit auch der Großvater verstorben war, beschlossen hatten, auf Mallorca zu überwintern. Und letztendlich von der kleinbürgerlichen Idylle im Reihenhaus ihrer Schwester, die bei ihr Erstickungsanfälle auslöste.

»Vielleicht wird Weihnachten auch einfach überbewertet«, schloss Emily ihre Erzählung ab.

»Hier ist jedenfalls immer ein Platz für Sie am Tisch frei, Emily. Wir würden uns freuen.«

Emily wollte nicht mit »notfalls« antworten, das hätte sie als äußert unhöflich empfunden. Daher dankte sie der netten Frau und beschloss, nicht weiter deren Zeit zu stehlen. Immerhin standen bei Frau Hammerschmidt bald sieben Enkel vor der Tür und wollten Lasagne in zwei Varianten. Und ebenso wie die Nachbarin, die für morgen noch die Nudelaufläufe vorbereiten musste, musste sie selbst noch Schablonen und Formulare vorfertigen und die kleine Werkstatt startklar machen.

Sie hatte sich ein Programm ausgedacht, das weder die Kleinsten überfordern noch die älteren Kinder langweilen würde. Am Vormittag konnten die Kids »magische Tiere« basteln. Hierfür hatte Emily Papprollen, Farbe und Krepppapier besorgt. Sie wollte Schablonen für die Tierköpfe herstellen, welche die Kinder aus Pappe ausschneiden und bemalen konnten. Die Bäuche ihrer Kreationen konnten sie wahlweise mit Schokolinsen oder zuckerfreien Fruchtbonbons füllen. Sogar an Wattebäusche und Sprühkleber hatte sie gedacht, falls ein Kind ein Schaf basteln wollte. Während die Kunstwerke der Kinder trockneten, würde sie die von Frau Hammerschmidt gelieferten Nudelaufläufe servieren, nebst Apfelkompott mit Schlagsahne zum

Nachtisch. Nach dem Essen ging es dann in die zweite Runde: Lebkuchenhäuser basteln. Hierfür hatte Emily Fertighäuser erstanden, die nur noch mit Zuckerguss zu verkleben waren und dann dekoriert werden konnten. Anschließend würde sie die Basteleien in knisternde Geschenkfolie packen und die Kinder konnten aus vorgedruckten Bögen Geschenkanhänger in Herzform ausschneiden, die sie mit bunten Schleifen an den Werken befestigen würden.

Emily wären noch tausend Dinge eingefallen, wie sie die Kids hätte beschäftigen können. Sie hoffte jedenfalls, die Kinder würden Spaß haben, sie selbst natürlich auch, und die Eltern wären zufrieden. Sie hatte sich fest vorgenommen, die kleinen Rüben nicht zu viel Süßkram essen zu lassen, obwohl sie das eher locker sah und sie auch keine Lust hatte, die strenge Tante zu mimen.

Aber was wäre blöder, als wenn die Kinder anschließend zu Hause kotzen würden? Sozusagen Premiumkotzen für 179 Euro? Emily kicherte und nahm sich vor, dies nicht zu riskieren. In Gedanken dekorierte sie schon Apfelschnitze und Mandarinen auf bunte Tellerchen. Ach, obwohl, so ein Kuchen in Tannenbaumform, den sie mit bunten Smarties-Christbaumkugeln verzieren könnte, wäre auch schön. Immerhin fand die Veranstaltung ja am dritten Advent statt. Wenn der Kurs erfolgreich zu Ende gebracht wäre, würde sie ins Auge fassen, weitere Basteltermine zu realisieren. Sofern Marc seine Werkstatt nicht anderweitig vermieten würde.

In ebendieser sortierte Emily gerade die Bastelzutaten auf die Werkbank, als Katie und Marc hereinschneiten. Freudestrahlend drückten sie der überraschten Emily einen Kaffee vom Bäcker nebenan in die Hand.

»Das sieht ja fantastisch aus«, bemerkte Kate. Sie bewunderte die Garderobe, welche Emily aus einem alten Ast und Seilen gefertigt hatte, sowie die kleinen Malerkittel, die mit den Namen der Kinder personalisiert waren. Marc strich über die bunten Sitzkissen auf der Erkerbank und schaute Emily anerkennend an. »Du hast ja wirklich das Beste aus dem Raum herausgeholt, Emily.« Er zog eine Tüte mit Brezeln aus seiner Tasche und reichte sie Emily. »Mit schönen Grüßen von meiner Mutter.«

»Deiner Mutter?«

»Ja, du kennst sie sicher vom Sehen. Sie arbeitet nebenan in der Bäckerei.«

Emily schluckte. Sie hoffte, dass nicht ausgerechnet die Verkäuferin Marcs Mutter wäre, der sie sarkastisch etwas von nicht vorhandenen Gästen erzählt hatte. »Ah, deine Mutter ist nebenan Verkäuferin?«

»So ähnlich«, meinte er lapidar. Er hob den kleinen Hund hoch, der, angelockt durch das Rascheln der Brezeltüte, neugierig aus seinem Körbchen gesprungen war.

»Was gibt es denn so Ähnliches wie eine Verkäuferin?«, ließ Emily nicht locker.

»Marcs Eltern gehört die Bäckerei«, schaltete sich nun Kate ein. Marc schien es unangenehm zu sein. Er war eher der Typ, der Understatement bevorzugte. Lieber einen Tick zu dezent war, als zu protzen. Der mit dem Rucksack durch Patagonien wanderte, statt in Fünf-Sterne-Hotels zu logieren. Der aussah wie der ewige Student in Chucks, Jeans und T-Shirt.

»Und du wolltest nicht in die Fußstapfen deiner Eltern treten? Und später die Bäckerei übernehmen?«

»Das hatte ich mir tatsächlich überlegt«, gab Marc zu. »Dagegen sprach eigentlich nur meine Mehlallergie. Ach ja«, nun grinste er, »und natürlich die Tatsache, dass ich früh aufstehen hasse.«

Verständnisvoll nickte Emily. Obwohl sie das Bäckersterben in Deutschland sehr schade fand und das Brot eines »echten« Bäckers dem des mit Backtreibmitteln versetzten der üblichen Ketten bei Weitem vorzog, würde auch sie nicht diejenige sein wollen, die hierfür um vier Uhr morgens in der Backstube stand. Kate schaute Marc verliebt an. Der brach ungefragt ein Stück von Emilys Brezel ab und fütterte den Hund.

Ein schönes Paar, dachte sich Emily, als sie die beiden betrachtete. Sie gönnte es Katie, die ebenso wie sie selbst, seit Monaten Single war und bisher nur Idioten kennengelernt hatte.

Obwohl es auch bei ihr nette Bekanntschaften gab, sinnierte Emily. Nett, aber verheiratet. Immer wieder hatte sie während des Nachmittags auf die Straße geschielt, in der Hoffnung, den attraktiven Dr. Ben Rosenfeldt auf seinem Weg zum Bäcker zu sehen. Aber vergeblich. Entweder gab es heute keine frischen Backwaren im Hause Rosenfeldt, oder seine Frau hatte diese besorgt.

»Sehr lecker, die Brezel«, lobte Emily, die den ganzen Tag fast nichts gegessen hatte. »Was meint ihr, sollte ich für morgen vielleicht noch ein paar Brezeln besorgen?« Sie berichtete von Frau Hammerschmidts Nudelauflauf, dem Apfelkompott mit Schlagsahne und dem weihnachtlichen Kuchen, den sie mit bunten Schokolinsen verziert hatte.

»Kann nicht schaden«, meinte Kate, »alle Kinder lieben Brezeln. Und wer weiß, ob die vorher gefrühstückt haben. Nicht dass die noch rumquengeln, bloß weil sie hungrig sind.«

»Wir haben auch Kinderbrezeln, die sind kleiner und mit extra wenig Salz.«

Mit extra wenig Salz. Emily musste grinsen. Das hörte sich an wie »mit ohne Ketchup«.

»Ich bin morgen Vormittag sowieso noch einmal hier, ich kann sie dir also auch vorbeibringen«, bot Marc sich an.

Wieder einmal war Emily dankbar. Mit der Unterstützung von Marc, Katie und Frau Hammerschmidt würde sie den Kurs schon schaukeln.

»Wusstet ihr, dass man nicht gleichzeitig sauer und dankbar sein kann?«, fragte sie die beiden.

Erstaunt sahen diese Emily an.

»Habe ich noch nie darüber nachgedacht«, antwortete Kate. »Aber jetzt, wo du es sagst.«

»Ja, da ist was dran«, pflichtete ihr auch Marc zu. »Ich war mal echt böse auf einen Typen – und am nächsten Tag so dankbar, dass ich keine Spur mehr sauer war.«

»Warum? Was ist passiert?«, fragte Emily.

»Glaub mir, das willst du gar nicht wissen.«

»Ach komm schon«, quengelte Kate, »jetzt hast du uns echt neugierig gemacht.«

Marc gab nach und erzählte die Geschichte von seiner Reise durch Mittelamerika. »Damals war ich total verliebt in eine Schwedin, die ich in Mexiko kennengelernt habe. Das erste Mal trafen wir uns mitten im Tieflanddschungel, genauer gesagt in den Maya-Ruinen von Palenque. Da wir ungefähr die gleiche Route geplant hatten, taten wir uns zusammen und reisten fortan gemeinsam.«

»Klingt doch bis jetzt ganz harmonisch«, meinte Kate.

»Das schon. Es wurde auch noch harmonischer. Mit jedem Ort, den wir gemeinsam bereisten, war ich etwas mehr verliebt in sie. Bis der Engländer kam.« Marc machte eine bedeutungsvolle Pause.

»Was passierte, als der Engländer kam?«, hakte Emily nach, die es vor Spannung nicht mehr aushielt.

»Wir trafen ihn beim Cenote-Tauchen in der Nähe von Tulum«, fuhr Marc fort. »Tove, so hieß mein Schwarm, und er verstanden sich auf Anhieb. Von diesem Tag an folgte er uns überall hin. Von Tulum nach Belize City, von Belize City nach Caye Caulker, von Caye Caulker nach Hopkins im Süden. Je netter er zu Tove wurde, desto blöder benahm er sich mir gegenüber. Irgendwie intrigant. Ich hatte das Gefühl, er wollte mich ausbooten. Kennt ihr das, wenn jemand so einen hinterhältigen Blick hat? Exakt so einen hatte der, sobald Tove nicht hinsah.«

Kate und Emily nickten mitfühlend.

»In Guatemala hatte ich dann die Schnauze voll.«

»Wie bist du ihn losgeworden?«, fragte Emily interessiert.

»Mithilfe roter Ameisen«, lachte Marc.

»Ne, jetzt ernsthaft?«, erkundigte sich Kate kichernd.

»Ja, die gibt es in Guatemala auf jedem Markt zu kaufen, sollen gegen Rheuma helfen. Ich besorgte ein Tütchen und setzte sie abends in seinem Schlafsack aus. Ihr hättet ihn am nächsten Morgen sehen sollen«, grinste Marc. »Irgendwie sind so Engländer, die im Süden unterwegs sind, ja immer irgendwie zu rot, jetzt war er aber zusätzlich mit schlimm juckenden Pusteln übersät. Er brach ab und kehrte zurück nach Playa del Carmen.«

Die drei lachten.

»Wie ging es dann weiter mit dem Mädchen?«, wollte Kate wissen.

»Merkwürdigerweise war auch ihr Körper am nächsten Morgen übersät mit Pusteln. Ich setzte daher meine Reise allein fort.«

Jetzt lachten sie Tränen.

»Jedenfalls war ich so dankbar, dass die Ameisen mir die Augen geöffnet hatten, dass ich überhaupt nicht mehr sauer sein konnte«, keuchte Marc.

Kate rieb sich den schmerzenden Bauch und meinte, dass sie alle schon aus Eifersucht die blödesten Dinge gemacht haben.

»Ich sage nur Salzstreuer.« Fragend blickte sie ihre Freundin an. Als Emily nickte, gab sie die Geschichte vom Unheil bringenden Omen vor Georges Haustür zum Besten. Danach erzählte Kate, wie sie einmal einem Liebhaber, der sie geärgert hatte, Enthaarungscreme in sein Koffeinshampoo gemixt hatte.

Interessiert horchte Emily auf. Auch George schwor auf Koffeinshampoo. Irgendwo in ihren hinteren Gehirnwindungen speicherte sie den möglichen Scherz ab, obwohl sie ja eigentlich beste Vorsätze hatte.

Inspiriert durch Katies Geschichte, berichtete Emily nun von Georges präferierter Zahnpasta, und wie sie heute Morgen diese gegen die falsche Tube in Theresas Einkaufswagen ausgetauscht hatte.

»Du hattest dir doch vorgenommen, keinen Quatsch mehr zu machen, Em! Du weißt schon, Mission Honigherz und so«, meinte Kate tadelnd.

Emily zuckte mit den Schultern. »Ach, es war halt so verlockend. Und wo die Gelegenheit schon mal da war ...«

»Und ich wette, dass statt George zeitweise King Kong von der Webseite unserer Kunden strahlte, ist auch auf deinem Mist gewachsen.«

Emilys Grinsen wurde immer schiefer. »Das war ja nur ganz kurz sichtbar. Vielleicht dreißig Minuten, maximal. Du hältst aber dicht, versprochen?«

»Nur wenn du versprichst, ab jetzt mehr an dich zu denken und weniger an George.«

Emily versprach es gerne. Überhaupt hatte sie weitaus Besseres zu tun, als über Schnee von gestern nachzudenken. Davon war sie jedenfalls heute noch überzeugt.

Tag zwölf

Das erste Kind, das eintraf, war ein kleiner Junge. Der Knirps versteckte sich halb hinter den Beinen seiner sehr jungen Mutter und lächelte schüchtern.

»Du bist sicher Henri«, identifizierte Emily das Kind auf Anhieb.

»Ja, das ist Henri«, antwortete die junge Frau stattdessen. Sie hatte einen kaum wahrnehmbaren osteuropäischen Akzent und wirkte nicht älter als zwanzig.

»Henri, magst du deiner Mama deine Jacke geben? Dann darfst du als Allererster, vor allen anderen Kindern, deinen Malerkittel anziehen. Schau mal, hier steht sogar ›Henri‹ darauf.«

Henri wagte sich drei Zentimeter hinter den Beinen der jungen Frau hervor und rief: »Das ist nicht meine Mama. Das ist Leva aus Liti-lau-li-en.«

»Litauen, Henri. Li-tau-en«, verbesserte Leva ihren Schützling. »Ich bin das Au-pair von Henri«, erklärte sie Emily.

Während Leva das Formular mit Notfall-Telefonnummer und bestehenden Allergien oder Essenssonderwünschen für Henri ausfüllte, rannte dieser zu den Plüschtieren auf der Erkerbank und streichelte das Krokodil. Als das Au-pair-Mädchen sich bei Henri rückversicherte, dass er bei der »netten Frau« und dem Krokodil zum Spielen bleiben wollte, trafen bereits die nächsten Teilnehmer ein.

Eine sympathisch aussehende Frau schob ihr zwei Mädchen entgegen und begrüßte Emily mit den Worten: »Sie retten mir das Leben! Sie wissen gar nicht, wie dankbar ich Ihnen bin.«

Die Mädchen sahen sich verteufelt ähnlich. Sie waren gleich groß, hatten identische Gesichter und beide geflochtene Zöpfe – eines mit grünen Schleifen im Haar, das andere mit gelben. Sie schob die kleine Grüne nach vorne. »Das ist Lucy, sie trägt heute Grün. Und die Gelbe ist Lilly.« Schnell streifte Emily den Mädchen ihre Kittel über, bevor sie nicht mehr wusste, wer wer ist. »Super Idee mit den beschrifteten Arbeitskittelchen«, lobte die Mutter. »Das wird es für Sie einfacher machen. Die beiden sind etwas eigen.« Sie rollte mit den Augen. »Nennen Sie besser jede bei ihrem Namen und nicht pauschal ›Zwillinge‹, das können sie nicht leiden.«

»In Ordnung«, lachte Emily.

»Gut, dann bis heute Abend«, verabschiedete sich die Mutter und rief ihren Töchtern zu: »Bis später, viel Spaß und benehmt euch gut, Zwillinge.«

»Mama-a!«, empörte sich die kleine Gelbe.

»Mama-a!«, echote die andere, kurz bevor sie den kleinen Hund in seinem Körbchen entdeckte und entzückt ausrief:

»Lilly, schau mal, ein Baby-Hund!«

Emily war erleichtert angesichts des guten Starts. Der kleine Henri Goldstein saß im Erker und streichelte immer noch hingebungsvoll das Krokodil, die Zwillinge streichelten den Hund. Auch hatten die ersten drei Teilnehmer weder Allergien noch spezielle Essgewohnheiten.

Drei weitere Kinder trafen mit jeweils einem Elternteil gleichzeitig ein: ein niedliches Mädchen mit blonden Rattenschwänzchen und amerikanischem Akzent, Mathilda

Green sowie die siebenjährige Anna-Lena Deutschmann und der gleichaltrige Lorenz Markgraf. Die beiden Letzteren kannten sich wohl schon und inspizierten gemeinsam das Bastelmaterial auf der Werkbank, während die Mütter oder Väter das Formular ausfüllten. Auch diese Kinder hatten weder Intoleranzen noch deren Eltern Extrawünsche. Mathilda rannte gleich zu den Zwillingen und ließ sich von diesen zeigen, was der »Baby-Hund« am liebsten mag. Der Welpe war im Glück, gleich sechs Kinderhände streichelten vorsichtig über sein Fell.

Emily blieb keine Zeit, erleichtert aufzuatmen. Denn ihre persönliche Angstgegnerin öffnete die Tür zur kleinen Werkstatt, das Kuckuckskönigskind im Schlepptau.

»Hallo, ich bin Theresa«, stellte sich Georges neues Glück vor, »und das ist Finn.« Sie schaute sich interessiert um. »Das ist ja toll hier in Ihrer magischen Kinderwerkstatt.«

Emily bedankte sich und händigte ihr ein Formular aus. Sie stellte Finn Anna-Lena und Lorenz vor, bevor sie zurück zu Theresa trat. Unauffällig musterte sie ihre Nachfolgerin von der Seite. Georges neue Freundin schien nicht zu wissen, wer sie war. Wie auch, George hatte sicher keine gerahmten Fotos von ihr im Wohnzimmer stehen. Außerdem hatte Emily im Impressum ihrer Webseite nur die Initialen ihrer beider Vornamen angegeben.

»Ich hoffe, Finn hat Spaß heute.«

»Ja«, seufzte Theresa, »das hoffe ich auch. Aber eigentlich mache ich mir da keine Sorgen, er ist aufgeschlossen und sehr umgänglich.«

Emily schaute sich den Jungen an, der tatsächlich nett zu sein schien. Finn sah aus, wie ein guterzogener, freundlicher Junge. Er trug eines dieser *Spinat-macht-stark*-Sweatshirts aus Theresas Kollektion.

»Jedenfalls bin ich froh über diesen Kurs. Wir wohnen noch nicht so lange hier, und Finn könnte noch ein paar neue Freunde gebrauchen.«

Auch das klang nett, musste Emily widerwillig zugeben. Verhalten betrachtete sie erneut Theresa. Sie wirkte fröhlich, offensichtlich hatte George heute Morgen noch keine Zahnpasta-Beschwerde vom Stapel gelassen. Ihre Haare waren zu einem lockeren Dutt gebunden, sie trug zu engen Jeans ein Ringelshirt und eine dicke Strickjacke. Sie sah sympathisch aus und war bei Weitem nicht so perfekt, wie Emily sie sich in den letzten zwei Wochen ausgemalt hatte. Ihre Strickjacke hatte ein Loch im Ärmel, ihr Bauch einen minimalen Speckansatz.

Die Zwillinge zupften an Emilys Pulli. »Wie heißt der Baby-Hund?«, fragten sie unisono.

»Der hat noch keinen Namen, der ist noch ganz neu. Wir können uns ja später gemeinsam einen ausdenken. Was meint ihr, sollen wir das?«

»Au ja!«, riefen die Mädchen und rannten zurück zum Körbchen.

Emily überlegte gerade, wie sie das Gespräch beenden könnte, als das letzte Kind mit seinem Vater eintraf: Noah Moretti.

»Roberto«, stellte sich der Vater vor.

»Em«, kürzte Emily ihren Namen vorsichtshalber ab.

»Ich muss dann mal«, leitete Theresa die Verabschiedung ein, während Roberto aussah, als würde er gerne noch hierbleiben und ebenfalls bespaßt werden. Sie bot ihm einen Espresso aus der Kapselmaschine an, bevor sie ihn höflich hinauskomplimentierte. Sie wollte unbedingt vermeiden, dass die Kinder durchdrehten, bevor diese mit dem Basteln anfingen. Der Geräuschpegel war schon gefährlich hoch.

»Ich muss dann mal«, wiederholte Emily Theresas Abschiedsworte gegenüber Noahs Vater. Endlich verabschiedete der sich von seinem Sohn, zwinkerte Emily zu und verließ widerstrebend die kleine Werkstatt. Sie bat die Kinder, sich paarweise an einen Tisch ihrer Wahl zu setzen.

»Darf ich das Krokodil mitnehmen?«, fragte der kleine Henri hoffnungsvoll.

»Dürfen wir den Hund mitnehmen?«, fielen Lucy und Lilly ein.

Emily überlegte kurz. Ja, klar, warum eigentlich nicht? Hauptsache die Kids waren happy.

»Ja, klar«, erwiderte sie. »Wer will Apfelsaft?«

Als Marc wie versprochen mit den Brezeln kam, hatte er Kate dabei. Hand in Hand betraten sie die Werkstatt und nahmen erstaunt wahr, dass alle Kinder geordnet an den Tischen saßen und fleißig bastelten.

»Wie hast du denn das hinbekommen, Em? Ein Haufen Kinder und alle ganz brav.« Kate schien wirklich verblüfft zu sein.

»Die sind tatsächlich alle handzahm und gut zu motivieren. Und stellt euch vor, kein einziges veganes Kind, keine Lactose-Intoleranz, kein einziger Vegetarier. Noch nicht mal ein ADHS-Kandidat.«

»Wo gibt es denn so was? Heutzutage hat doch mindestens jedes zweite Kind irgendein Syndrom und echte oder eingeredete Allergien.« Marc musterte die Kinder interessiert.

»Komischerweise waren auch die Eltern ganz unkompliziert. Mir schien es fast, als ob sie froh waren, ihre Kinder irgendwo gut beschäftigt zu wissen. Praktisch bedingungslos. Jeder Einzelne war ganz entspannt, keiner hat groß etwas gefragt. Alle haben die Kinder abgeliefert und waren gleich wieder weg. Bei manchen hatte ich sogar den Eindruck, sie können es gar nicht abwarten, das Kind von der Backe zu haben.«

»Mensch, Em, du hast eine Marktlücke entdeckt!«, rief Katie begeistert. »Eine Wochenend-Kita für Kinder im Nicht-Kita-Alter …«

Emily lachte. »Sieht ganz so aus.«

»Wer will Kakao und Brezeln?«, fragte sie in die Runde.

»Ich!«, riefen alle Kinder gleichzeitig.

Während die Kids kauten und aus bunten Kunststoffbechern tranken, kehrte etwas Ruhe ein. Der kleine Henri versuchte, das Stoffkrokodil zu füttern, Mathilda den kleinen Hund. Grinsend bat Emily Marc, kurz aufzupassen, und verzog sich mit Kate und einem Kaffee in den Hinterhof. Genüsslich steckte sie sich eine Zigarette an.

»Hast du den blonden Jungen mit dem Spinat-Sweatshirt gesehen?«

Kate erinnerte sich. »Ja, was ist mit dem?«

»Stell dir vor, das ist das Kind von Georges Verlobter!«

»Echt?«, Kate war fassungslos. »Das sogenannte Kuckuckskönigskind ist ausgerechnet in deiner Bastelwerkstatt gelandet? Wie konnte das passieren?«

»Keine Ahnung, wie das Leben halt so spielt«, meinte Emily lapidar. Sie hatte ihrer Freundin den wahren Beweggrund dieses Kinderevents verschwiegen. Vielmehr hatte Emily gegenüber Kate behauptet, der Bastelkurs sei eine Idee, die sie schon länger verfolgt hätte. Und jetzt einfach einmal ausprobieren wollte.

»Ach du meine Güte.« Kate schlug sich die Hand vor den Mund. »Dann war George heute Morgen hier und hat ihn abgegeben?«

»Nein, zum Glück nicht. Seine neue Freundin war hier – und die hat offensichtlich keine Ahnung, wer ich bin.«

»Und wie ist die so?« Kate schien neugierig zu sein.

»Blöderweise irgendwie nett. Natürlich. Freundlich. Und nicht so perfekt, wie ich sie mir vorgestellt hatte.«

»Warum?«, lachte Kate. »Hat sie etwa Pickel? Oder einen Sprachfehler? Oder spuckt sie beim Sprechen durch eine hässliche Zahnlücke?«

»Quatsch! Die spricht ganz normal.«

»Was dann?«

»Nichts Schlimmes«, meinte Emily, »halt nicht so elegant und nicht so schlank, wie ich sie mir ausgemalt hatte. Tatsächlich hat sie einen Bauchansatz.«

»Dann passt sie ja zu George«, bemerkte Kate, die George schon Monate nicht mehr gesehen hatte. »Oder ...« Kate hielt inne.

»Oder?«

»Oder sie ist schwanger!«

Entsetzt schaute Emily Kate an. *Schwanger.* Ihr wurde flau im Magen. Wenn diese Frau ein Königskind erwarten sollte, dann wäre der Weg zurück zu George so gut wie unmöglich. Es wäre endgültig vorbei. Eine Trennung ist schmerzhaft, keine Frage. Aber wenn eine andere Frau ein Kind von *ihrem* George bekäme, wäre das der Tod all ihrer Hoffnungen. Außerdem wäre damit bewiesen, dass George und Theresa sich schon Monate kannten, denn so ein Bäuchlein wuchs ja nicht über Nacht. Schlagartig wurde ihr klar, dass, während sie noch von George, Rosen und einer romantischen Versöhnung träumte, er schon längst keinen Gedanken mehr an sie verschwendet hatte.

»Jetzt lass den Kopf nicht hängen, Em. Erstens ist es ja gar nicht bewiesen, dass sie einen Thronfolger von King

George erwartet, und zweitens, falls doch, geht das Leben trotzdem weiter.«

»Klar geht das Leben weiter«, seufzte Emily, »aber anders, als ursprünglich geplant.«

Ihre Gedanken schweiften zurück zu ihren Anfängen in München. Zu dem perfekten Paar, das sie beide gewesen waren. Zu ihren Hoffnungen, einen Antrag von George zu erhalten. Den Tagträumen des rauschenden Festes mit vielen Freunden, den Glückstränen ihrer Mutter, wenn sie das Ja-Wort vorm Altar hauchen würde. Dem Brillantring, den George ihr noch am Wochenbett aus Dankbarkeit für die Strapazen der Geburt des ersten Kindes überreichen würde. Sie seufzte.

»Was nicht immer schlecht sein muss. Du weißt schon, immer wenn du denkst, es geht nichts mehr, kommt von irgendwo ein Lichtlein her«, trällerte Kate.

»Ja, ja«, erwiderte Emily genervt, »und schließt sich eine Tür, öffnet sich eine andere.«

»Genau. Denk doch mal an Marc und seine untreue Schwedin. Und jetzt bin schließlich ich an seiner Seite.«

»Apropos Marc: Vielleicht sollten wir wieder rein und ihn ablösen?«

Kate umarmte Emily. »Alles wird gut, Em. Denn alles ist gut für irgendwas, glaub mir. Auch wenn es auf den ersten Blick nicht offensichtlich ist. Außerdem habe ich das Gefühl, du verrennst dich da in etwas. Wie oft ging dir George früher auf den Keks? Und jetzt willst du ihn unbedingt wieder. Nur weil eine andere mit ihm zusammen ist. Ich weiß, heute ist nicht der perfekte Zeitpunkt dafür«, Kate machte eine bedeutungsvolle Pause, »aber wenn du die nächsten Tage etwas Ruhe hast, denke mal darüber nach, ob du ihn nur zurückwillst, weil du ihn nicht haben kannst.«

Emily wusste, dass Kate im Prinzip recht hatte. Vermutlich steigerte sie sich zu sehr in die Vorstellung hinein, George und sie könnten doch noch das glückliche Paar werden, das sie am Schluss nicht mehr gewesen waren. Dass Goldstaub auf ihrem gemeinsamen Weg läge, wären erst einmal alle Hindernisse ausgeräumt. Dass das Leben schlichtweg wieder schön wäre, würde George zu ihr zurückkehren. Aber auch, dass ihr sehnlichster Wunsch vielleicht nur dem Umstand geschuldet war, dass er ebendies nicht wollte.

Dennoch ließ das Thema sie nicht los. Die Frage, was da im Busch, beziehungsweise in Theresas Bauch war, rumorte in ihren Eingeweiden. Setzte sich in den Windungen ihres Hirns ab und spulte ungewollte Bilder vor ihrem inneren Auge ab.

Sie zwang sich zurück in die Realität.

Marc und Kate boten unter Protest der Zwillinge an, eine Runde mit dem Hündchen zu drehen. Die Kinder spielten zwischenzeitlich selbstständig ein Spiel, das Anna-Lena gestartet hatte.

»Alle Kinder, die Baby-Hunde lieben, heben die Hand«, rief die Siebenjährige.

Begeistert spielten die anderen mit.

»Alle, die Brokkoli eklig finden, heben die Hand«, rief Noah. Fünf Hände flogen nach oben.

Ein gutes Spiel, dachte Emily. Ob Finn etwas wusste? Sie musterte den ruhigen Jungen. Er war etwas introvertiert, aber freundlich und offen.

»Alle, die eine schwangere Mama haben, heben die Hand«, rief Emily testweise in die Runde.

Die Kinder starrten sie verständnislos an. Keiner hob die Hand, Noah kicherte.

»Alle, die sich ein kleines Geschwisterchen wünschen, heben die Hand«, versuchte sie erneut ihr Glück.

Ihr Publikum reagierte nicht, alle Hände lagen ruhig auf den Tischen. Lediglich der kleine Henri rief: »Wenn ich fünf bin, darf ich einen kleinen Hasen haben.«

Emily grinste. Das war nicht ganz das, was sie wissen wollte. Sie ließ die Kinder noch zwei Runden spielen und schlug dann vor, die Köpfe der magischen Tiere, deren Bäuche bereits mit Schokolinsen und Fruchtbonbons gefüllt waren, anzumalen. Sie betrachtete die kleinen Kunstwerke. Blaue Elefanten, rosa Schweinchen und ein grüner Dackel warteten ebenso auf die Fertigstellung, wie das Krokodil von Henri und zwei Fantasietiere von Lorenz und Noah. Finns Tier gefiel Emilys am besten: ein kunstvoll bemalter Tiger.

Sie setzte sich neben ihn und lobte ihn. Dann versuchte sie erneut, das Kind auszufragen. Schließlich durfte sie ihre Mission nicht vergessen. Der Kleine sollte ihr helfen, die Situation einschätzen zu können. Sie fing mit harmlosen Fragen an: Wo er wohne, ob er Geschwister habe, welches seine Lieblingsfarbe sei. Dann erkundigte sie sich, wie sein Kinderzimmer aussähe und ob sein Vater es blau gestrichen hätte.

»Nein«, sagte der Junge, »wir wohnen doch jetzt bei Georg.«

Obwohl dies Emily bereits bekannt war, musste sie schlucken. »Und«, fragte sie hinterhältig, »heiratet deine Mama jetzt diesen Georg?« Gespannt wartete sie ab.

Finn zuckte mit den Schultern. »Vielleicht.«

Das half nicht wirklich. Eben überlegte sie, wie sie die nächste Frage geschickt verpacken könnte, nämlich die, ob es seiner Mutter morgens immer schlecht wurde, als die Landwehr-Zwillinge anfingen, sich lautstark um die grüne Farbe zu streiten.

Während sie Henri half, die Zähne für das Krokodil auszuschneiden, versuchte sie Lucy und Lilly zu beruhigen. Der Kleine war ihr Lieblingskind. Mit Feuereifer bastelte er, auf dem Schoß hatte er das Stoffkrokodil, welches er hin und wieder streichelte.

»Ich brauche jetzt das Grün«, maulte Lucy.

»Nein, ich brauche jetzt aber Grün«, meckerte Lilly.

Auf einmal wollten alle Grün. Lilly hatte bereits Tränen in den Augen. Auch der kleine Henri sah aus, als würde er gleich mitheulen, seine Mundwinkel zitterten schon bedenklich.

»Ich habe eine Idee«, sagte Emily betont leise. Die ersten Kinder beruhigten sich und strengten sich an, zu hören, was Emily vorschlug. Auch der Hund, den Marc und Kate zwischenzeitlich wieder abgeliefert hatten, saß in seinem Körbchen und spitzte die Ohren. Sie nahm ihn auf den Arm und setzte ihn auf die Werkbank. »Ihr könnt mir helfen.«

Jetzt hatte sie die volle Aufmerksamkeit der Kids.

»Der kleine Hund ist noch nicht lange bei mir. Und er hat noch keinen Namen. Ich wette, ihr habt ganz tolle Ideen, wie wir ihn nennen können.«

Die Kinder nickten. Dann riefen sie durcheinander.

»Schaut ihn euch an, was würde am besten zu ihm passen?«, fragte Emily.

»Kakao«, rief Lorenz, »er hat kakaofarbenes Fell.«

»Gute Idee«, lobte Emily.

»Wie alt ist der Hund?«, fragte Noah.

»Genau weiß ich das nicht, ich denke, so acht Wochen«, antwortete sie ihm.

»Beethoven«, riefen die Zwillinge, wie aus einem Mund.

Da weiß man ja, was Disney im Vorweihnachtsprogramm zu zeigen schien, dachte Emily und hob den Daumen nach oben.

»Otto«, schlug Noah vor. »Das ist italienisch und heißt ›acht‹.« Das war tatsächlich eine lustige Idee, fand Emily.

Weitere Vorschläge folgten: Ferdinand, Teddy, Krümelmonster, Buddy, Rübe.

»Da kann ich mich ja gar nicht entscheiden, das sind alles tolle Namen«, seufzte Emily. »Wollen wir abstimmen?«

»Ich habe eine bessere Idee«, meldete sich nun erstmals der eher introvertierte Finn zu Wort. »Wir lassen den Hund selbst aussuchen!«

»Wie soll das gehen?«, erkundigte sich Emily interessiert.

»Wir schreiben alle Namen auf Zettel und legen daraus einen großen Kreis. Dann legen wir auf jeden Zettel einen Knochen und setzen den Hund in die Mitte. Und welchen Knochen der Hund als Erstes frisst, so heißt er dann.«

»Au ja«, riefen die anderen Kinder begeistert.

Auch Emily fand die Idee lustig. »Machen wir! Aber statt Knochen nehmen wir Leckerlis, okay?«

Als Frau Hammerschmidt mit Nudelauflauf und Apfelmus kam, hatte der Hund entschieden: Entsprechend der Reihenfolge der verzehrten Brekkies hieß er nun Krümelmonster Otto Ferdinand. Finn durfte ihn mit etwas Apfelsaft feierlich auf seine Namen taufen.

Der Nachmittag verging wie im Flug. Emily ließ die Kinder Lebkuchenhäuser basteln, die sie dann ebenso wie ihre magischen Tiere in Geschenkfolie einpackten und mit bunten Bastschleifen verzierten. Sie hatte Geschenketiketten in Herzform auf bunten Papierbögen vorgedruckt, die die Kinder nun ausschnitten und ausfüllten.

Während Emily dem kleinsten in der Runde, Henri, beim Ausschneiden half, bekamen sich die Zwillinge wieder in die Haare.

»Ich will Mama das Lebkuchenhaus schenken«, rief die Gelbe.

»Nein, ich will Mama schon das Lebkuchenhaus schenken«, rief die Grüne.

Emily schlug einen Kompromiss vor. »Dann schreiben wir einfach auf das eine ›für Mama, von Lilly und Lucy‹, und auf das andere ›für Papa von Lucy und Lilly‹. Und bei den Tieren machen wir es genauso.« Die Mädchen waren einverstanden.

»Und du, Henri«, fragte Emily den Kleinen, »sollen wir auf das Lebkuchenhaus schreiben ›von Henri – für Mama‹?«

»Meine Mama ist doch ein Engel«, erwiderte das Kind.

»Ein Engel?«, fragte Emily vorsichtig. Sie war sich unsicher, ob Henri das so meinte, wie es sich anhörte.

»Ja, die sitzt auf einer Wolke und passt auf mich auf.«

Oh weh, Henri schien tatsächlich keine Mutter mehr zu haben. Sie versuchte, sich zu erinnern, wie sein litauisches Au-pair-Mädchen hieß.

»Dann willst du es vielleicht Leva schenken? Oder deinem Papa?«

Während Henri noch überlegte, trudelten die ersten Eltern ein, um ihre Kids abzuholen. Die Landwehr-Zwillinge wollten nicht nach Hause, sondern bei Emily und dem Hund bleiben. Begeistert erzählten sie ihrer Mutter von der Hundstaufe und präsentierten stolz ihre Basteleien.

»Ich bin beeindruckt«, wandte sich diese an Emily. »Kein blaues Auge, keine Tränen – wie haben Sie das nur geschafft?«

Emily lächelte geschmeichelt.

»Richten Sie auch Kindergeburtstage hier aus?«, erkundigte sich die Mutter interessiert.

»Ja«, flunkerte Emily. »Allerdings kommt es auf den Termin an. Ich bin in nächster Zeit relativ ausgebucht.«

Das schien Emilys Kinderwerkstatt in den Augen der Mutter noch interessanter zu machen. Typisch München, dachte sich Emily, oder wie in der Werbung. Je knapper die angebotene Ware, desto attraktiver war sie. Sie erinnerte sich an eine Texterin, die von Alex sehr oft angefragt wurde, obwohl ihre Preise leicht über denen der anderen Freelancer lagen. Ständig war die Frau angeblich ausgebucht, hatte es aber jedes Mal *mit Hängen und Würgen* geschafft, die Agentur »dazwischenzuschieben«. Andere, ebenfalls gute freie Texter, die offen zugaben, Zeit zu haben, waren für den Auftraggeber vergleichsweise uninteressant.

Emily hatte keinerlei Strategie im Kopf gehabt, als sie flunkerte. Lediglich wusste sie nicht, ob Marc ihr ein zweites Mal die kleine Werkstatt überlassen würde.

Auf Drängen der Mutter notierte Emily sich den Termin sowie die ungefähre Anzahl der Kinder und versprach, ihr Bestes zu geben, um das Geburtstagsevent für Lucy und Lilly möglich zu machen. Gleich morgen würde sie ihren Terminkalender prüfen und Frau Landwehr ein Angebot zukommen lassen.

Die Mutter von Mathilda schaltete sich ein und erkundigte sich, ob Emily auch Außer-Haus-Events und Kinderbetreuung anbieten würde. Ihre Schwester würde im März heiraten und sie suchten eine Beschäftigung für die rund fünfzehn kleineren Kinder der Gäste. Auch das wollte Emily prüfen und sich melden. Sie schien hier wirklich auf eine Marktlücke gestoßen zu sein.

Nach und nach waren fast alle Kinder abgeholt, darunter auch Finn, dessen Mutter es diesmal eilig hatte, sich aber dennoch herzlich bei Emily bedankte. Selbst der anhängliche Vater von Noah war endlich gegangen, und es kehrte Ruhe ein. Nur der kleine Henri Goldstein saß noch im Erker und streichelte das Krokodil. Eben wollte Emily ihn auffordern, noch schnell die Herzanhänger auszufüllen, als die Tür aufging. Henri kletterte freudestrahlend von der Erkerbank und flog seinem Abholer in die Arme.

Emily, die sich gerade einen Rest vom Smartiekuchen in den Mund geschoben hatte, verschluckte sich. Ihr Herz machte einen freudigen Hüpfer. Dann traten ihr die Tränen in die Augen. Sie versuchte, den Hustenreiz zu unterdrücken und spürte, wie eine zarte Röte von ihrem Hals hinauf in die Wangen kroch.

»Ben!«, jubelte Henri.

»Dr. Rosenfeldt«, krächzte Emily.

Glücklicherweise tänzelte der Hund, animiert durch die Wiedersehensfreude, welche Ben und Henri verbreiteten, tapsig um Bens Füße und lenkte von Emily ab, die verstohlen versuchte, sich die Tränen aus den Augenwinkeln zu wischen.

»Emilys Hund heißt jetzt Krümelmonster, das habe ich ausgesucht«, rief der Knirps stolz. »Und ich habe ein Krokodil mit Emily gebastelt.«

»Das hast du gut gemacht«, lobte ihn Dr. Rosenfeldt. Lächelnd schaute er sich um. »Das ist ja toll hier. Und Henri scheint es gefallen zu haben. Wenn Sie wieder mal so einen Kunstkurs für Kleine veranstalten, lassen Sie es mich wissen.«

»Emily und ›du‹, bitte«, bat sie Henris Vater. Jetzt, wo Henri auf dessen Arm saß, erkannte sie eine vage Ähnlichkeit. Das Bild auf Bens Schreibtisch fiel ihr ein. Ja, das war der Junge, auch wenn er auf der Fotografie deutlich jünger gewesen sein mochte. Oh mein Gott, dachte Emily. Die Kinderzeichnung, die sie in Dr. Rosenfeldts Praxis an Chagall erinnert hatte, stammte offensichtlich von Henri: ein großes Männchen, ein kleines sowie ein schwebendes zwischen blauen Kringeln im Himmel.

»Henri, soll der Papa dir die Jacke anziehen?«, verlegen strich sie ihren Pullover glatt. Wie sie wohl aussehen mochte? Sie hatte seit dem Morgen nicht mehr in den Spiegel geschaut. Vermutlich hatte sie Farbe im Gesicht und Schokokrümel im Haar. Ach, im Prinzip war es ja auch egal, welchen Eindruck sie auf Ben machte, beschloss sie. Wer sagte denn, dass er alleinerziehender Vater war? Dazu war der Witwer eindeutig zu attraktiv.

»Das ist Ben!«, rief der Knirps.

Emily verstand nun gar nichts mehr. War Ben nicht der Vater, oder Henri in einer Phase, in der Kinder ihre Eltern beim Vornamen nannten, weil sie versuchten, Erwachsene zu kopieren? So genau kannte sie sich da nicht aus.

Widerstrebend verabschiedete sich Henri auf Geheiß, nachdem er zuvor versucht hatte, Ben zu überreden, noch etwas bei Emily und dem Krokodil bleiben zu dürfen.

Ben lachte. »Da sehen Sie, äh«, er verbesserte sich schnell, »da siehst du, was du angerichtet hast, Emily. Henri will nicht mehr nach Hause.«

»Und wenn Henri das Krokodil mitnehmen darf?« Abwartend schielte sie zu dem Kind, das nun über das ganze Gesicht strahlte.

Ausgepowert aber glücklich machte Emily es sich auf dem Sofa bequem. Sie nippte an ihrem heißen Tee und ließ den Tag noch einmal Revue passieren. Wie die Augen des kleinen Henris geleuchtet hatten, als sie ihm das Stoffkrokodil geschenkt hatte. Ben, der sie zum Abschied herzlich umarmt hatte. Die süßen Kinder, die Spaß gehabt hatten. Die netten Eltern, die zufrieden ihre Sprösslinge abgeholt und sie gelobt hatten. Die Anspannung der letzten Tage fiel von ihr ab: Der Bastelkurs war nicht nur ohne Pannen verlaufen – er war regelrecht ein Erfolg gewesen. Stolz regte sich in Emily und legte sich wie Balsam auf ihr angeknackstes Selbstbewusstsein. Dankbar dachte sie an die Personen, die dazu beigetragen hatten. Frau Hammerschmidt hatte sich übertroffen und, zusätzlich zu zwei leckeren Nudelaufläufen und Apfelkompott, noch einen Gurkensalat gebracht. Marc hatte ihr kostenfrei die kleine Werkstatt überlassen und Brezeln geliefert. Katie hatte sie sowohl in den Vorbereitungen als auch mental unterstützt. Eine warme Welle der Dankbarkeit überflutete sie. Und überschwemmte damit jegliche Gedanken an eine mögliche Schwangerschaft ihrer Nachfolgerin Theresa.

Jedenfalls für den Moment.

Tag dreizehn

Gleichzeitig rissen sie ihre Wohnungstüren auf und schauten sich verdutzt an.

»Ich wollte gerade zu dir«, meinte Marc.

»Und ich gerade zu dir«, grinste Emily.

Marc lachte. »Dann frage ich dich jetzt den abgenudelten Klassiker – zu dir oder zu mir?«

»Ich mache dir einen Kaffee«, bot Emily an. »Und ich habe noch Reste vom Tannenbaumkuchen mit Smarties.«

Krümel wedelte freudig mit dem Schwanz, als Marc die kleine Wohnung betrat und tobte tollpatschig um dessen Beine.

»Darf ich vorstellen: Krümelmonster Otto Ferdinand. Die Kinder haben ihn gestern getauft.«

»Finde ich witzig.« Marc nahm den Hund auf den Arm und kraulte ihm den Bauch. »Bis jetzt ist er ja wirklich nur ein kleiner Krümel. Aber siehst du die dicken Pfoten? Ich wette, der wird mal sehr groß.«

Emily hob die Schultern. »Macht nix. Erstens mag ich große Hunde, sofern sie freundlich sind, und zweitens, habe ich ja keinen Job mehr und kann mich jetzt um ihn kümmern.«

Marc wusste von Emilys Rausschmiss aus der Agentur. »Na ja, deshalb wollte ich mit dir reden.«

»Wie meinst du das?«

»Wir, also Katie und ich finden, dass das gestern wie der totale Erfolg aussah. Mehr noch, wie eine Marktlücke, mit der du vielleicht ganz gut Geld verdienen könntest.«

Erstaunt blickte Emily ihren Nachbarn an. Genau aus diesem Grund hatte sie zu ihm gewollt. Schließlich musste sie wissen, ob sie die Werkstatt weiterhin benutzen konnte, bevor sie die Ausrichtung von Geburtstagsevents anbieten konnte. Erst für die Landwehr-Zwillinge, dann vielleicht für weitere Interessenten. Sie könnte dies auf ihrer Webseite bewerben und bei den Feiern kleine Flyer auslegen. Oder diese den Geburtstagsgästen in das obligatorische Abschiedsgeschenk legen. Ihre Gedanken überschlugen sich. Natürlich müsste sie verschiedene Programme ausarbeiten, je nach Alter und vielleicht auch nach Geschlecht der Geburtstagskinder und deren Gäste. Man könnte Kuchen und Snacks anbieten, oder die Eltern brachten diese selbst mit. Sie könnte ...

»Wir dachten uns«, unterbrach Marc ihre Gedanken, »also meine Eltern und ich, ob du das vielleicht wiederholen willst.«

»Witzig, dass du fragst. Genau genommen habe ich bereits eine Anfrage, ob ich einen Kindergeburtstag ausrichten kann. Und da wollte ich dich fragen, ob ich die Werkstatt noch einmal benutzen kann. Und bis dahin vielleicht auch die Einrichtung stehen lassen kann.« Emily stutzte. »Wieso deine Eltern? Was haben die damit zu tun?«

Marc druckste herum. Er nahm einen Bissen von seinem Smartiekuchen und murmelte »Lecker!«, bevor er fortfuhr: »Wie du ja mitbekommen hast, gehört meinen Eltern die Bäckerei nebenan. Und nicht nur das«, machte Marc eine kurze Pause, »eigentlich gehört ihnen der ganze Gebäudekomplex.«

Beeindruckt schaute Emily ihren Nachbarn an, der auch heute aussah, wie ein Student, der gerade keine Vorlesung hatte. Salopp gekleidet, die Haare noch vom Schlaf verwuschelt.

»Du meinst, die Werkstatt gehört deinen Eltern?«

»Nein«, antwortete Marc grinsend. »Das meine ich nicht nur, ich weiß es ganz sicher.«

Emily lachte. Sie verstand, was Kate so reizvoll an ihrem Nachbarn fand. Er hatte eine gute Mischung aus Understatement, Charme und Humor. Lächelnd erklärte ihr Marc nun, dass das Gebäude seit Monaten leer stehe und vielleicht im nächsten Jahr saniert werden würde. Bis dahin wollten seine Eltern keine unbefristeten Pachtverträge vergeben. Aber ihnen hatte das, was Emily aus dem kleinen Raum gemacht hatte, gefallen. Auch hatten einige Kunden der Bäckerei sich erkundigt, was das für ein süßer Laden nebenan sei. Daher schlug Marcs Mutter vor, dass Emily die Werkstatt zu einem Spottpreis vorübergehend mieten könnte, wenn sie Lust dazu hätte.

Emily schluckte. So eine Immobilie würde sie nie wieder zu so einem niedrigen Mietzins bekommen. In keiner Großstadt der Welt und schon gleich gar nicht in München. Andererseits würde sie eine finanzielle Verpflichtung eingehen, der sie auch gerecht werden müsste, wenn mal Flaute herrschte.

Marc sah ihr offensichtlich an, dass sie innerlich Vor- und Nachteile abwägte. »Du musst das nicht gleich entscheiden, Emily. Das war nur so eine Idee. Wir waren halt gestern alle so begeistert und freuen uns für dich, dass alles gut geklappt hat.«

»Immerhin hat sich kein Elternteil beschwert – und kein Kind gekotzt.«

»Hahaha«, lachte Marc, »das klingt nach Doppelsieg.«

Kurz entschlossen sagte Emily zu, die kleine Werkstatt zu mieten. Die erste Miete hatte sie bereits erarbeitet, den Folgeauftrag so gut wie in der Tasche.

Und wenn nicht jetzt, wann dann?, sagte sie sich.

»Das schreit nach Prosecco! Wollt ihr, Katie und du, heute Abend vorbeischauen?«

Als sie am Nachmittag die Spuren des Bastelkurses beseitigte, schaute sie sich in der kleinen Werkstatt um. Tatsächlich hatte sie mit einfachen Mitteln und etwas Fleiß eine charmante Location erschaffen, auf die sie stolz sein konnte. Ihr eigener Laden. Sie war ihr eigener Chef. Das war besser als alle schicken Wildlederstiefel der Welt. Sie strich über die blank geputzten Küchenschränke aus den Sechzigern, die vanillegelb, rosa und mintgrün glänzten. Mit den letzten Krümeln, die sie vom Boden wischte, beschloss sie, die Mutter von Lucy und Lilly anzurufen.

Sie nahm den Zettel mit dem Terminwunsch und der Telefonnummer vom Küchentresen und ging noch einmal die Stichpunkte durch, die sie abklären wollte. Gleich nachdem sie am Vormittag mit Marc gesprochen hatte, war sie in den zweiten Stock zu Mona geeilt. Frau Hammerschmidt und sie hatten beschlossen, sich ab sofort zu duzen. Immerhin waren sie nun so eine Art Geschäftspartner. Denn Emilys Anfrage, ob Mona Hammerschmidt gerne für den anstehenden Kindergeburtstag Kuchen backen wolle, hatte diese freudig angenommen. Aus den veranschlagten zehn Euro für jeden Kuchen, hatte Emily großzügig zwanzig gemacht, zuzüglich den Kosten für die Zutaten. Mona war happy und Emily erst recht. Noch mehr, als Frau Landwehr gleich drei Kuchen à fünfunddreißig Euro bestellte und zwölf Kinder anmeldete.

Bevor sie aufgebrochen war, um die anstehenden Aufräumarbeiten in der Werkstatt auszuführen, hatte sie ihre Homepage auf den neuesten Stand gebracht. Sie hätte sowohl einen Bastelkurs mit neuem Termin als auch einen Teaser für die Ausrichtung von Kindergeburtstagen auf ihre Seite gesetzt. Ein Button führte zu einem Anmeldeformular, bei dem Termin, Anzahl und Alter der Kinder sowie das gewünschte Catering eingetragen werden konnten. Die Eltern hatten die Möglichkeit, entweder den Kuchen selbst mitzubringen oder alternativ die zu bestellen, die Mona vorgeschlagen hatte: Schokokuchen mit Smarties, Kalter Hund mit Geburtstagskerzen oder Marzipantorte mit Einhorn- oder Drachendekor. Auf Wunsch gab es diese auch gluten- und lactosefrei.

Nun, als sie den Geburtstag der Zwillinge in ihren Terminplaner eintrug, sprang Emily das heutige Datum ins Auge.

»Verflixt«, fluchte sie. Der Hund schreckte hoch und schaute sie erschrocken an.

»Alles gut, Krümelchen«, beruhigte sie ihn, »dein Frauchen hat nur wieder Mist gebaut.«

Es war der dreizehnte Dezember: Marisas Geburtstag. Emily fluchte erneut. Nicht, weil sie ihrer Ex-Nachbarin bislang noch nicht gratuliert hatte, das tat sie sowieso nur auf Facebook. Auch nicht, weil sie eingeladen oder Ähnliches wäre. Nein. Sie hatte Marisa bereits vor Tagen einen Fleurop-Strauß bestellt. Fünfundzwanzig rote Rosen. Mit besten Grüßen von George.

Die Idee war ihr in einer schlaflosen Nacht gekommen, in der sie sich zurückerinnerte, wie unverschämt Marisa, die sich für unwiderstehlich hielt, mit George geflirtet hatte. Kein Anlass war Marisa zu schade gewesen, keine Anmache zu billig. Wie an dem Grillabend, den sie mit verschiedenen Nachbarn auf dem Rasen vor den Apartments abgehalten hatten. Marisa hatte nicht nur deutlich einen im Tee gehabt, sondern auch unübersehbar Appetit auf George. Immer wieder hatte sie mit ihren langen rot lackierten Nägeln über Georges Schenkel gestrichen, angeblich, weil sie den Stoff seiner Jeans so toll fand. Lächerlich, hatte sich Emily damals gedacht. Immerhin war Marisa zehn Jahre älter als George und entsprach mit ihrer üppigen Figur, die sie bevorzugt in hautenge Tigershirts aus Polyester quetschte, überhaupt nicht seinem Geschmack.

Anfangs hatte es Emily belustigt. »Sparshippen«, hatte sie gegenüber Kate gewitzelt. »George würde nie sparshippen. Er steht einfach nicht auf billig.«

Sie hatte sich aber zunehmend darüber geärgert. Vor allem, als Marisa anfing, George einzuladen und mit Whiskey abzufüllen, kaum dass Emily unterwegs war.

Am allermeisten hatte sie sich jedoch eines Samstags über ihre ehemalige Nachbarin aufgeregt. Eine Woche voller Überstunden hatte hinter Emily und George gelegen, daher wollten sie es sich am Wochenende so richtig gemütlich machen. Emily hatte einen fantastischen sizilianischen Weißwein besorgt, frischen Feldsalat auf dem Wochenmarkt und ein leckeres Mousse au Chocolat von Feinkost Albrecht. Dazu wollte sie Georges Lieblingspasta machen, Spaghetti carbonara. Emily wusste, dass sie nicht die begnadetste aller Köchinnen war, aber schnelle und einfache Feierabendküche bekam sie meist ganz gut hin. Jedenfalls lobte George sie immer über den grünen Klee, wenn sie es nach ihrem anstrengenden Job noch schaffte, etwas zu kochen. Regelmäßig hatte er behauptet, ihre Spaghetti carbonara wären dazu in der Lage, ihm jeden noch so blöden Tag zu retten.

Den Nachmittag hatten sie gemütlich lümmelnd auf dem Sofa verbracht. Er las das Manager-Magazin, sie einen norwegischen Krimi, zwischen ihnen eine Tafel Schokolade, die sie sich brüderlich teilten. Alles war perfekt gewesen. Bis Marisa klingelte.

Aufgedonnert in Minirock und hautenger Bluse, aufgebrezelt mit High-Heels und Löwenmähne hatte sie in der Tür gestanden. Mit hilflos wirkendem Augenaufschlag hatte sie auf die Bohrmaschine in ihrer Hand gezeigt. Eines musste man George lassen: Er war ein Gentleman. Und einer hilflosen Frau mit hilflosem Blick konnte er noch nie eine Bitte abschlagen. Selbst wenn die Bohrmaschine in deren Hand null zu ihrer Aufmachung passte, wie Emily fand. Mehr noch, sie mutmaßte, Marisas Bohrmaschine wäre nur ein Vorwand und deren möchte-gern-aufreizendes Outfit dagegen von langer Hand geplant. George jedoch meinte, sie solle nicht so kleinlich sein. Alleinstehende Frau, böse Bohrmaschine, alles nicht so einfach.

Ganze drei Stunden hatte die Aktion in Marisas Wohnung gedauert. Und *ganz zufällig* hatte sie einen Zwiebelrostbraten im Ofen, und oh Wunder, während George ihr dämliches Regal anbrachte, fand sie sogar noch Zeit, ein paar Semmelknödel zu zaubern. *Weil die Jugend von heute ja gar nicht mehr anständig kochen kann.* Emily hätte kotzen können, als George satt und zufrieden nach Hause kam, den in sich zusammengefallenen Feldsalat und die verkochte Pasta begutachtete und dummerweise Marisas Ansichten wiederholte.

Wenn Emily jetzt darüber nachdachte, kam sie zu dem Schluss, dass es ihrer Ex-Nachbarin doch gerade recht geschah, einen wundervollen Rosenstrauß geliefert zu bekommen. Mit einer Karte, auf der geschrieben stand:

»Alles Liebe zum 45sten. In Liebe G.«

Unerfüllte Liebe war schlimm. Aber Hoffnung war noch grausamer, so viel wusste Emily inzwischen.

Sie rief sich zur Vernunft. Eigentlich hatte sie vorgehabt, die kindische Aktion wieder rückgängig zu machen und den Blumenstrauß rechtzeitig abzubestellen. Auch wenn es ihr in jener schlaflosen Nacht nur gerecht erschienen war, dass sich zukünftig Theresa mit Marisa und ihren billigen Tricks herumschlagen durfte. Aber die Würfel waren gefallen, diese Kuh bekam sie nun nicht mehr vom Eis. Mehr, als sich vorzunehmen, sich zukünftig auf ihr eigenes Leben und die wundervollen Dinge, die gerade in diesem passierten, zu konzentrieren, blieb nicht. Und das war auch gut so, beschloss Emily.

Außerdem war ihr die Macht des Karmas nicht ganz geheuer. Es schlug zurück. Unmittelbar und gnadenlos, was auch immer sie tat. Jegliche Aktion in Georges bösem Adventskalender war bislang gescheitert und nicht von Erfolg gekrönt gewesen. Schlimmer noch, einige ihrer miesen Überraschungen schienen sich wie durch ein Weihnachtswunder in Positives für die Beschenkten zu verwandeln. Während sie die Sitzkissen auf der Erkerbank ausschüttelte und einen liegen gebliebenen Kinderschal an die Garderobe hängte, dachte sie zurück an Tag eins und wie sie einen äußerst wertvollen Salzstreuer vor Georges Tür gelegt hatte. Statt dem bösen Omen, das ihm den Tag so richtig versalzen würde, besaß dieser nun die antike Rarität ihres Großvaters. Auch die Aktion des nächsten Tages verfehlte ihr Ziel: Statt Georges Hemden durch den auftauenden Spinat zu versauen, hatte sie dessen Verlobte zu einer Kollektion inspiriert, die, wie sie heute Morgen online festgestellt hatte, bereits ausverkauft war. Als sie die Flyer verteilt hatte, die nur dem Zweck dienen sollten, Theresas Kind in einen Kurs zu bekommen, war sie ausgerechnet dem attraktiven Ben vor die Jacke geknallt. Und anstatt ihrem Ziel, das Kuckuckskönigskind auszuhorchen oder noch besser, es zu beeinflussen, einen Schritt näher zu kommen, plagte sie nun der Verdacht, dass Georges Neue ihm einen Thronfolger ins Nest setzte. In ein Nest, das sie, Emily, schön eingerichtet hatte.

Und diese Vorstellung beschäftigte sie nachhaltig. Egal, was sie sich vornahm und wie sie sich ablenkte: Das Bild von George und seiner kleinen, vielleicht bald vierköpfigen Familie wurde übermächtig. Auch der Hund, der Allergien oder wenigstens einen handfesten Streit hätte auslösen sollen, konnte seine Mission nicht vollbringen und lag nun friedlich grunzend in seinem Körbchen. Seine Hinterläufe zuckten im Schlaf, vermutlich jagte er gerade im Traum einen Hasen.

Emily reflektierte weiter. Der Plan, Georges Cabrio-Sitze mit Kaubonbons zu verkleben, endete damit, dass sie eine Zahnfüllung verlor und nun eine teure Überkronung zahlen musste. Ganz zu schweigen von dem Schmerz. Als sie am nächsten Tag *nur daran gedacht hatte*, Georges Weg mit heißem Wasser in eine Spiegelfläche zu verwandeln, damit dieser mal so richtig auf die Fresse fällt, hatte es sie selbst erwischt.

Nein, so richtig geheuer war das Emily nicht. Vielmehr hatte sie das Gefühl, all ihre fiesen Aktionen und die steten Mutmaßungen über George und sein neues Glück, welches er nun statt mit ihr mit einer anderen teilte, blockierten ihre Kreativität.

Schluss damit, befahl sie sich. Es gab nun wahrlich Wichtigeres, auf das sie sich konzentrieren sollte. Zum

Beispiel überlegen, ob und wie sie einen Vor-Ort-Event bei Hochzeiten oder anderen Feiern bewerkstelligen könnte. Die drei Probekuchen, die Mona backen würde, fotografieren und auf ihre Homepage setzen. Die Planung des Kindergeburtstags der Landwehr-Zwillinge. Ein paar größere Tische und Stühle für ältere Kids besorgen. Den Mietvertrag bei Marcs Eltern unterschreiben. Sich bei der Krankenkasse freiwillig versichern. Ihre Zahnbehandlung zu Ende bringen. Prosecco oder Wein für den Abend besorgen, denn sie würde für Marc und Katie ihre berühmten Spaghetti carbonara machen, Georges und Marisas Meinung über ihre Kochkünste zum Trotz.

Sie stellte das gereinigte Geschirr zurück in den Schrank und wollte eben die Werkstatt verlassen, als ihr Smartphone in der Tasche vibrierte. Auf dem Display stand eine ihr unbekannte Münchner Nummer.

»Praxis Dr. Rosenfeldt«, meldete sich eine weibliche Stimme, als Emily den Anruf entgegennahm. Sie erschrak. Hatte sie bei den ganzen Vorbereitungen den Folgetermin aus den Augen verloren? Hektisch kramte sie in ihrem Gehirn, als die Zahnarzthelferin fortfuhr.

Tag vierzehn

Emily wachte davon auf, dass Marc ein Kaffeelöffel aus der Hand rutschte und klirrend auf den Küchentresen fiel. Benommen schaute sie sich um. Sie fand sich auf dem abgewetzten Ledersofa ihres Nachbarn wieder, auf der kuscheligen Decke lag Krümel und wärmte ihre Füße.

»Wo ist Katie?«, krächzte sie schlaftrunken und versuchte, sich zu erinnern, wie sie auf Marcs Couch gelandet war. In ihrem Schlafanzug, aber mit Marcs Kuscheldecke.

»Schon bei der Arbeit«, antwortete er. »Sorry, wenn ich dich aufgeweckt habe.« Er schenkte Emily einen Kaffee ein, fügte Milch hinzu und brachte ihn ihr ans Sofa.

Vorsichtig schob sie Krümel zur Seite, setzte sich auf und nahm einen Schluck des belebenden Getränks. Die ersten Hirnzellen erwachten und die Erinnerung an die Ereignisse des Vorabends kamen zurück. Sie bekam eine Gänsehaut.

»Ich muss gleich nach dem Kaffee weg«, meinte Marc. Er war bereits vollständig angekleidet und wischte nebenbei auf seinem Smartphone herum. »Aber du kannst gerne hierbleiben, bis wir das Problem beseitigt haben.«

Emily überlegte. In ihre Wohnung wollte sie keinesfalls. Andererseits konnte sie ohne ihren Rechner und tagestaugliche Klamotten auch nichts erledigen. Es war aber auch zu blöd.

»Wann kommst du denn wieder?«, fragte sie kleinlaut.

Marc blickte von seinem Display auf und versprach, gegen Mittag zurück zu sein.

Es würde ihr nichts anderes übrig bleiben, als bei ihrem Nachbarn zu warten. Zu groß war die Furcht vor dem, was sie in ihrer Wohnung erwartete.

»Keine Angst, Em«, beruhigte sie Marc, der offensichtlich in Emilys Gesicht den aufkommenden Ekel bemerkte, »sobald ich zurück bin, entledigen wir uns des ungebetenen Gasts.« Er bot ihr an, sich wie zu Hause zu fühlen und sich ein Müsli oder einen Toast zu machen. Emily nahm dankend an.

Nachdem Marc das Haus verlassen hatte und sie sich mit einem weiteren Kaffee gestärkt hatte, zog sie einen seiner Parkas an. Sie schlüpfte in ihre Winterstiefel, die glücklicherweise vor ihrer Haustür standen, nahm Marcs Ersatzschlüssel vom Board und drehte mit Krümel eine Runde um den Häuserblock. Sie hoffte, dass sie niemandem begegnete, den sie kannte. Zu ihrer geblümten Pyjamahose, einem ausgeleierten Sweatshirt und gefütterten cognacfarbenen Stiefeln trug sie Marcs orangene Jacke. Sie kam sich vor wie ein Clown.

Auch ihre Umgebung präsentierte sich nicht im besten Licht. Von den kürzlich gefallenen Schneeflocken, die die Stadt in ein glitzerndes Kleid gehüllt hatten, war nichts mehr zu sehen. München verschwand heute in leichtem Nieselregen, graue Wolken verdüsterten den Himmel.

Emily störte es nicht. Trotz des widrigen Starts in den Tag verbesserte sich ihre Laune zusehends. Marc hatte ihr gestern Abend den Mietvertrag von seinen Eltern überbracht. Diese wollten erst ab Januar Miete, da der Dezember ja schon zur Hälfte verstrichen war. Ein Geschenk, das Emily mehr als gelegen kam. Sie hatte ihre finanzielle

Zukunft immer noch nicht richtig geplant, geschweige denn eine Aufstellung der zu erwartenden Fixkosten gemacht. Marcs Eltern schienen ihr unkompliziert und großzügig. Wann waren ihr das letzte Mal solch nette Menschen begegnet? Auch der gestrige Abend war schön gewesen. Die Spaghetti, die sie für Marc und Katie gekocht hatte, fanden, obwohl etwas misslungen, großen Anklang bei ihren Freunden. Kate hatte zwar irgendwelche Witze gerissen, die von zu viel Salz und verliebten Köchen handelten, aber das hatte ihrem Appetit keinen Abbruch getan. Unwissentlich hatte ihre Freundin damit sogar ins Schwarze getroffen. Denn seit dem Anruf aus Dr. Rosenfeldts Praxis hatte sie auf Wolken geschwebt und die Schmetterlinge in ihrem Bauch torkelten trunken vor Glück gegen ihre Magenwände.

Bens Praxishilfe hatte sich zunächst bei Emily erkundigt, ob sie kurz Zeit für Dr. Rosenfeldt hätte, und dann zu Ben durchgestellt. Nachdem er ihr für die ausgezeichnete Betreuung von Henri am Vortag gedankt hatte, und nochmals betont hatte, wie begeistert dieser von Emily, der kleinen Werkstatt, dem kleinen Hund und dem grünen Krokodil war, kam er zu seinen eigentlichen Anliegen. Henri hatte wohl seinen Schal vergessen, war das Erste davon. Das Zweite haute Emily um.

»Ich dachte mir«, hatte Ben begonnen, »also es ist so …«

Emily hatte sich gewundert, der wortgewandte Ben schien plötzlich verlegen zu sein und um die richtige Formulierung zu ringen.

Nach einer kurzen Pause fuhr er fort. »Also freitags schließe ich die Praxis immer schon um vier. Das ist der einzige Tag unter der Woche, an dem ich mit Henri gemeinsam Abendessen kann. Nun ist es fast so eine Art

Tradition geworden, dass wir jeden Freitag essen gehen. Also nichts Tolles, meist Pasta oder Burger mit Pommes – und alles natürlich so zeitig, damit Henri pünktlich ins Bett kommt.« An dieser Stelle war Dr. Rosenfeldt erneut ins Schleudern gekommen und hatte seinen Redeschwall unterbrochen. Emily war das Herz aufgegangen. Sie hatte die Unbeholfenheit in seinen Worten gespürt. Als ob Ben nervös wäre.

Aber warum sollte er, hatte sie sich gefragt. *Sie* war doch diejenige, die keinen vernünftigen Satz mehr herausbekam, wenn sie nur an den attraktiven Zahnarzt dachte. Wie auch gestern. Mehr als »Äh, ja und?«, hatte sie blöderweise nicht über die Lippen bekommen. Noch den ganzen Abend waren ihr nachträglich bessere Möglichkeiten eingefallen, wie sie charmanter hätte reagieren können. Oder intelligenter. Oder wenigstens witziger. Sie hätte sich ohrfeigen können ob ihrer plumpen Entgegnung. All ihre Redegewandtheit schien in diesem Moment wie weggeblasen zu sein. Es war zum Verzweifeln. Fantastische Dialoge, die sie nie geführt hatte, aber hätte führen können, waren den ganzen Abend und die halbe Nacht durch ihr Gehirn gegeistert und fanden erst ein Ende, als Krümel polternd durch das Schlafzimmer jagte, einem großen Schatten auf der Spur.

Wieder zurück in Marcs Wohnung überlegte sie, ob sie sich in ihr Apartment trauen würde. Sie benötigte ihren Laptop, und ein paar Brekkies für Krümel wären auch nicht schlecht. Kurzentschlossen nahm sie ihren Wohnungsschlüssel und überquerte den Hausflur. Im Haus war alles still. Sie steckte den Schlüssel ins Schloss und zögerte. Sollte sie wirklich? Was, wenn der Besucher bereits hinter der Haustür lauerte? Ihr stellten sich die

Haare an den Unterarmen auf, wenn sie daran zurückdachte, wie sie gestern Nacht überstürzt die Wohnung verlassen hatte. Sie verharrte einen Moment. Und kehrte dann entschlossen um. Sie würde auf Verstärkung warten, sie war ja nicht blöd.

Krümel bekam ein paar Haferflocken, gemischt mit gekochtem Schinken aus Marcs Kühlschrank. Sie selbst setzte sich einen weiteren Kaffee auf und machte sich ein Toastbrot mit Schokocreme, ein Luxus, den sie sich zu Hause selten gönnte. Marcs Wohnung sah aus wie die eines Junggesellen mit Geschmack. Auf einer Regalwand aus den Sechzigern fanden sich neben Modellautos Bildbände über die Tour de France, Patagonien und Steve McQueen. Sein altes Ledersofa wurde flankiert von zwei hochmodernen Ablagetischen aus Glas. Ein Retro-Schreibtisch in dänischem Design stand vor dem großen Fenster, auf der Fensterbank lagen zahlreiche Reiseführer.

Emily betrachtete die gerahmten Fotos, die an der blau gestrichenen Wand in seiner Arbeitsecke hingen.

Marc, lachend auf einem Berggipfel, im Hintergrund nur das gegenüberliegende Felsmassiv und ein strahlend blauer Himmel. Das Bild einer Kokosnuss im Sand. Eine bläulich schimmernde Krabbe neben einem Surfbrett. Türkisblaues Meer. Kleine farbige Jungs, die an der Copacabana einem Fußball hinterherjagten. Ein roséfarbenes Fischerboot, auf dessen Planken drei Seesterne lagen. Marc auf einer Pyramide, im Hintergrund Regenwald. Emily seufzte. Fernweh ergriff sie mit einer so plötzlichen Sehnsucht, dass es sie fast körperlich schmerzte. Sie blickte auf den Nieselregen, der die Fassaden im grauen Hinterhof fast schwarz färbte. Auf die gegenüberliegenden Fenster, die erleuchtet waren, obwohl es bereits mitten am Vormittag war. Auf die defekte Regenrinne, deren monotones Tropfen Depressionen hervorrufen könnte.

Zu lange war sie nicht mehr fortgekommen aus München. Sie erinnerte sich, wie sie vor zwei Jahren geplant hatte, dem grauen Münchner Schmuddelwetter zu entkommen. Dem Winter den Rücken kehren, der kalten Jahreszeit entfliehen. Sie hatte Flugverbindungen nach Mexiko, Curaçao und Barbados recherchiert. Sie hatte tolle Schnäppchen und perfekte Anschlussflüge gefunden. Sie war auf bezahlbare Unterkünfte an traumhaften Stränden gestoßen. George hätte nur noch wählen müssen, zwischen Tulum, Willemstad oder Bridgetown. Zwischen Hotel oder Apartment. Zwischen Selbstverpflegung und Halbpension.

Doch George hatte sie hingehalten. Erst war es ein wichtiger Mandant gewesen, der ihn brauchte. Anschließend ein Gerichtstermin, der nicht verschoben werden konnte. Dann war es gerade ganz schlecht gewesen, Urlaub einzureichen. Danach hatte er sich eingebildet, die Partnerschaft würde ihm bestimmt im Januar angeboten werden, und das konnte er ja definitiv nicht verpassen. Ach, ja, und ausgerechnet zum Siebzigsten seines Vaters hatte er auch nicht weggewollt. Nach und nach waren alle guten Angebote ausgebucht gewesen. Die Wochen verstrichen, Emily begrub ihre Träume, und das Leben nahm wieder seinen gewohnten Gang. Im nächsten Winter begann das Spiel von vorne. Im Herbst war sie sich sicher, statt zu frieren, schnorchelnd vor der Küste Eilats zu überwintern, im Dezember schien George mit einer kleinen Auszeit auf Martinique einverstanden zu sein. Auch im Januar dachte sie noch, dass sie schon bald im weißen Bikini auf St. Barth weilen würde, den weichen Sand unter ihren Füßen, die Sonne im Gesicht.

Aus Gründen, die ihr noch aus dem Vorjahr bekannt vorkamen, wurde jedoch jeder ihrer Vorschläge abgeschmettert, sobald sie definitiv buchen wollte. George hielt sie wochenlang auf Stand-by. Im Herbst wurde auf Weihnachten verschoben, an Weihnachten auf Neujahr, dann war es angeblich in den Faschingsferien besser und schließlich wurde daraus ein »vielleicht an Ostern«. Als George Emily schließlich statt eines Karibikurlaubs im Frühling ein paar Tage im Sommer am Bodensee in Aussicht stellte, rastete sie aus. Noch zu gut hatte sie den dämlichen Kurzurlaub im Harz in Erinnerung. Tagelang hatte sie sich bei Dauerregen in Gummistiefeln durch den Matsch gekämpft. *Outdoor-Erlebnis*, hatte George das genannt.

Sie beschimpfte ihn als dämlichen Rentner, der sich seine Hinhaltetaktik in den faltigen Arsch schieben sollte. Als George in bester Juristenmanier die Tatsachen verdrehte und dabei sein überlegenes Anwaltsgesicht zog, reichte es Emily. Sie schmiss den Wohnungsschlüssel auf den Tisch und verkündete, dass sie jetzt eben allein nach Antigua auswandern würde. Ohne einen langweiligen Klotz am Bein, der sich jetzt schon verhalte, wie ein achtzigjähriger Spießer. Tatsächlich war sie nur drei Blocks weiter gezogen und verbrachte die nächsten Tage heulend auf Katies Sofa.

Nachdem die erste Wut verraucht war, hatte sie gewartet. Sie war der festen Überzeugung, George würde bald mit einem Rosenstrauß auftauchen, sein Unrecht einsehen und sie um Verzeihung bitten. In besonders hoffnungsvollen Momenten hatte sie sich gar ausgemalt, dass George für sie beide einen luxuriösen Karibikurlaub gebucht hätte. Inklusive Hochzeitsarrangement am Strand. Doch George meldete sich nicht. Je länger sie auf Kates Sofa kampierte, desto größer wurde ihre Verzweiflung. Die Wut auf George, der einfach alles hinschmiss, wuchs ins Unermessliche. Gleichermaßen wuchs ihr Stolz. Wie sollte sie den ersten Schritt machen, wenn George so gar nichts daran gelegen schien, ihre Beziehung zu retten? Wenn er weder das Gespräch suchte, noch Blumen schickte? Es fiel ihr schwer, Kates Rat, erst einmal gar nichts zu tun, zu befolgen. Das Gefühl, eine Reaktion forcieren zu müssen, nahm überhand. Denn war es nicht eher so, jedenfalls in kitschigen Filmen mit Happy End, dass der Angebetete auch nach noch so vielen Missverständnissen zur Besinnung kam, wenn ihm die Felle wegzuschwimmen drohten? Wenn der Verlust zum Greifen nah war, und die Liebe seines Lebens bereits vor dem Abfluggate stand? Wenn jede Minute zählte, denn die geliebte Person könnte bereits in diesem Moment einem anderen das Ja-Wort geben, und dann wäre alles für immer verloren?

»Das kann nach hinten losgehen«, hatte Katie sie gewarnt, bevor sie den entscheidenden Schritt tat, um den Druck auf George zu erhöhen.

»Aber wenn ich gar nichts unternehme, passiert auch nichts«, hatte Emily sich die Aktion schön geredet.

»Im Krieg und in der Liebe gewinnt man nur durch Rückzug«, war Kates Antwort gewesen.

Auch wenn Emily die Logik hinter diesem Spruch durchaus erkannte, so war sie sich sicher, in ihrem Fall müsse sie andere Geschütze auffahren, um George aus seiner Lethargie wachzurütteln. Mutig hatte sie daher eine SMS an ihn verfasst, über deren Wortlaut sie ganze zwei Stunden gegrübelt hatte. Letztendlich entschied sie sich für schlichte Worte, die in Georges Augen die Entschlossenheit ihres Vorhabens verstärken würde: »Pack bitte meine Sachen zusammen, ich hole sie am Samstag ab.«

Leider war auch Georges Antwort in ihrer Schlichtheit kaum zu übertreffen gewesen: »In Ordnung.«

Emily wurde unsanft aus ihren Gedanken gerissen, als Marc die Wohnungstür öffnete. Er strahlte.

»Deine Wohnung war nicht abgeschlossen, Em.«

»Und? Hast du schon reingeschaut? Wie sieht es aus?« Gespannt blickte Emily ihren Nachbarn an.

»Volltreffer. Der Eindringling ist in Gewahrsam.«

Beunruhigt schaute Emily auf Marcs Hände. »Äh, wo? Ich meine, wie ...«, stotterte sie nervös.

»Keine Angst«, beruhigte sie Marc. »Dein haariger Freund sitzt in der Falle. Ich wollte nur schnell fragen, ob ich ein Beweisfoto machen soll, bevor ich ihn draußen entsorge.«

Emily war beeindruckt von so viel Mitgefühl. Marc hatte nicht nur die riesige Spinne in einem Glas gefangen, er bot auch noch an, ihr den Beweis zu liefern, sodass sie ganz sicher sein konnte, dass ihre Wohnung clean war. »Nein, bitte keine Fotos«, quietschte sie. Dann lächelte sie ihn an. »Du bist mein Held, Marc. Tust du mir einen Gefallen und entsorgst das Glas gleich mit? Das kann ich nie wieder benutzen.«

»Klar. Ich habe auch Insektenspray und kann ja mal in alle Ritzen und hinter die Schränke sprühen, wenn du magst.«

Dankend nahm Emily an, und Marc begab sich zurück in ihre Wohnung, um sicherzustellen, dass wirklich keine Spinne mehr aus irgendwelchen Spalten kriechen konnte. Erleichtert atmete sie aus. Erstaunlich wie so ein winziges Problem ihren ganzen Tagesablauf durcheinanderbringen konnte, dachte sie. Obwohl »winzig« wirklich die falsche Beschreibung der widerlichen Spinne war.

Sie verbannte das haarige Monster aus ihren Gedanken und besann sich auf ihre To-do-Liste. Es gab so viel zu tun. Sie wollte kleine Werbeflyer drucken lassen für die Geschenktüten, welche die Geburtstagsgäste der Landwehrzwillinge mit nach Hause nehmen würden. Auch die Kuchen, die Mona heute backen wollte, sollten fotografiert und auf ihrer Webseite eingepflegt werden. Sie musste sich ein Programm für die folgenden Kurse ausdenken und die entsprechenden Materialien besorgen. Ach ja, und die Krankenkasse kontaktieren, das musste sie auch.

Das Allerwichtigste aber war, ein geeignetes Outfit für Freitag zu finden. Sie setzte es gedanklich ganz oben auf die Liste. Bisher hatte Ben sie nur derangiert gesehen. Das erste Mal, beim Bäcker, war sie verkatert und zudem etwas unfreundlich gewesen. Das zweite Mal klebte sie frühmorgens mit verschwitztem Gesicht an seiner Daunenweste, in Klamotten, die schon bessere Tage gesehen hatten. Das dritte Mal saß sie ungeschminkt mit Zahnschmerzen in seiner stilvollen Praxis. Und das letzte Mal hatte sie eher verlegen und mit Farbklecksen im Haar rumgestottert, als ihn mit ihrem natürlichen Charme zu bezaubern. Dennoch hatte er sie zum Essen eingeladen. Emily wurde warm uns Herz, als sie an das Telefonat von gestern dachte.

»Wenn es dir nichts ausmacht, etwas Einfaches wie Nudeln mit Tomatensoße oder Hamburger mit Pommes zu essen, und das noch dazu zu einer Zeit, wo andere Erwachsene gerade ihren ersten Sundowner genießen, würde ich dich gerne einladen«, hatte Ben vorgeschlagen.

»Und Henri ist einverstanden?« Emily wusste von alleinerziehenden Freundinnen, dass diese nie ihre Kinder mit neuen Bekanntschaften in Kontakt brachten. Fein säuberlich trennten sie Dates und Familie so lange, bis sie sich sicher waren, dass sich aus der neuen Beziehung eine dauerhafte Freundschaft ergeben würde. Aber vielleicht waren Männer da nicht so vorsichtig. Oder war die Einladung auch nur ganz harmloser Natur.

Ben hatte sie beruhigt. »Es war sogar Henris Idee, die ich nebenbei gesagt, fantastisch finde. Wir würden uns wirklich freuen, Emily.«

Marc, alias Spiderman, kehrte von seiner Insektenvertilgungsaktion in Emily Wohnung zurück. »Ich habe gründlich in alle Ritzen gesprüht. Die Wohnung ist clean«, gab er grinsend Entwarnung.

Emily beteuerte nochmals, dass er ihr Held wäre, und begab sich in ihre Wohnung, erleichtert, dass sie nun endlich ihren Tag starten konnte. Vorsichtig schaute sie dennoch zunächst unters Sofa und unter ihr Bett, schüttelte ihre Decke aus und hob das Kissen von Krümels Hundekörbchen an, bevor sie sich sicher genug fühlte, unter die Dusche zu springen. Als Mona klopfte und stolz den ersten ihrer gebackenen Kuchen präsentierte, war Emily angezogen und hatte bereits einen Teil der Spuren des vorabendlichen Spaghetti-Essens beseitigt.

Nachdem sie den prachtvollen Kuchen fotografiert hatte, brachte sie ihn zu Marc. Sie selbst hatte keinen Appetit darauf, und ihr Nachbar hatte eine Belohnung verdient.

»Ein Einhorn?«, schmunzelte Marc, als er die Torte betrachtete.

»Ich weiß, es hätte in diesem Fall Superman drauf sein sollen«, lachte Emily, »aber so schnell konnte ich keine Superheldentorte auftreiben.«

»Die ist zu groß für mich alleine«, meinte Marc. »Bist du mir böse, wenn ich das Prachtstück mit zur ›Kinder-Mahlzeit‹ nehme? Da richten wir heute ein Adventsessen für bedürftige Kinder aus.«

Emily schaute ihn mit neuem Interesse an. »Du engagierst dich für Kinder aus sozial benachteiligten Familien?«

Marc druckste herum. Wie Emily inzwischen wusste, war Understatement sein zweiter Vorname. Es passte zu ihm, Gutes zu tun und nicht darüber zu reden.

»Na ja«, meinte er. »Es ist nur ein kleiner Beitrag, den wir leisten, um die Welt für Kinder ein kleines bisschen bunter zu machen. Es fing eigentlich damit an, dass meine Eltern am Abend Überschuss in der Bäckerei hatten. Und du kennst ja die Münchner ...«, hier sah er Emily an. In seinem Blick lag Unverständnis und etwas, das fast wie eine leichte Wut aussah. »Kein Mensch will am Nachmittag Backwaren vom Morgen. Und erst recht keiner Ware vom Vortag.«

Emily nickte.

»Daher habe ich angefangen, abends die Restbestände einzuladen und an verschiedene Organisationen zu liefern. Dann hat der Metzger bei mir angefragt, danach der türkische Obst- und Gemüsehändler um die Ecke. Nach und nach wollten sich auch Bekannte mitengagieren. Daher haben wir die ›Kinder-Mahlzeit‹ ins Leben gerufen, die speziell Kinder aus nicht ganz so optimalen Verhältnissen mit warmen Mahlzeiten versorgt.«

»Das ist ja toll, Marc.« Emily war wirklich beeindruckt. »Bis wann musst du denn los? Mona hat gerade den zweiten Probekuchen im Ofen. Vielleicht schaffe ich es, ihn schnell zu fotografieren, und dann kannst du den auch noch mitnehmen.«

»Gegen fünf. Übrigens macht Kate heute früher Feierabend und kommt mit. Wir können jede helfende Hand gebrauchen.«

»Dann würde ich auch gerne meine Hände zur Verfügung stellen, wenn ich darf.«

»Je mehr, desto besser. Vor allem das Abräumen der Tische und das Spülen kostet Zeit. Du bist herzlich willkommen, wirklich.«

Sie verabredeten sich für Viertel vor fünf. Emily freute sich darauf. Es war an der Zeit, etwas zurückzugeben. Mal nicht nur an sich zu denken, sondern auch an andere.

Tag fünfzehn

Gut gelaunt saß Emily am Computer und fügte die ersten Fotos der Geburtstagskuchen, die sie zukünftig anbieten würde, auf ihrer Webseite ein. Mona hatte ganze Arbeit geleistet und zwei wunderschöne Marzipantorten mit Einhorn- und Drachengarnitur gezaubert. Im Laufe des Tages würde sie noch einen Schokokuchen mit Smarties backen und einen kalten Hund aus Keksen und Schokoglasur, den Emily mit Geburtstagskerzen verzieren wollte. Etwas beschämt dachte sie an den Vorabend zurück. Bis gestern war ihr nicht bewusst gewesen, wie viele Menschen in München am Rande der Armut lebten. Familien, deren Kinder kein Frühstück bekamen, bevor diese in die Schule mussten. Jungen und Mädchen, die weder Pausenbrote dabei hatten noch Geld für das Schulessen. Sie erinnerte sich an die glänzenden Augen der Kinder und deren Freude über die schön gestalteten Torten. An die liebevoll gedeckte Tafel mit Weihnachtsmännern, Mandarinen und Nüssen auf jedem Platz. An Marc, der ein Weihnachtsmärchen vorgelesen hatte und an die leeren Teller, die sie gemeinsam mit Kate bis in die Nacht gespült hatte. Was für ein Unterschied zu dem Klientel, für das sie gerade ihre Homepage aufhübschte.

Sie überlegte, ob sie dort einen weiteren Menüpunkt einfügen sollte. Einen kurzen Absatz über sie und ein bisschen »Unsere-Philosophie-Blabla«. Nun, da sie den magischen Bastelkurs dauerhaft anbieten wollte, wäre die professionelle Vorstellung ihrer Person vielleicht hilfreich. Sie suchte im vorgefertigten Template, fand aber kein entsprechendes Tool, mit dem sie die Seite um diesen Menüpunkt erweitern konnte. Nach erfolglosem Recherchieren auf der Betreiberseite, rief sie kurz entschlossen in der Agentur an. Der Azubi, dessen Namen sie sich nicht merken konnte, war ein Crack in Programmierung und Webseitengestaltung.

»Florian Berger«, meldete sich dieser. Emily notierte sich kurz den Namen, vermutlich musste sie in Zukunft noch öfter den Rat des jungen Mannes einholen. Sie schilderte ihm das Problem.

»Du weißt aber schon, dass diese Baukastensysteme nicht sicher sind«, bemerkte er.

»Inwiefern?«

»Na Hinz und Kunz könnten rein theoretisch in deiner Webseite rumpfuschen, wenn du nicht die Sperre aktiviert hast.«

Emily staunte. »Du meinst, Außenstehende können einfach so meine Homepage verändern?«

»Sofern sie sich nur ansatzweise mit Programmieren auskennen. Aber mit einem Klick kannst du das verhindern.« Florian leitete sie sequenziell durch alle Funktionen und Emily setzte einen Haken an entsprechender Stelle. Anschließend erklärte er ihr, wie Fremde in drei einfachen Schritten ihre Webseite manipulieren konnten. Der Azubi schien stolz darauf zu sein, sein Wissen an eine ältere Kollegin, die schon länger im Geschäft war, weitergeben zu können.

Emily unterbrach freundlich seinen Redeschwall, dankte ihm herzlich und trug ihm auf, den Rest der Agentur zu grüßen.

Krümelmonster Otto Ferdinand stupste sie ungeduldig an.

»Hast du Hunger?«, fragte sie ihn, wobei sie die Betonung auf das letzte Wort legte. Der Hund legte den Kopf schief.

»Willst du *spielen*?«

Auch hier schaute Krümel sie nur erwartungsvoll an.

»Sollen wir *spazieren*?«

Jetzt rastete der Hund aus. Er wedelte mit dem Schwanz, tobte zur Tür und wieder zurück. Drehte drei Runden um Emilys Stuhl und fegte wieder zur Tür.

Volltreffer, dachte sich Emily, der Hund will raus. In aller Eile steckte sie ihre Einkaufsliste, Kreditkarte und etwas Bargeld ein und machte sich mit Krümel auf den Weg nach draußen. Bevor sie überhaupt die Innenstadt erreicht hatte, hatte sie bereits Pinsel und Gouache-Farben, fünf Tüten Luftballons sowie eine Leine mit größerem Halsband für Krümel erstanden. Bald müsste auch ein neues Körbchen her, das Hündchen hatte sich innerhalb weniger Tage verdoppelt. So kam es Emily jedenfalls vor. Seufzend blieb sie vor dem Schaufenster mit den schönen Stiefeln stehen. Kurz war sie hin- und hergerissen. Immerhin hatte sie am Freitag ein Date. Und egal, was sie anziehen würde, die Stiefel würden das komplette Outfit aufwerten.

Als Emily an Ben und den süßen Henri dachte, machte sich freudige Erwartung in ihr breit. Ein Schwarm Schmetterlinge breitete seine Flügel aus und wärmte flatternd ihr Herz. Bens Einladung war mit Abstand das romantischste Ereignis, das ihr seit Monaten widerfahren war. Selbst wenn sie am Ende in einer Burgerkette landen würden, so war dies tausendmal spannender, als den Freitagabend allein vor dem Fernseher zu verbringen. Und wer weiß, vielleicht folgte der ersten Verabredung ja eine weitere.

Emily riss sich vom Anblick der begehrten Wildlederstiefel los. Dafür war immer noch Zeit. Sie war schon recht beladen und weitere Einkäufe standen an. Ein paar Häuser weiter war ein Kindermoden- und Spielzeuggeschäft. Sie wollte Geburtstagskerzen kaufen und schauen, ob es dort günstige Malerkittel für Kinder gab. Auch dieses Schaufenster war festlich geschmückt, die Dekoration ließ keine Weihnachtswünsche offen. Unter einem schneebedeckten Tannenbaum waren winzige Norwegerpullover neben großen Stoffbären drapiert, ein riesiges Reh stand neben einem Schlitten, auf dem weitere Kinderträume arrangiert waren. Zwischen einem Fußball und einem Puzzle entdeckte Emily sogar ein kleines Stoffkrokodil mit echten Glasaugen. Das würde Henri gefallen – ein kleiner Bruder für das Plüschtier, das sie ihm bereits geschenkt hatte. Sie betrat das Geschäft und fand einige Kleinigkeiten, die sie in ihren Einkaufskorb legte. Eben hatte Emily die Verkäuferin gebeten, ihr das Krokodil aus der Auslage zu zeigen, als eine weitere Angestellte, mit einer Kundin plaudernd, die große Wendeltreppe aus dem ersten Stock herabstieg.

Theresa! Emily versuchte, sich hinter einem halbhohen Regal kleinzumachen, in dem sie so tat, als würde sie sich brennend für die Bobbycars interessieren, die davor, fein säuberlich nach Farben sortiert, auf dem Boden standen.

»Na, das ist ja ein Zufall«, rief Theresa herzlich, als Emily wieder auftauchte. Sie trug eine riesige, prall gefüllte Stofftasche über der Schulter.

»Mmh, ja, was für eine Überraschung«, murmelte Emily. Ihr war gerade gar nicht nach Small Talk mit dem Feind.

»Übrigens«, meinte der Feind gut gelaunt, »Finn war total begeistert. Er redet praktisch von nichts anderem mehr, als von dem magischen Bastelkurs und wie lustig er es dort fand. Und er hat sich schon mit zwei anderen Kindern zum Spielen verabredet.«

»Das freut mich«, würgte Emily heraus. Unauffällig schielte sie zu Theresas Bauch. Da war sie wieder, die Bittermandel, die ihr Herz, das eben noch fröhlich gewesen war, zu vergiften drohte. Blöderweise trug Theresa eine übergroße Daunenjacke und einen langen schweren Wollschal, der es Emily nicht ermöglichte, einen Blick auf deren Bauch zu erhaschen. Moment! Geschockt betrachtete Emily die marineblaue Jacke mit dem silbernen Emblem auf dem Oberarm.

Die teure Jacke hatte sich George im Winter vor drei Jahren zugelegt. *Das trägt man jetzt*, hatte er den Preis, der in der Höhe eines gebrauchten Kleinwagens anzusiedeln war, gerechtfertigt. Alle, und *wirklich alle* würden die im Palace-Hotel St. Moritz diese Saison tragen. Damals hatte sich Emily gefragt, woher George das wissen wollte. Sie waren schließlich noch nie im Palace-Hotel gewesen. Noch nicht einmal in einer günstigeren Unterkunft in diesem noblen Ski-Ort oder wenigstens für ein Wochenende. Praktisch waren sie noch nie irgendwo gewesen, wo der internationale Jetset logierte. Sie schluckte. Während Theresa irgendwelche Geschichten von Finn, Schule und Freunden erzählte, und Theresas Beraterin wieder die Treppen in den ersten Stock erklomm, fiel Emilys Blick auf das Schild neben der Treppe.

Säuglingsausstattung 1. OG, stand dort geschrieben. Emily schluckte erneut. Falls sie bis dato noch Zweifel gehabt haben sollte, war dies nun ein eindeutiges Indiz, welches sie nicht ignorieren konnte: Theresas prall gefüllte

Tasche, in der sich vermutlich von Erstausstattung bis Babyphone alles Nötige für den neuen Thronfolger befand. Emily bekam kaum mehr mit, was Georges Neue ihr gerade erzählte. Daher nickte sie nur dann und wann oder murmelte Belanglosigkeiten wie »Aha« oder »Okay«, während sie versuchte, den bitteren Kloß hinunterzuschlucken und ihre Gesichtszüge im Griff zu behalten.

»Also, einverstanden?«, fragte Theresa.

Emily, die keine Ahnung hatte, um was es ging, nickte. Sie verabschiedete sich und ging zu der Verkäuferin, die zwischenzeitlich das Krokodil aus der Auslage geholt hatte, und ließ es sich zusammen mit den Geburtstagskerzen und ein paar Schleichtieren einpacken.

Auf dem Weg nach Hause schimpfte sie halblaut mit sich selbst. Einige Passanten starrten Emily befremdet an, aber das war ihr egal. Wie konnte es sein, dass es sie immer noch interessierte, was George machte oder auch nicht? Der Tag hatte gut angefangen, und sie war bis vor Kurzem voller Tatendrang, Zuversicht und Vorfreude auf ihr kleines Date gewesen. Es gab so unendlich viel zu organisieren, so viele Dinge, die sie nun in Angriff nehmen sollte. Und so viel Positives, dass ihr in letzter Zeit widerfahren war. Und doch warf sie ein so kleiner Zwischenfall erbärmlich zurück.

Wie ein schleimiger Knoten, der sich im Abfluss festgesetzt hat, verstopfte er ihre Gedanken, blockierte ihr kreatives Schaffen und vergiftete ihr Herz.

Wütend knetete sie den Teig, bis er geschmeidig war, und rollte ihn kraftvoll aus. So wirklich wollte das Backen ihre Wut aber nicht verrauchen lassen. Das Bittermandelaroma erinnerte sie nur daran, wie Kate ihr einen Vortrag über vergiftete Herzen gehalten hatte. Beim Puderzucker musste sie an St. Moritz denken, und dass Theresa jetzt Georges Lieblingsjacke trug. Selbst die Herzausstecher erinnerten sie an ihr Herz, das vielleicht nicht gebrochen worden wäre, wenn sie mit einem Kompromissurlaub am Bodensee einverstanden gewesen wäre. Wahrscheinlich, so vermutete Emily, war Theresa eine dieser unkomplizierten Frauen, mit denen man Pferde stehlen konnte. Eine von diesen unerträglich fröhlichen Partnerinnen, die mit Freude im matschigen Harz wanderten und alles wunderbar fanden. Die weder ein Problem mit Campen hatten noch mit George, der sich nicht festlegen wollte. Weil sie ja selbst ach-so-erfolgreich war mit ihrer Scheiß-Spinat-Kollektion.

Emilys Hass wuchs. Sie dachte an Theresas Webseite, und wie perfekt dort alles schien. Bio-Baumwolle, fair gehandelt, zuckersüß, stylish und doch natürlich. Sie hätte kotzen können. Als sie die Honigherzen in den Ofen schob, dachte sie, dass sie mal besser Totenköpfe gebacken hätte. Das war doch der reinste Hohn, für wen machte sie die überhaupt? Während sie das Nudelholz und die Backschüssel spülte, fiel ihr Florians Warnung vom Morgen ein. War Theresas Webshop nicht von Aufbau und Seitenstruktur ihrem eigenen ähnlich? Benutzte diese vielleicht sogar das gleiche Template? Emilys Neugier war geweckt. Sie trocknete sich die Hände ab und fuhr ihren Rechner hoch.

»Interessant«, murmelte sie. Krümel hob kurz den Kopf, wedelte mit dem Schwanz und schlummerte wieder ein, als nichts weiter geschah. Der Spaziergang war heute lang gewesen, jetzt war er anscheinend platt. Seine Läufe zuckten im Schlaf, vermutlich befand er sich in seinen Träumen noch immer in der Innenstadt und hinterließ Liebesbriefe an jedem zweiten Laternenpfosten.

Emily versuchte, sich an die »drei einfachen Schritte« zu erinnern, mit denen sie, laut Florian, fremde Webseiten manipulieren konnte. Beim zweiten Versuch war sie drin. Sie fügte einen neuen Menüpunkt ein: *Über uns*.

Emily musste nicht lange über den Wortlaut des Inhalts nachdenken. Der Text sprudelte einfach so aus ihr heraus und manifestierte sich in plakativen Zeilen:

So sind wir bei CottonKids
Bei all unserem Tun haben wir stets die Auswirkungen auf Mensch und Natur im Blick. So richten wir den Fokus auf höchste Ökonomie. Denn nur was uns reicher macht, macht uns auch glücklich. Ebenso verwenden wir nur feinste Bio-Baumwolle, die, von zarten Kinderhänden gepflückt, deren Familien unterstützen. Mit nachhaltiger Mode aus nicht-nachwachsenden Rohstoffen unterstützen wir Ihren Nachwuchs: Durch Outfits, die mit natürlichem Style und niedrigem Tragekomfort punkten. Und die modisch auf einem Level sind, welches uns erlaubt, maximale Margen bei minimalem Aufwand zu erwirtschaften. Setzen auch Sie auf den Mehrwert von CottonKids – wir freuen uns auf Ihren Einkauf.

Kurz zögerte sie. Sollte sie wirklich? Entschlossen wischte Emily den Anflug eines schlechten Gewissens beiseite und stellte die Ergänzung online. Sie kicherte immer noch, als Mona an der Tür klingelte und ihr die beiden letzten Kuchen brachte. Was für ein Tag, dachte sie und bot ihrer Nachbarin einen Kaffee und noch ofenwarme Honigherzen an.

Draußen dämmerte es bereits, als Mona sich verabschiedete, nicht ohne ihr Gebäck zu loben. Emily saß gedankenverloren am Fenster und schaute dem düsteren Tag nach, der sich unmerklich in tieferes Grau verwandelte, bevor er Linien und Silhouetten verschmelzen ließ. Der Wind rüttelte an ihrem Fensterrahmen, erste Regentropfen peitschten an die Scheibe. Sie fröstelte. Dann kam der Gedanke an Weihnachten auf. Zum ersten Mal seit vielen Jahren hatte sie nicht nur nichts vor, sondern auch keinen Plan, wie sie die Feiertage verbringen sollte. Ihre Eltern überwinterten unter der Sonne Spaniens, zu ihrer Schwester und dessen Ehemann zog es sie nicht. Emily konnte sich schwerlich etwas Deprimierenderes vorstellen, als Weihnachten im Ruhrpott. Mit aufgezwungenem, viel zu fettem Essen, ungezogenen Neffen und einem Schwager, der sich selbst gerne reden hörte und sowieso immer alles besser wusste. Dann doch lieber gleich gar nichts tun. Emily fand zwar auch diese Möglichkeit etwas traurig, aber, sagte sie sich, wenn man vorsätzlich den Entschluss fasst, die Feiertage zu ignorieren, war dies auf jeden Fall besser, als unfreiwillig den Heilig Abend einsam zu verbringen. Sozusagen bewusst die Stille genießen. Gewollt allein sein, Ruhe finden. Sie könnte sogar noch einen Schritt weitergehen. Statt hier auf die regennasse Stadt zu starren und Trübsal zu blasen, könnte sie verreisen. Endlich ihre knappen Bikinis, die dank George nie zum Einsatz gekommen waren, tragen. Im türkisblauen Meer baden und den feinen Sand unter ihren Füßen spüren. Glückliche Pärchen und Familien ausblenden, mit genügend spannenden Krimis im Gepäck. Natürlich in einem Hotel, in dem Krümel willkommen war. Denn, wenn nicht jetzt, wann dann? Sie war Freiberuflerin und konnte ihre Termine legen, wie sie wollte. Auch hatte sie keinerlei familiäre Verpflichtung: Weder einen Ehemann, auf dessen Pläne oder Reisephobien sie Rücksicht nehmen musste, noch Schulkinder. Noch nicht einmal Verwandte, die sie an Weihnachten vermissen würden. Schöner wäre es allerdings, überlegte Emily, wenn Kate Zeit hätte und sie begleiten würde. Dann wäre sie nicht ganz so einsam unter all den glücklichen Pärchen. Ihre Befürchtung war, dass sie stets allein beim Dinner am Tisch sitzen würde. Angestarrt von anderen Gästen, die sicherlich mutmaßten, dass sie eine arme traurige Frau wäre, die keinen Partner abbekommen hatte.

Emily wischte die deprimierende Vorstellung weg. Stattdessen überlegte sie, was sie am Freitag zu ihrem Date mit Ben und Henri tragen würde. Nicht zu eng, nicht zu sexy, beschloss sie und durchforstete ihren Kleiderschrank, in dem großes Chaos herrschte. Sie fischte ein rotes Kleid aus dem Knäuel am Boden. Liebten nicht alle Kinder Rot? Probehalber schlüpfte sie hinein und betrachtete skeptisch den tiefen Ausschnitt, als es an der Tür klingelte.

»Hast du heute noch etwas Spannendes vor?«, fragte Kate gut gelaunt. Sie hatte eine Flasche feinsten Crémant de Loire in der Hand und blickte staunend an Emilys Figur hinab.

»Du siehst gut aus, Em. Hast du abgenommen?«

»Ja, etwas.«

»Da bist du vermutlich die Einzige. Wir anderen haben in der Vorweihnachtszeit kräftig zugelegt.« Prüfend kniff sich Kate selbst in die Seite und verzog das Gesicht. »Verrate mir, wie du das machst.«

»Liegt vermutlich am Gassigehen mit Krümel«, flunkerte Emily. Keinesfalls wollte sie sich die Blöße geben, ihrer Freundin von den schlaflosen Nächten und den vielen Stunden im Morgengrauen auf ihrem Beobachtungsposten im Hochhaus zu erzählen. Geschweige denn von ihrem Pseudojoggen, stets auf der Flucht vor dem Entdecktwerden bei ihren fiesen Kalenderaktionen.

»Meinst du, das hier«, Emily wies auf ihr Kleid, »ist zu sexy für das erste Date? Immerhin treffen wir uns schon am frühen Abend, und Ben bringt das Kind mit.«

»Na ja, das schreit schon etwas nach Ich-will-dich-und-zwar-sofort.«

»Mmh, nicht, dass dem nicht so wäre«, grinste Emily. »Aber um sechs Uhr bei McDonalds oder Burger King und mit Henri am Tisch, dürfte das sowieso flachfallen.«

»Hoffentlich will dieser Ben sich nicht einfach nur einen Ersatz-Babysitter anlachen.« Kate betrachtete Emily skeptisch, deren Wangen vor Aufregung eine leichte Röte angenommen hatten.

»Wie meinst du das?«

»Na ja, vermutlich ist er alleinerziehender Vater. Und du hast bereits bewiesen, dass Henri sich in deiner Obhut wohlfühlt.«

Emily konnte nicht ganz folgen. Sie hakte nach. »Aber ist das nicht gut? Gewinnt man nicht das Herz der Eltern über das Kind? Also ich meine, wenn das Kind einen mag, ist das nicht sozusagen schon die halbe Miete?«

»Das schon.«

»Aber?«

»Na ja, viele Männer, und damit meine ich vor allem die geschiedenen, wählen ihre Partnerinnen auch gerne bedarfsorientiert.«

Emily sah Kate fragend an.

»Mmh, hört man doch immer wieder. Geschiedene, deren neue Freundin dann die Jobs der Ex-Frau erledigen darf – von Kochen bis Hemden bügeln – natürlich ohne deren Privilegien zu genießen. Oder Männer, die ihrer Ex-Familie den schicken Bungalow überlassen und nun in einem WG-Zimmer hausen. Die sich einreden, das wäre cool und völlig ausreichend – sich dann aber dauerhaft in der Wohnung der Freundin breitmachen, um etwas Privatsphäre und Luxus zu haben.«

»Also ich glaube nicht, dass Ben in einer WG wohnt«, wandte Emily ein. »Immerhin ist er Zahnarzt und hat ein Kind.«

»Und damit gehört er zu Kategorie drei«, seufzte Kate, während sie in Emilys Kleiderschrank wühlte. »Wie wäre das?«, fragend zog sie ein gemustertes Wollkleid aus dem unordentlichen Stapel und hielt es mit prüfendem Blick Emily vor den Körper.

»Nein, auf keinen Fall, das kratzt.« Emily warf das Kleid auf einen Haufen neben dem Schrank. »Also, was bedeutet ›Kategorie drei‹?«

»Das ist die der Alleinerziehenden und Wochenendväter.«

»Und?«, fragte Emily ungeduldig. »Jetzt mach es nicht so spannend!«

»Erinnerst du dich an Maurice?«

»Den Gutaussehenden? Der, der aussah wie Steve McQueen?«

»Ja, genau der. Also Maurice war geschieden und hatte zwei Töchter, die an drei Tagen der Woche bei ihm wohnten. Geteiltes Sorgerecht, sozusagen. Seine Ex war Ärztin und hatte oft Nachtdienst. Immer wenn er die Kinder hatte und die Ex-Frau nachts arbeitete, übernachtete er in deren Haus – weil das ja ach-so-praktisch und ach-so-gut für die Kinder war.«

»Wie? Der war mit dir zusammen, schlief aber im Haus seiner Ex-Frau?«

Kate nickte. »Ja, alles angeblich den Kindern zuliebe. Was aber merkwürdig war«, sie stockte, »immer wenn er keinen Kinderdienst hatte, übernachtete er ausnahmslos bei mir. Das war ideal für ihn, denn ich wohnte damals genau zwischen der Wohnung seiner Ex und seiner Motorradwerkstatt.«

»Und wo wohnte Maurice?«

Kate lachte. »Das ist es ja! Ich habe keine Ahnung. Vermutlich hatte er gar keine Wohnung. Jedenfalls wich er immer aus, wenn ich mal zu ihm wollte.«

»Und du meinst echt, der hat sich eine Miete gespart?«, empört stieß Emily die Luft aus.

»Ja.« Kate fuhr sich durchs Haar. »Im Nachhinein bin ich mir ganz sicher. Für Maurice war das ja auch ein wahnsinnig praktisches Arrangement: Wenn er beschäftigt war, holte ich die Mädchen von der Kita und dem Kindergarten ab und spielte mit ihnen, bis er sie abholte. Ich kochte mit ihnen Spaghetti, ich flocht ihnen Zöpfe, ich tröstete sie, wenn sie traurig waren. Die Kinder sind mir schnell ans Herz gewachsen, und sie waren gerne bei mir. Wäre ja soweit in Ordnung gewesen. Aber auffällig war das schon, dass wir immer nur bei mir waren und nur dann etwas unternommen haben, wenn die Kinder da waren. Von Erlebnispark bis McDonalds habe ich alles, was Kids Freude bereitet, hinter mir«, grinste Kate.

»Und du denkst, Ben ist auch so einer?«

»Ich hoffe nicht, Em. Aber wenn du zukünftig ausschließlich Dates mit Kind hast, er dir nie seine Wohnung zeigt und dich mehrmals bittet, Henri vom Kindergarten abzuholen«, Kate holte tief Luft, »dann zieh die Reißleine!«

»Ich brauch dringend ein Glas Prosecco«, beschied Emily. »Ich habe schon gar keine Lust mehr, was Nettes zum Anziehen herauszusuchen. Ist eh alles ein Riesendurcheinander hier.«

Kate nahm sie in den Arm. »Quatsch! Wahrscheinlich ist Ben der einzig anständige Mann in München – ach, was sage ich, vermutlich der einzig anständige Kerl in ganz Deutschland! Bloß weil ich so komische Typen hatte, muss das ja nicht für alle alleinstehenden Männer über dreißig gelten.«

»Hoffen wir's, Katie.«

»So oder so, gut auszusehen schadet nie. Wenn er der Falsche sein sollte, kann er mal sehen, was ihm entgeht. Und wenn er der Eine unter Millionen ist, dann erst recht!«

Während Emily den Crémant öffnete und Eiswürfel in die Sektgläser gab, wühlte Kate weiter in Emilys Schrank. Sie zog ein kurzes schwarzes Kaschmirkleid in A-Linie hervor. »Em, ich hab´s!«, rief sie aus dem Schlafzimmer. »Das perfekte Kleid. Noch ein paar knielange, flache Stiefel und einen leichten Wollmantel, und das Outfit ist nicht zu toppen.«

Emily kam mit den Sektgläsern in der Hand zurück und stimmte ihr zu. Sie schlüpfte probeweise in das Kleid und borgte sich Kates apfelgrünen Wollmantel aus. »Du hast recht, Katie. Sieht gut aus, und ich fühle mich wohl.«

Sie erzählte ihrer Freundin von den tollen Stiefeln, die immer noch im Schaufenster auf eine Käuferin warteten. Die sie wieder angestarrt und die förmlich »Kauf mich!« geschrien hatten, kurz bevor sie Theresa traf. Theresa, die aus der Säuglingsabteilung gekommen war, angezogen mit Georges teurer Jacke.

»Diese Theresa kann ja auch nichts dafür, Emily. Immerhin seid ihr seit Monaten getrennt. Und wenn sie so nett ist, wie du sagst, dann wird sie es entweder geduldig mit George aushalten, oder eben auch Reißaus nehmen. Eigentlich solltest du ihr dankbar sein.«

»Ich? Dankbar?«, rief Emily empört. »Warum sollte ich Theresa dankbar sein?«

»Weil alles im Leben für irgendetwas gut ist. Und sei es nur, um dich von deinem George-Wahn abzubringen. Im Prinzip hast du dich seit Monaten in das Thema verrannt. Je mehr Zeit verstrichen ist, desto mehr hast du seine Macken verklärt. Bis am Ende eines steinigen Weges nur noch Goldstaub lag. Und dennoch hast du ihn kein einziges Mal angerufen oder dich mit ihm getroffen, um dich mit ihm auszusöhnen.«

»Stimmt«, gab Emily kleinlaut zu. »Vermutlich habe ich rückblickend jeden Staubkrümel in Gold verwandelt.«

Krümel, der seinen Namen vernommen hatte, kam schwanzwedelnd hereingeschossen, bremste, indem er seine Krallen ins Parkett haute und landete in Emilys Kleiderstapel. Verdutzt schaute er unter einem Schal hervor. Emily und Kate mussten lachen.

»Sei dankbar, Emily. Du hättest noch Monate so weitergemacht. Ohne Augen dafür zu haben, was es Schönes im Leben gibt. Oder offen zu sein für eine neue Beziehung. Diese Theresa hat dich sozusagen gerettet!«

»Zumindest vor Wanderurlauben im Harz«, kicherte Emily.

»Und vor schlechten Postern über dem Sofa«, ergänzte Kate.

»Und vor stinklangweiligen Vorträgen, wie genial George dank raffinierter Tricks wieder einen Fall gewonnen hat. Apropos Urlaub: Was machst du denn an Weihnachten? Ich hätte Lust auf Sonne, endlich mal in den Süden im Winter.«

Kate seufzte. »An Heilig Abend muss ich mit meinen Eltern zu Tante Dora. Wie jedes Jahr wird es Pfälzer Saumagen geben. Den Dora«, sie deutete ein Gähnen an, »vermutlich auch noch mit nicht enden wollenden Monologe über die Selbstbestimmung der Frau würzen wird.«

Emily nickte mitfühlend. Ja, sie erinnerte sich an Kates Erzählungen von fettem Essen und den langwierigen Reden ihrer Tante.

Kates Miene hellte sich auf, und sie fuhr fort: »Also ganz sicher ist es noch nicht, aber Marc und ich wollten auf eine Hütte. So richtig mit Snowboarden, Kaminfeuer, Fondue und so weiter. Wahrscheinlich machen wir uns gleich am ersten Feiertag, nach unserem traditionellen Weihnachtsfrühstück, auf den Weg.«

Emily schluckte enttäuscht.

»Wenn es nicht unbedingt Meer und Badeurlaub sein muss, sondern du Lust hast auf Schnee und Österreich, kannst du gerne mitkommen.«

»Nein, Katie. Das wird doch sicher wildromantisch. Nur du, Marc, eine eingeschneite Hütte und ein prasselndes Kaminfeuer. Nein, nein, da würde ich mir vorkommen, wie das fünfte Rad am Wagen.« Sie versuchte, sich ihre Enttäuschung nicht anmerken zu lassen. Wie es aussah, würde sie Weihnachten tatsächlich ganz allein verbringen müssen.

»Natürlich bist du auch herzlich zum Saumagen bei Dora eingeladen«, fügte Kate schnell hinzu.

Lachend wehrte Emily ab, auch als Kate ihr erneut versicherte, sie würde auf der Hütte überhaupt nicht stören und wäre mehr als willkommen.

Katie hatte ein großes Herz, keine Frage. Dafür liebte sie sie. Und außerdem hatte sie recht, Emily konnte wirklich dankbar sein. Nicht nur für eine so gute Freundin, die die Zweisamkeit mit ihrem neuen Freund opfern würde, damit sie die Feiertage nicht allein verbringen musste. Sondern auch für deren Talent, den Überblick in Liebesdingen zu behalten und ihr hin und wieder den Kopf zurechtzurücken. Auch wenn Emily es sich schwerlich eingestehen konnte, musste sie der ungeliebten Theresa dankbar sein. Immerhin zwang sie die neue Situation, endlich einen Schlussstrich unter die leidige Kaugummigeschichte zu ziehen, die sich seit Monaten ergebnislos hinzog. Nun galt es, nach vorne zu schauen.

Sie betrachtete sich im Spiegel, und ihr gefiel, was sie sah. Das schwarze Kaschmirkleid endete kurz über dem Knie, Kates apfelgrüner Mantel ließ ihr rotblondes Haar leuchten.

Nachdem Kate sich verabschiedet hatte, gab es nur noch eine Sache, die sie tun musste: Das Karma besänftigen, das in ihrem Fall so gerne zurückschlug.

Tag sechzehn

Ausgeschlafen, voller Tatendrang und befreit von ihrem schlechten Gewissen wachte Emily auf. Gestern Abend noch hatte sie die Änderungen auf Theresas CottonKids-Webseite rückgängig gemacht. All ihre Strategien, welche die drohende Hochzeit verhindern, und all ihre Aktionen, die Zwietracht säen sollten, schienen ohnehin nicht zu wirken. Sie prallten an George und Theresa ab, wie dunkle Regentropfen auf einer gut imprägnierten Hülle, die das Liebespaar schützte. Darüber hinaus war Emily es leid, ständig über George und sein neues Glück nachzudenken. Trotz der nagenden Ungewissheit, ob Theresa nun ein Königskind unter dem Herzen trug oder nicht, wollte sie wenigstens versuchen, ihren Seelenfrieden zurückzuerlangen. Einfach war es nicht, sich entsprechend zu motivieren. Denn jedes Mal, wenn sie an George und Theresa dachte, bohrte sich die Eifersucht wie ein Stachel in ihr Herz.

Dennoch war der Tag wie geschaffen für die Umsetzung guter Vorsätze. Ihr Blick fiel auf das Outfit, das an ihrem weiß lackierten Weichholzschrank hing. Sie spürte, wie die ersten Schmetterlinge erwachten und flatternd ihre zarten Flügel erhoben, als sie an das bevorstehende Wiedersehen mit Ben dachte. Erstes Morgenlicht brach sich in feinen Streifen Bahn durch die Jalousien. Das trübe Nieselwetter war einem sonnigen Tag gewichen, ganz so, als hätte selbst der Münchner Winter nun genug von Graupelschauern und dunklen Wolken.

Lächelnd betrachtete sie Krümel, der in seinem Körbchen noch selig schlummerte. Alles, was sie je über Hunde gehört hatte, traf auf ihren nicht zu. Sie musste nicht morgens um sechs Gassi gehen, denn Krümel hatte sich ihren Schlafgewohnheiten angepasst und wollte selten vor zehn an die frische Luft. Auch nagte er keine Dinge an, roch nicht nach nassem Hund oder kläffte ohne Grund. Er war eine Bereicherung für ihr Leben und machte das Singledasein erträglich.

Kopfschüttelnd ignorierte sie die zahllosen Klamotten, die während der Suche nach dem perfekten Outfit auf dem Dielenboden gelandet waren, und sprang gut gelaunt unter die Dusche. Dann brühte sie sich in der Küche, die nicht minder chaotisch aussah, einen frischen Espresso auf. Sie packte je eine Portion Honigherzen auf drei hübsche Weihnachtsteller und verpackte diese mit Zellophan und Schleife. Warum nicht anderen auch etwas den Tag versüßen, dachte sie, als Krümel, angelockt durch das Geraschel in der Küche, schwanzwedelnd um ihre Beine hopste. Schnell schlüpfte sie in ihre Daunenjacke und in warme Stiefel, legte ihm die Leine an und steckte ihre To-do-Liste sowie die Kreditkarte ein.

Auf dem Weg nach unten stellte sie Marc, Mona sowie dem alten Herrn Huber aus dem ersten Stock einen prall gefüllten Weihnachtsteller vor die Tür. Der blaue Winterhimmel, der München in ein strahlendes Licht tauchte, schien nicht nur auf Emilys Laune Einfluss zu nehmen: Passanten grüßten freundlich, wildfremde Hundebesitzer plauderten mit ihr, selbst die Straßenmusiker in der Innenstadt erhielten heute mehr Zuwendungen und freuten sich über klingelnde Münzen in ihren Hüten und Gitarrenetuis. Auch Emily bedachte einen offensichtlich Obdachlosen großzügig, ohne sich, wie sonst, Gedanken darüber zu machen, ob der Betroffene tatsächlich bedürftig, oder dies nur eine raffinierte Abzocke aus dem Ostblock war. Kurz vor dem Kinderausstattungs- und Spielwarengeschäft klingelte ihr iPhone.

»Katie, wie geht es dir? Bis du in der Agentur?«

»Klar, wo sonst?«, lachte diese. »Ich habe auch gar nicht viel Zeit. Aber Alex lässt anfragen, ob du ein, zwei Tage Kapazität hast, er hätte einen Job für dich.«

»Klar habe ich Zeit, du kennst ja meinen Terminkalender«, meinte Emily, »aber wenn du mir einen Gefallen tun willst, sag ihm, ich bin recht ausgebucht, könnte den Job aber dazwischenschieben.« Sie kicherte. »Du weißt schon, Katie, Begehrlichkeit durch Verknappung generieren und so.«

Kate schnaufte. »Du bist ganz schön raffiniert, Em.« Sie gab Emily ein erstes telefonisches Kurzbriefing und versprach, weitere Details per E-Mail zu senden. »Ach, und noch etwas, Em ...«

Emily wartete gespannt. Krümel zog an der Leine, auch so ein Ding, das sie dringend mit ihm üben musste, bevor er, Prognosen zufolge, fünfzig Kilo wiegen würde.

»Ich habe Dr. Ben Rosenfeldt gegoogelt. Er scheint zumindest einen festen Wohnsitz zu haben.«

»Na dann ist ja alles gut«, lachte Emily. »Aber echt jetzt? Du googelst mein Date, Kate?«

»Na ja, ich und meine Paranoia, du weißt schon, gebranntes Kind und so. Aber jedenfalls scheint dein Ben eine Adresse zu haben, das ist doch beruhigend. Darüber hinaus gibt es im Netz nur Infos zu seiner Praxis, mehr nicht.«

»Mehr muss ich erst einmal nicht wissen, Kate«, beschied Emily und ließ sich von Krümel ein paar Meter weiter ziehen. Aus den Augenwinkeln sah sie etwas, was ihr Gehirn nicht gleich dechiffrierte. Sie starrte auf das bunte Schildchen, während Kate sich eben verabschieden wollte. Dann machte es Klick.

»Heute ist mein Glückstag, Katie«, jubelte sie. Ohne weitere Erklärung legte sie auf und klemmte sich Krümel unter den Arm. Eilig betrat sie das noble Schuhgeschäft, in dessen Auslage ein Schild vierzig Prozent Preisnachlass auf alle Stiefel versprach. Auch ihre Favoriten waren reduziert. Und noch in ihrer Größe vorhanden. Emily konnte ihr Glück nicht fassen. Es schien, als hielte das Karma heute nur Gutes für sie bereit.

Jetzt, da es schon wieder dunkel wurde, ließ sie den Tag bei einer Tasse Tee Revue passieren. Sie hatte den ganzen Nachmittag damit verbracht, das Agenturbriefing zu analysieren, erste Ideen zu sammeln und die besten davon grob zu skizzieren. Auch hatte sie es endlich geschafft, sich durch die Unterlagen der Krankenkassen zu arbeiten und sich freiwillig gesetzlich weiter zu versichern. Sogar an Krümels Hundesteuer hatte sie gedacht. Es fühlte sich gut an, Sachen, die sie gerne endlos vor sich hingeschoben hätte, erledigt zu haben. Nun, da sie einige Punkte von ihrer To-do-Liste streichen konnte, machte sich gähnende Leere breit. Sie schaute sich um und wusste nicht so recht, was sie mit dem beginnenden Abend anfangen sollte.

Früher hatte sie den Feierabend eingeläutet, indem sie ihre Agenturklamotten gegen gemütliche Jogginghosen und dicke Socken ausgetauscht, und dann in Ruhe das erste Glas Prosecco getrunken hatte, bevor George nach

Hause kam. Heute war sie bereits in ihrem Casual-Outfit, wie sie ihre grasgrünen Leggings und das alte Oversized-Sweatshirt großzügig nannte. Und nach Hause kommen würde auch niemand. Seufzend betrachtete sie ihr Wohnzimmer, das, dominiert von ihrem türkisenen Sofa-Ungetüm, überladen wirkte und noch immer nicht gestrichen war. Was wäre, wenn Ben sie nach dem Essen hinaufbegleiten würde? Kritisch betrachtete sie den Türrahmen, dessen weißer Lack an manchen Stellen abblätterte. Die Zeitschriften, die auf dem Dielenboden einstaubten. Die schmutzigen Fensterscheiben, die halbvertrocknete Pflanze auf dem Fensterbrett. Die Vorhänge, die sie seit acht Monaten umnähen wollte. Nein, Ben durfte auf keinen Fall ihre Wohnung betreten, noch nicht einmal, wenn der auf Kates Studien basierende Worst Case zutreffen sollte und er mit Sohn in einem schmuddeligen WG-Zimmer hausen würde. Nein, selbst dann nicht.

Obwohl sie ausgepowert war, verkniff sie sich, den Fernseher einzuschalten. Stattdessen zwang sie sich, die Pflanze zu entsorgen und die weiß lackierten Fensterbretter abzuwischen. Nun, da sie versuchte, ihr Zuhause durch die Augen eines Fremden zu sehen, fielen ihr Mängel auf, an deren Vorhandensein sie sich bereits so gewöhnt hatte, dass sie diese im Alltag schon gar nicht mehr wahrnahm. Seufzend registrierte sie, dass es mit etwas Putzen hier und da wohl nicht getan wäre. Sie schenkte sich ein Glas Prosecco ein, suchte ihre Abba-Playlist auf dem Rechner und danach feines Sandpapier. Gerade als sie anfing, die Türrahmen abzuschmirgeln, klingelte es an der Tür.

»Ach du meine Güte, ist meine Musik zu laut?«, fragte Emily.

»Quatsch, das höre ich unten gar nicht.« Mona Hammerschmidt schob sich an Emily vorbei und zwängte sich ungefragt in deren Wohnungsflur. Sie steuerte die Küche an, räumte ein paar Zeitschriften zur Seite und stellte ihren Korb auf dem alten Holztisch. Strahlend zog sie das Küchentuch vom Korb und präsentierte Emily dessen Inhalt.

»Schau mal, ich habe etwas ausprobiert. Das wäre doch auch etwas für dein Catering.« Stolz platzierte sie das Gebäck auf der Tischplatte.

»Oh, Monster-Muffins. Die sind ja süß!«, rief Emily begeistert. Sie betrachtete die kleinen Monster, die Mona mit Augen, spitzen Zähnen und teils fiesem Grinsen versehen hatte. »Die werden ein Verkaufsschlager!«

»Meinst du?«, erwiderte Mona geschmeichelt.

»Ganz sicher! Darf ich die behalten und fotografieren?«

»Dafür habe ich sie ja gemacht, meine Liebe.« Mona schien dank Emilys magischem Bastelkurs, der nun den Folgeauftrag, die Ausrichtung des Geburtstages der Landwehr-Zwillinge, nach sich zog, eine neue Berufung gefunden zu haben.

»Ich bin dir wirklich dankbar, Mona«, meinte Emily daher, »dafür, dass du mir so tatkräftig zur Seite stehst – und derart fantastische Ideen hast, die du dann liebevoll umsetzt. Allein wär ich vermutlich heillos überfordert.«

»Ach Kindchen«, antwortete Mona, »das Leben hat mich gelehrt, dass man allen Widrigkeiten zum Trotz viel schaffen kann, wenn man nur fest daran glaubt. Wenn man ein Ziel hat und dieses konsequent verfolgt.«

»Du selbst bist der beste Beweis dafür«, anerkennend blickte Emily der freundlichen Nachbarin in die Augen. »Immerhin hast du vier Kinder allein großgezogen.«

»Ja. Und aus allen ist etwas geworden. Darauf bin ich schon ein bisschen stolz. Natürlich war es auch für mich am Anfang bitter, mit den Mädchen sitzen gelassen zu werden. Noch nicht mal Unterhalt habe ich erhalten, denn«, hier rollte Mona mit den Augen, »Monsieur saß ja auf seiner Karibikinsel und genoss das Leben. Dennoch habe ich mich nach dem ersten Schmerz aufgerappelt und mir und meinen Mädchen ein Leben ermöglicht, das von Liebe, Fröhlichkeit und Zusammenhalt geprägt war.«

»Puh.« Emily atmete laut aus, während sie den Kühlschrank öffnete und fragend die Proseccoflasche hob. »Das stelle ich mir gar nicht so leicht vor. Also das Aufrappeln und nach vorne schauen. Verlassen zu werden ist schon schlimm genug, aber mit vier Kindern sitzen gelassen zu werden, das stelle ich mir schlichtweg wie die Hölle vor. Ich selbst scheitere schon daran, mich damit abzufinden, dass mein Ex eine Neue hat.«

»Ja«, seufzte Mona, »daran erinnere ich mich nur zu gut. Die unsinnige Hoffnung. Dann die Erkenntnis. Dieses Gefühl, dass jetzt alles endgültig ist, dass jeder Weg zurück abgeschnitten ist.«

Emily nickte. Ihr traten Tränen in die Augen. »Vielleicht hätte ja noch eine minimale Chance bestanden. Aber gerade, als ich beschlossen hatte, einen letzten Versuch zu unternehmen, Georges Liebe zurückzugewinnen, habe ich erfahren, dass er sich verlobt hat. Und jetzt vermute ich, dass seine Neue nicht nur mit ihm verlobt, sondern auch noch schwanger ist. Damit ist es aussichtslos, das Ende in Stein gemeißelt.« Nun konnte Emily ein Schluchzen nicht unterdrücken. »Stell dir vor, Mona, die bekommt das Kind, das ich gerne von George gehabt hätte!«

Mona nahm sie in die Arme. »Hättest du denn gerne all dies gehabt? Verlobung, Heirat und Kinder?«

»Ich weiß es, ehrlich gesagt, schon gar nicht mehr«, Emily wischte sich eine Träne aus dem Augenwinkel und hob hilflos die Schultern. »Also eine Verlobung hätte ich schon sehr romantisch gefunden. Immerhin ist dies ja der ultimative Liebesbeweis. Der Wunsch eines anderen, sein Leben mit einem zu teilen.«

»Und der ganze Rest?«

»Du meinst die Konsequenz daraus? Nicht nur der romantischste aller Liebesbeweise, sondern das, was darauf folgt?«

Mona nickte.

»Da bin ich mir nicht sicher. So weit habe ich, genau genommen, gar nicht gedacht. Dieses ganze Gefüge von Ehe, Alltag, Kindererziehung und Bausparverträgen. Erst die Freude, dann die Sorgen. Aufbauen, nachbessern, verteidigen, bis am Schluss einem das eigene Leben leer erscheint. Und dann vermutlich trotz allem weiterzumachen. Nö, ich weiß es echt nicht.« Sie dachte an ihre Mutter. Hatte diese ihr Glück gefunden? Oder hatte sie vielmehr das Leben auf die Familie ausgerichtet, dem Vater den Rücken freigehalten und die Töchter unterstützt? Welche ihrer eigenen Interessen hatte sie konsequent verfolgt, wie viele ihrer Wünsche hatten sich erfüllt? Emily dachte auch an ihre Schwester und daran, ob deren Leben im tristen Alltag, neben Haushalt und Kindererziehung, noch das Leben war, welches sie sich erträumt hatte. Nein, so richtig vorstellen konnte sie sich solch einen Lebensweg nicht.

»Du hast ja auch noch massig Zeit, Emily«, tröstete Mona sie und teilte den restlichen Inhalt der Proseccoflasche zwischen den beiden Gläsern auf. »Du wirst deinen

Weg finden. Und den richtigen Partner, der deinen Weg begleitet, dazu. Natürlich ist es schmerzhaft, mitanzusehen, wie eine andere jetzt das bekommt, was du dir in deinen romantischen Träumen ausgemalt hattest. Aber, und vielleicht ist dir das ja ein Trost«, Mona machte eine bedeutungsvolle Pause, hob ihr Glas und prostete Emily zu, »vom Partner verlassen zu werden ist nicht der wahre Verlust – sondern sich selbst aufzugeben.«

Die klare Abendluft tat gut. Je länger Emily lief, desto mehr verflüchtigte sich der Alkohol im Blut. Ihr schien, als würde der auffrischende Wind die Wehmut aus ihrem Herzen vertreiben. Krümel folgte ihr inzwischen aufs Wort, auch heute trainierte sie ihn spielerisch. Von Zeit zu Zeit befahl sie ihm, seine Nase dicht an ihrem Bein zu lassen, dann wieder ließ sie ihn springen. Während sie mit forschen Schritten durch die Winternacht lief und sich immer weiter vom Münchner Verkehr entfernte, ließ sie das Gespräch mit Mona Revue passieren. Ja, sie hatte sich die letzten Monate aufgegeben. Sie hatte ihre Arbeit, ihre Hobbys und ihr Aussehen vernachlässigt. Sie war so fokussiert auf ihren Schmerz gewesen, dass sie ihr eigenes Leben aus den Augen verloren hatte. Ihre Wohnung war verlottert, sie selbst ziellos. Einen Tag nach dem anderen hatte sie antriebslos hinter sich gebracht, Schritt um Schritt wurde jede Minute zur Vergangenheit. Was hätte sie in diesen acht vertrödelten Monaten alles bewerkstelligen können? Andere bauten in diesem Zeitraum ein Haus oder wenigstens ein Start-up auf. Schrieben einen Ratgeber oder brachten sich selbst Chinesisch bei. Sie dagegen hatte nur gejammert und geträumt. Von nun an, beschloss Emily, wollte sie zielgerichtet ihre Träume in Angriff nehmen. Immerhin war sie die Hauptdarstellerin in ihrem Leben und konnte sich das Setting darum herum selbst auswählen. Wie sollte ihr Leben in drei Monaten, in drei Jahren aussehen? Welches Ziel wollte sie erreichen? Eigentlich, dachte sie, ist es ganz einfach, glücklich zu sein: Wenn ich liebe, was ich mache, wo ich bin, und mit wem ich bin. Die ersten beiden Schritte waren schon getan, denn Emily konnte sich tatsächlich vorstellen, zukünftig ihr Geld mit magischen Bastelkursen zu verdienen. Auch die Überlassung der kleinen Werkstatt war ein Glücksfall gewesen, ebenso, wie sie sich langsam in ihrer Nachbarschaft und ihrem neuen Zuhause wohlfühlte. Wenn dieses erst einmal etwas entrümpelt und neu gestrichen war, wäre die kleine Altbauwohnung durchaus charmant. Auch wollte sie am Wochenende auf den Adventsflohmarkt gehen und würde mit etwas Glück noch ein paar coole Accessoires oder Einrichtungsgegenstände erstehen.

Als sie gerade darüber nachdachte, wer zukünftig die Nebenrollen in ihrem Leben besetzen würde, und dass Kate einen Oscar für die beste Nebendarstellerin verdient hätte, zerrte Krümel an der Leine und verschwand im Busch. Abrupt aus ihren Gedanken gerissen blickte sie auf und fand sich unmittelbar vor ihrem alten Wohnkomplex wieder. In Apartment siebzehn brannte Licht, die Bäume neben der Terrasse waren mit funkelnden Lichterketten geschmückt. Vor der Haustür standen ein Schlitten, ein dekoratives Rentier aus Weidengeflecht und Georges Gummistiefel. Seine bescheuerten Gummistiefel, die er während der verhassten Wanderung im Harz getragen hatte. Emily zog sich hinter den Stamm eines Nussbaums zurück und versuchte, einen Blick auf George zu erhaschen. Die Küchenfenster waren beschlagen, offensichtlich wurde gekocht. Aus ihrer Perspektive konnte sie nicht sehen, ob jemand im Wohnzimmer saß. Jedoch hörte sie Bruchstücke leiser Klaviermusik, die der Wind von der geöffneten Terrassentür zu ihrem Beobachtungsposten trieb. Sofort entstanden Bilder in ihrem Kopf, die sie nicht sehen mochte. Theresa, die in der Küche stand und Pasta-Variationen zauberte, der kleine Finn, der gerade das Besteck auf den schön gedeckten Tisch legte, auf dessen Mitte *ihr* antiker Salzstreuer thronte. George, wie er den Wein entkorkte oder noch schlimmer, die Pasta-Soße probierte, während seine Hand über Theresas gerundetes Bäuchlein strich. Sie versuchte, Krümel aus dem Gebüsch zu locken und sich näher an Apartment siebzehn zu schleichen. Emily verbarg sich hinter den Müllcontainern und bemerkte aus den Augenwinkeln, wie sich die Gardinen der alten Müllerin im dritten Stock bewegten. Frau Müller hatte schon zu Zeiten, als Emily hier noch wohnte, nichts Besseres zu tun gehabt, als die Nachbarschaft im Auge zu behalten. Hatte stets gewusst, wer seine Wäsche am heiligen Sonntag wusch, wer seinen Müll nicht anständig trennte und wer bei wem ein- und ausging. Emily erkannte jetzt eindeutig deren Schatten am Fenster und zog sich weiter hinter den Papiercontainer zurück. Sollte die Müllerin doch denken, was sie wollte, dachte Emily trotzig, als sich plötzlich eine Person vor ihr aufbaute.

»Was machen Sie hier?« Die Mitarbeiterin des Ordnungsamts schaute sie skeptisch an.

»Ich gehe mit dem Hund spazieren.«

»Und Sie entsorgen anschließend seine Hinterlassenschaften?«

»Na klar«, flunkerte Emily, »ich finde nichts schlimmer als Hundebesitzer, die es hier an Sorgfalt fehlen lassen. Schauen Sie nur«, Emily wies auf kleine Häufchen rechts und links der Mülltonnen, »das ist doch eine Zumutung für die Anwohner.«

Zufrieden wandte sich die Ordnungsamt-Tante ab und ging weiter, nachdem sie sich die vorgeschriebenen Hundekotbeutel hatte zeigen lassen.

Alibihalber machte Emily sich daran, wahllos irgendwelche Haufen einzusammeln. Zu gerne hätte sie wenigstens einen kurzen Blick auf George geworfen. Die Frau vom Ordnungsamt drehte sich noch zweimal nach ihr um und so blieb ihr nichts anderes übrig, als fleißig den Rasen nach weiterem Kot abzusuchen, um sich so stückweise zu Apartment siebzehn vorzuarbeiten. Emily schmunzelte. Wie dämlich war sie eigentlich, hier vor Georges Wohnung herumzukriechen und den Dreck fremder Hunde zu beseitigen? Sie hatte bereits zwei Beutel randvoll gefüllt und weder einen Blick auf George erhascht, noch auf dessen Anhang. Ihr Augenmerk fiel wieder auf seine Gummistiefel, die, blitzblank geputzt, vor der Haustür standen. Froschgrüne Ungetüme mit kariertem Futter aus feinstem Wollvlies. Sie ignorierte die alte Müllerin, die nun ihre Vorhänge aufzog und sie neugierig anstarrte. Grinsend betrachtete Emily die beiden Beutel in ihrer Hand und Krümel, der gerade ansetzte, sich ein weiteres Mal zu erleichtern.

Tag siebzehn

Marc blickte auf die lustigen Monster-Muffins, die Emily ihm in einem großen Karton entgegenstreckte. Lieber schnell weg damit, hatte sie gedacht, als sie frisch geduscht beim ersten Kaffee des Tages gesessen und die leckeren Süßigkeiten sie böse angegrinst hatten. Immerhin hatte sie seit ihrem Geburtstag fast fünf Kilo verloren, wie ihr die Waage heute Morgen bescheinigt hatte. Und obwohl so ein Schoko-Muffin zum Frühstück herrlich gewesen wäre, hatte sie, mit einer für sie ungewohnten Konsequenz, die niedlichen Dickmacher fotografiert und dann sofort in eine Schachtel gepackt. Sie hatte die letzten Monate schon genug Süßigkeiten in sich hineingestopft. Und kurz an Ben gedacht, der sicherlich gesundes Vollkornbrot zum Frühstück aß.

»Die Kinder werden sich freuen«, bedankte sich Marc und bot ihr einen Kaffee an. Er sah aus, als wäre er noch nicht allzu lange wach, sein Haar war verstrubbelt, die Augen noch verquollen vom Schlaf.

Dankend lehnte Emily ab, Krümel musste an die frische Luft, danach wollte sie noch einen Teil der Sachen erledigen, die vor den Feiertagen anstanden. Die nächste Woche würde ereignisreich und kurz werden. Bis spätestens Dienstagabend musste sie den Agenturjob eingetütet haben, am Montagnachmittag richtete sie den Geburtstag der Landwehr-Zwillinge aus. Zwölf Kinder wollten beschäftigt und verköstigt werden, keine Kleinigkeit. Nach wie vor wusste sie nicht, wo und wie sie die Feiertage verbringen würde. Und es war nur noch eine Woche bis Heilig Abend, die Zeit rannte.

»Das mit der Relativität der Zeit ist auch so ein Phänomen«, meinte sie nachdenklich.

Marc strich sich durch das verstrubbelte Haar. »Ich kann dir nicht ganz folgen«, gähnte er, »vielleicht ist es noch etwas zu früh für die Wissenschaft.«

Emily grinste. »Ich meine ja nur. In einer Woche ist Weihnachten, und die Zeit vergeht wie im Flug. Im Gegensatz zu heute.« Hilflos zuckte sie mit den Schultern. »Im Moment will die Zeit gar nicht vergehen. Es kommt mir vor, als würden sich die Minuten zäh wie Kaugummi dahinziehen und es will nicht Mittag, Nachmittag und Abend werden.«

»Na ja, das kann schon passieren. Bis es dann kurz vor deinem Date ist – dann auf einmal rast die Zeit. Das ist immer so«, behauptete Marc.

»Vermutlich hast du recht«, lachte Emily, »immer wenn man es nicht gebrauchen kann, wird's auf einmal eng.«

»Wenn es schnell gehen muss, soll man langsam machen, hat meine Oma immer gesagt.«

Emily staunte. Marc war erst seit Kurzem mit Kate liiert, hatte aber bereits ihre Vorliebe für altkluge Sprüche in seinen Sprachgebrauch übernommen.

»Und was du heute kannst besorgen, das verschiebe nicht auf morgen«, trällerte sie, bevor sie sich verabschiedete. Krümel zog schon ungeduldig an der Leine, die Fotos der Monster-Muffins wollten auf der Webseite eingebaut werden und Alex' Projekt lag auf ihrem Rechner und wartete auf die Ausarbeitung. Es gab einiges zu tun, um die Zeit bis zum Abend zu verkürzen. Auch wenn sie heute nicht wirklich einen Kopf dafür hatte. Kaum dachte sie an Ben und das bevorstehende Date, war ihr Kopf wie Zuckerwatte und ihre Knie weich wie Pudding. Ganz zu schweigen von den Schmetterlingen im Bauch.

Dennoch hatte sie bis elf Uhr die wichtigsten Dinge bereits erledigt und ihre Fingernägel lackiert. Natürlich erst, nachdem sie sich telefonisch mit Kate beraten und sich für ein helles Rosa, statt dem geplanten tiefen Kirschrot, entschieden hatte. Bis sechzehn Uhr hatte sie ihre Haare gewaschen, das Geschirr von zwei Tagen abgespült und den Agenturauftrag fast vollständig fertiggestellt. So gut vorbereitet, würde sie am Montag oder Dienstag nur noch einmal schnell darüber schauen müssen, bevor sie Alex ihre Arbeit senden konnte. Emily war zufrieden mit sich. Sie hatte sich genügend Freiraum erarbeitet, um sich am Wochenende den letzten Vorbereitungen für die Ausrichtung des Geburtstages von Lilly und Lucy Landwehr widmen zu können. Zudem hatte sie sich erfolgreich davon abgelenkt, dass sie bereits in zwei Stunden Ben treffen würde. Die verbleibende Zeit konnte sie nun nutzen, um noch einmal mit Krümel eine Runde um den Block zu drehen, bevor sie den kleinen Kerl bei Marc abgeben und sich anschließend umziehen würde. Sie würde sich in Ruhe schminken können und für ein Glas Sekt, welches ihre flatternden Nerven beruhigen würde, wären sicher auch noch ein paar Minuten übrig. Emily wusste, es bestand kein Anlass, nervös zu sein. Dennoch war sie von freudiger Unruhe erfüllt, die umso stärker wurde, je näher der Abend rückte. Immerhin war ihr letztes Date Jahre her. Und die Tatsache, dass sie bei den bisherigen Zusammentreffen mit Dr. Ben Rosenfeldt keine sonderlich gute Figur abgegeben hatte, halfen ihrem Selbstbewusstsein auch nicht unbedingt auf die Sprünge. Eigentlich wunderte es Emily, dass Ben Interesse an ihr zeigte. Denn bisher hatte er sie weder optisch in Bestform gesehen, noch hatte sie durch Sprachgewandtheit, Herzlichkeit oder intelligente Bemerkungen geglänzt. Hatte Ben die Person erkannt, die wirklich in ihr steckte? Ihre Warmherzigkeit und ihren Humor trotz Gestammel erahnt? Ihre Figur, die sich langsam wieder der annäherte, die ursprünglich unter den Frustkilos verborgen war, in den ausgeleierten Jogging-Outfits wahrgenommen? Oder sollte Kate recht behalten und Ben suchte nur eine Babysitterin, die bereits bewiesen hatte, dass Henri bei ihr gut aufgehoben war? War Ben nur ein »Kategorie-drei-Mann«, der einen kostenlosen Ersatz benötigte, wenn er keine Zeit oder Lust für sein Kind hatte? Nein, beschied Emily, den Eindruck machte er ganz und gar nicht. Vielmehr empfand sie es als eine Art Vertrauensvorschuss, dass er sie in das lieb gewonnene Ritual mit einbezog und sie am freitäglichen Vater-Kind-Essen teilnehmen durfte, obwohl sie und Ben sich kaum kannten.

Nun wurde es aber wirklich Zeit, die letzte Runde mit Krümel zu gehen. Sie kramte in der Schublade des alten Sideboards nach neuen Hundekotbeuteln, deren Vorrat sich dank des Häufchensammelns von gestern schon wieder dem Ende zu neigte. Hätte nicht genau dann die alte Müllerin demonstrativ ihre Vorhänge zur Seite gezogen und aus dem Fenster gestarrt, als Emily den Eingang von Apartment siebzehn ansteuerte, und hätte sie sich nicht kurz davor erst geschworen, sich ausschließlich auf ihr eigenes Leben zu konzentrieren, dann würde nun der Inhalt von zwei prall gefüllten Beuteln Kacke das karierte Futter von Georges froschgrünen Gummistiefeln füllen.

Wenig später erfüllte sich Marcs Prophezeiung. Die Minuten, die den ganzen Tag zähflüssig wie ein träges Rinnsal vor sich hin geplätschert waren, verwandelten sich in einen reißenden Fluss, der die Zeit mühelos mit sich forttrug. Hektisch suchte Emily in ihrer überfüllten Kommode nach intakten Strumpfhosen, da die ersten drei Laufmaschen, weitere zwei die falsche Farbe gehabt hatten. Nachdem sie fündig wurde, hüpfte sie halb angezogen auf einem Bein in die Küche, um sich einen Espresso aufzubrühen, stieß mit der Hüfte an den Küchentisch und damit das sich darauf befindende Sektglas um. Fluchend versuchte sie, die Bescherung notdürftig zu beseitigen. »Ganz ruhig, Emily«, murmelte sie vor sich hin und wiederholte in Gedanken Marcs Worte vom Morgen: Wenn es schnell gehen muss, soll man langsam tun. Sie zwang sich, erst tief ein- und dann auf zehn zählend wieder auszuatmen. Dann zog sie die Strumpfhose über das zweite Bein, warf einen prüfenden Blick in den Spiegel und beschloss, ihren Espresso zu trinken, bevor sie sich schminkte, vollständig ankleidete und ihre Tasche herrichtete. Nun, da sie eine Reihenfolge festgelegt hatte, die gewährleisten würde, dass sie rechtzeitig fertig wäre, um Ben bereits vor dem Haus zu erwarten, beruhigte sie sich. Keinesfalls wollte sie ihm Anlass geben, sie oben an der Wohnungstür abzuholen, die vermutlich, auch durch einen noch so kleinen offenstehenden Spalt, einen Blick auf das dahinter herrschende Chaos zuließ. Sie durchforstete die Schubladen ihres alten Küchenbuffets nach einem Schokoriegel. Wie immer, wenn sie nervös war, bekam sie Appetit. Eigentlich vermisste sie die Süßigkeiten, die sie sich in letzter Zeit abgewöhnt hatte, nicht. Dennoch war sie enttäuscht, als sie nur eine zerknüllte Snickersverpackung aus der Besteckschublade zu Tage förderte.

Auch gut, dachte Emily, dann eben übergangslos zum nächsten Punkt: Zähneputzen, bevor sie ihr schönes Kleid anzog und schusselig, wie sie war, noch Zahnpasta darauf kleckern würde. Gerade als sie anfing, sich die Wimpern zu tuschen, klingelte ihr iPhone im Wohnzimmer.

»Mama«, rief Emily und versuchte, mit einer Hand die neuen Stiefel über die Knie zu ziehen, »ich habe nur ganz kurz Zeit.« Sie schaltete auf Lautsprecher und zog ihr Kleid über den Kopf.

»Es ist doch Freitagabend«, wunderte sich ihre Mutter.

»Eben.«

Verblüfft verkniff sich ihre Mutter weitere Fragen. Eigentlich sorge sie sich nur darum, was Emily an Weihnachten mache und ob sie der Einladung ihrer Schwester in den Ruhrpott folgen würde. Jetzt, da die Eltern selbst die Feiertage auf Mallorca verbringen würden.

»So genau weiß ich es noch nicht, ich denke noch darüber nach«, sagte Emily und schielte auf ihre Uhr. Drei Minuten vor sechs. Sie hörte den Ausführungen ihrer Mutter, die sich um wässrige Rühreier auf dem Frühstücksbuffet und lahmarschige spanische Kellner drehten, nur mit halbem Ohr zu, während sie ihren Schal suchte und in ihren Mantel schlüpfte.

»Mama, ich muss jetzt wirklich los. Ich kann dich ja morgen in Ruhe anrufen«, versuchte sie, das Gespräch abzuwürgen und gleichzeitig ihren Lipgloss zu finden. Sie fand ihn auf dem Fensterbrett in der Küche und sah, wie ein alter Mercedes vor ihrem Hauseingang hielt. Als sich die Tür des Wagens öffnete und die Innenbeleuchtung aufflammte, erkannte sie, dass sich ein Kindersitz auf dessen Rückbank befand. Das darin sitzende Kind war Henri. Ungeachtet des Protests ihrer Mutter legte Emily auf, schnappte sich ihre Tasche und die Hausschlüssel und flog die drei Stockwerke hinab. Außer Atem öffnete sie die Tür und stieß um ein Haar mit Ben zusammen, der an seiner Hand Henri hielt. Er lachte.

»So ungestüm? Wir wollten gerade klingeln.«

»Äh«, stammelte Emily. Das brachte sie hier völlig aus dem Konzept. »Ich wollte nur pünktlich sein. Sicher hat der kleine Mann schon einen Riesenhunger, nicht wahr Henri?«

Gerade noch mal die Kurve bekommen, dachte sie erleichtert.

»Ich will Spaghetti«, krähte Henri aufgedreht.

»Und ich habe eine Bitte, bevor wir starten«, meinte Ben und sah Emily entschuldigend an. Dann wandte er sich an Henri: »Wolltest du Emily nicht etwas fragen, bevor wir uns über Spaghetti unterhalten?«

Der Knirps trat von einem Bein auf das andere und lächelte sie schüchtern an. Er schien sich nicht zu trauen.

»Was wolltest du fragen, Henri?«, fragte Emily freundlich. Siedend heiß fiel ihr ein, dass sie das kleine Krokodil, das sie dem Kind schenken wollte, auf dem Sideboard im Flur liegen gelassen hatte.

»Henri muss blöderweise mal«, übernahm Ben und strich diesem über den Kopf, »und wir wollen nicht, dass es auf dem Weg zum Restaurant ein kleines Unglück gibt. Meinst du, wir könnten hier, also ich meine bei dir, wenn das okay wäre, kurz die Toilette benutzen?«

Emily schluckte. Sie hatte heute weder Zeit noch Lust gehabt, das Chaos in ihrer Wohnung zu beseitigen. In Gedanken lief sie die paar Meter von der Wohnungstür zur Toilette und überlegte, in welchem Zustand sich welcher Quadratzentimeter befand. Es war ihr unangenehm. Aber ein Notfall war ein Notfall, und sie konnte ja Ben schlecht vorschlagen, dass Henri sich auf dem Gehweg erleichterte. Gespielt unkompliziert stimmte sie zu. »Kein Problem«, sie rang sich ein Lächeln ab, während sie gemeinsam die Stufen in den dritten Stock erklommen, »allerdings sieht es bei mir etwas chaotisch aus. Ich bin gerade mitten im Renovieren, komme aber vor lauter Aufträgen nicht so recht voran.«

So wies sie Ben schnell den Weg zur Toilette, und während dieser Henri assistierte, schloss sie schnell ihre Schlafzimmertür. Eilig klaubte sie ein paar Klamotten vom Sofa und ließ sie unter den Polstern verschwinden, ebenso, wie sie zwei Kaffeetassen und einen Teller kurzerhand hinter den Fernseher räumte. Die alten Strumpfhosen mit Laufmaschen, die ihr vor Kurzem noch den Nerv geraubt hatten, warf sie in den Mülleimer. Als sie die Klospülung hörte, war das Schlimmste beseitigt. Mit dem Krokodil hinter dem Rücken wartete sie im Flur auf die beiden.

»Vielen Dank, Emily, wirklich, du hast uns gerettet«, bedankte sich Ben. Interessiert schaute er sich um. »Das ist ja eine charmante Wohnung. Erinnert mich an mein altes Zuhause. Die schönen Kasten-Türstöcke, die hohen Decken, das hat schon was.«

Bevor Ben sich weiter umsehen konnte, lenkte Emily rasch ab und fragte Henri: »Welche Hand? Ich habe eine kleine Überraschung für dich!«

Der Junge zeigte auf die linke Hand, die Emily hinter dem Rücken verborgen hielt.

»Gewonnen, Henri. Da hast du gut gewählt.« Sie zog das Krokodil hervor und streckte es Henri entgegen, der jetzt bis über beide Ohren strahlte.

»Das ist ja lieb«, sagte Ben, dessen Augen ebenfalls leuchteten und stupste Henri an. »Bedankst du dich bei Emily für die tolle Überraschung?« Nachdem der Knirps sich brav bedankt und Ben dessen Jacke zugeknöpft hatte, wandte er sich zur Tür. »Und jetzt hopp-hopp, das Essen wartet. Wir kommen sonst zu spät für unsere Reservierung. Und du weißt, Salvatore findet es nicht gut, wenn wir nicht pünktlich sind.«

Salvatore? Reservierung? Das hörte sich für Emily nicht nach dem Kindermenü bei McDonalds an. Sie lehnte sich in Bens altem Mercedes zurück und ließ sich überraschen. Kurze Zeit später hielten sie vor einer kleinen Osteria. Salvatore, ein gepflegter Italiener in den Sechzigern, hielt ihnen geflissentlich die Tür auf und begrüßte sie herzlich.

»Ah, Signore Dottore und Signore Henri – Ihr Tisch ist schon bereit. Heute in Begleitung einer *bella Donna*, guten Abend, freut mich sehr!«

Die alten Holztische des kleinen Lokals waren mit rot karierten Tischdecken und weißen Stoffservietten eingedeckt, in deckenhohen Regalen lagen Flaschen der verschiedensten Weinsorten. Eine Vitrine vor der Bar ließ erahnen, welch köstliche Vorspeisen auf die Restaurantbesucher warteten. Neben San-Daniele-Schinken und Fenchelsalami lagen Artischocken, Oliven und Salbeisträuße. Eingelegte Sardinen und Oktopusarme konkurrierten mit gefüllten Tomaten, gebratenen Zucchini und frischen Miesmuscheln. Aus der Küche strömten Aromen, die Emily das Wasser im Munde zusammenlaufen ließen.

»Ich will Spaghetti«, teilte Henri dem Kellner mit, der eben dessen Hochstuhl brachte.

»Henri, was habe ich dir zu Hause beigebracht?«, mahnte Ben. Entschuldigend lächelte er Emily an. »Erstens heißt es: Ich hätte gerne. Zweitens fragen wir erst Emily, was sie trinken möchte. Erst dann überlegen wir, was du heute gerne zum Abendessen hättest.«

Henri schien zu überlegen. »Spaghetti!«, beschied er.

Emily lachte. »Lass nur. Füttern wir erst mal den kleinen Racker.«

Während Ben einen trockenen Weißwein auswählte und eine Flasche Wasser nebst Nudeln mit Tomatensoße bestellte, betrachtete Emily das Vater-Sohn-Gespann. Sie mochte, wie Ben mit dem Kleinen umging. Auch hatte er Henri für den Restaurantbesuch fein herausgeputzt. Der Knirps trug ein blaues Hemd zu Jeans und sah fast wie eine Miniaturausgabe von Dr. Ben Rosenfeldt aus. Selbstvergessen spielte Henri mit seinem neuen Krokodil. Immer wieder faszinierte es Emily, wie Kinder sich ganz im Hier und Jetzt befanden, versunken in ihr Spiel, kein Gedanke an gestern oder morgen. Wie sie sich auf die aktuelle Situation einließen und alles andere ausblenden konnten. Sie wünschte, sie hätte diese kindliche Gabe in ihr Erwachsenendasein hinübergerettet. Ihre Gedanken schweiften ab. Was war mit Henris Mutter geschehen? Hatte sie die Aussagen des kleinen Mannes richtig interpretiert und Bens Frau war verstorben? War Ben nun alleinstehend oder wieder liiert? Nun, all das konnte Emily schlecht fragen, schon gar nicht vor Henri, der eben verkündete, dass das Krokodil Hunger hätte. Sie riss sich zusammen.

Salvatore brachte einen sogenannten »Gruß aus der Küche«, geröstete Weißbrotscheiben mit Tomaten und Knoblauch. Emily zwinkerte dem Kellner zu und flüsterte ihm etwas ins Ohr. Grinsend zog Salvatore ab.

»Was hast du geflüstert?«, wollte Henri wissen.

»Ich habe Futter für das Krokodil bestellt.«

»Gute Idee«, lächelte Ben.

Henri strahlte, als Salvatore ihm ein kleines Tellerchen mit Panini, Karottenstücken und Nüssen hinstellte.

»Du kannst gut mit Kindern umgehen«, lobte Ben Emily. »Auch dein magischer Bastelkurs war laut Henri ein voller Erfolg. Er hat noch Tage später von nichts anderem gesprochen. Und ohne das Krokodil geht er weder in den Kindergarten noch ins Bett.«

»Das freut mich. Vor allem, weil es das erste Event dieser Art war. Praktisch ein Versuch. Aber tatsächlich kam der Kurs so gut bei den Eltern an, dass ich bereits einen zweiten im Januar anbiete und nächste Woche den Geburtstag von zweien der Teilnehmer ausrichten darf.«

»Glückwunsch, das freut mich. Ist aber auch wahnsinnig praktisch, wenn man den Nachwuchs mal einen Tag abgeben kann und gut beschäftigt weiß. Ich kann mir gut vorstellen, dass dein Konzept großes Potenzial in München hat. Ich jedenfalls war happy, mich mal einen kompletten Sonntag nur um meine Belange kümmern zu können – ohne Kochen, ohne Spielen.«

Emily überlegte, ob dies schon in Richtung Ich-brauche-hin-und-wieder-etwas-Entlastung ging oder einfach nur gut gemeinter Small Talk war. Sie wünschte, Kate hätte sie mit ihrem »Kategorie-drei-Männer«-Geschwätz verschont.

»Wie hast du von meinem Kurs eigentlich erfahren?«, erkundigte sie sich. Bislang hatte sie sich gar nicht gefragt, wie es zu der Anmeldung gekommen war. Werbung hatte sie ja keine gemacht, und ob Ben abends nach Praxisschluss und Kind-zu-Bett-Bringen noch im Netz surfte und dabei auf ihre Webseite gestoßen war, stellte sie ebenfalls infrage.

»Na, du hast mir doch praktisch die Flyer vor die Füße geworfen«, grinste Ben. »Und ich wäre ja schön blöd, wenn ich ...«, fuhr er fort, während seine Miene ernsthafte Züge annahm, »... wenn ich diese Chance nicht ergriffen hätte. Es kommt nicht allzu oft in meinem Leben vor, dass mir eine so hübsche Frau über den Weg läuft und dann noch ihre Kontaktdaten im Schneematsch hinterlässt.« Er strich sich durch das Haar, und seine eisblauen Augen blitzten.

Selbst wenn er nur halb so charmant gewesen wäre, wäre Emily dahingeschmolzen. Er sah einfach zu gut aus, mit seinem verschmitzten Lächeln. Sie schluckte und versuchte, nicht zu erröten. Seit sie verlassen wurde, fiel es ihr zunehmend schwerer, ihr angeschlagenes Selbstbewusstsein zu ignorieren, ihre Selbstzweifel auszuschalten und Komplimente einfach anzunehmen. Salvatore rettete sie aus ihrer Verlegenheit, indem er Henris Nudeln brachte und die Bestellung der Vorspeise aufnahm. Sie folgten seiner Empfehlung und wählten beide Vitello Tonnato, Thunfischcreme auf hauchdünn geschnittenem Kalbsbraten.

»Wie ich sehe, ist Fleisch kein Problem. Das finde ich gut«, bemerkte Ben.

»Nein, ich esse ganz gerne mal Fleisch. Überhaupt esse ich ganz gerne, leider«, seufzte Emily.

»Das sieht man dir aber nicht an.«

Schon wieder ein Kompliment. Emily schwankte kurz zwischen Erklärungen, wie das Gassigehen mit Krümel an ihrem Kalorienhaushalt zehrte, und einem schlichten Dank. Sie entschied sich für Letzteres.

»Irgendwie ist das ja auch anstrengend«, griff sie das Thema erneut auf, »wenn man ständig darauf achten muss, was erlaubt ist und was nicht. Ich denke, alles in Maßen und gesunde Vollwertküche kann nicht so verkehrt sein. Und wenn es einmal Fast Food sein muss«, fuhr sie mit Seitenblick auf Henri fort, »dann muss es halt sein. Davon stirbt auch keiner.«

»Manche schon«, lachte Ben und zwinkerte Henri verschwörerisch zu. »Weißt du noch, Henri, wie wir immer heimlich zu McDonalds mussten?«

»Warum heimlich?«, erkundigte sich Emily. »Du bist doch erwachsen und kannst tun und lassen, was du willst.«

»Damals, als Henri zu mir kam, hatte ich eine Beziehung, die noch sehr frisch war. Eigentlich eine nette Frau, so der natürliche Typ. Sie war Sporttherapeutin.«

»Und?«, erkundigte sich Emily und versuchte, nicht zu interessiert zu klingen. »Was geschah mit der Sporttherapeutin?«

»Sie war Vegetarierin, was ja völlig in Ordnung ist – wenn nicht sogar vorbildlich. Anfangs hatte sie auch noch akzeptiert, dass Henri und ich aßen, worauf wir Lust hatten.«

»Aber das änderte sich dann?«

»Ja. Es fing schleichend an. Erst mit missbilligenden Blicken, dann folgten Vorträge. Tatsächlich habe ich dann eine Zeit lang versucht, ihr zuliebe auf Fleisch und Fisch zu verzichten. Dann aber bot sie Yogakurse und irgend so ein esoterisches Aschram-Atmen-Dings an und kam in Kontakt mit Gleichgesinnten. Die lebten größtenteils vegan. Von da an waren sämtliche tierische Produkte tabu, von Butter und Käse bis Leder war alles verpönt. Das war echt schwierig. Vor allem, wenn wir Lust auf Spinat mit Spiegelei hatten, nicht war Henri?«

Henri, der bis über beide Ohren Tomatensoße im Gesicht hatte, nickte ernsthaft.

»Irgendwie hatte ich auch keine Lust, mir nach einem langen Tag in der Praxis, den Kopf über vegane und glutenfreie Ernährung zu zerbrechen. Manchmal will man einfach nur ein Butterbrot.«

Emily lachte. »Ich kannte mal einen Frutarier, der war auch gleich aus dem Rennen, war mir einfach zu blöd. Nicht nur, dass es kompliziert war, die Regeln zu befolgen, ich konnte auch die Motivation, die dahintersteckte, nicht so richtig ernst nehmen.«

»Was sind denn Frutarier?«

»Praktisch die Steigerung von Veganern. Menschen, die eine Ernährung mit pflanzlichen Produkten anstreben, die nicht die Beschädigung der Pflanze zur Folge haben, von der sie stammen.«

»Nein, Emily, jetzt verarschst du mich!« Ben konnte es nicht glauben. »Wie soll das funktionieren? Was essen diese Frutarier denn dann?«

»Laut meiner damaligen Bekanntschaft nur, was die Natur freiwillig hergibt.« Emily zuckte mit den Schultern. »Vermutlich Äpfel, die freiwillig vom Baum fallen, statt gewaltsam gepflückt zu werden, oder Getreide, das bei der Ernte schon abgestorben ist. Ich hatte weder Lust, mich in das Thema zu vertiefen, noch diesen Typen ein zweites Mal zu daten.«

»Verstehe ich vollkommen«, lachte Ben. »Auf uns! Und auf einen schönen Abend mit leckerem Essen.«

Emily prostete ihm zu und stieß auch mit dem kleinen Henri an. Der Abend entwickelte sich gut. Ben schien gute Ansichten zu vertreten, war unterhaltsam und charmant. Während er sich entschuldigte, um Henri auf der Toilette die Tomatensoße vom Gesicht zu wischen, und Salvatore den Hauptgang auftrug, dachte sie zufrieden, dass Ben wirklich nett war. Auch ließ er es nicht zu, dass Henri die Unterhaltung am Tisch beherrschte, was Emily als wohltuend und entspannend empfand. Ihr gefiel, was sie sah. Und selbst wenn Kate recht behalten sollte, und Ben ein »Kategorie-drei-Mann« wäre, so wäre Emily im

Moment nichts lieber gewesen, als an der Seite dieses »Kategorie-drei-Mannes« zu sein. Sie schenkte sich ein Glas Weißwein nach und ließ die vergangene Unterhaltung Revue passieren. Irgendetwas hatte Ben erwähnt, was bei ihr eine Frage aufwarf, die sich im Laufe des Gesprächs aber wieder verflüchtigt hatte. Sie bemühte sich, den Gedankenfetzen zu greifen, der sich wie eine Nebelschwade aufzulösen drohte, je mehr sie darüber nachdachte.

Die beiden verließen die Waschräume und kehrten an den Tisch zurück. Nun, als sie sah, wie Henri vertrauensvoll nach Bens Hand griff und seine Augen zu leuchten begannen, nachdem Ben ihm etwas zugeraunt hatte, fiel ihr der Satz ein, über den ihr Unterbewusstsein gestolpert war. *Damals, als Henri zu mir kam.*

Was sollte das bedeuten? War Ben Rosenfeldt nie verheiratet gewesen? Trug Henri deswegen einen anderen Nachnamen wie Ben? Und wo war diese mysteriöse Mutter nun? Wortwörtlich im Himmel, wie Henri behauptet hatte? Emilys Neugier drohte überhandzunehmen. Dennoch konnte sie schlecht fragen, nicht vor dem Kind und auch nicht, um den schönen Abend nicht mit bösen Erinnerungen zu überschatten. Statt zu fragen, was sie wirklich gerne gewusst hätte, wandte sie sich nun Henri zu, der immer noch strahlte.

»Du strahlst so, Henri. Findest du es schön hier?«

»Ben sagt, wenn ich brav bin und male, bekomme ich ein Eis.«

»Mit Schlagsahne?«

Fragend blickte Henri Ben an. Dieser lachte. »Klar Henri, wenn du ein schönes Bild für Emily malst, während wir in Ruhe essen, dann auch mit Schlagsahne.« Er zog ein paar Buntstifte, ein Malbuch und ein paar Blatt gefaltetes Papier aus seiner Tasche.

»Du bist gut vorbereitet«, lobte Emily.

»Mit der Zeit lernt man alle Tricks, glaube es mir.« Seufzend blickte er auf Henri, und für einen Moment trat ein wehmütiger Ausdruck in seine Augen.

»Seit meine Schwester«, er schluckte und fuhr etwas leiser fort, »seit Henris Mama von uns gegangen ist, versuche ich mein Bestes, den Kleinen so großzuziehen, dass es ihm an nichts mangelt. Schon gar nicht an Spaß, Liebe oder auch an Eiscreme.«

Emilys Herz machte einen Sprung. Da hatte sie ihre Antwort: Dr. Ben Rosenfeldt zog das Kind seiner Schwester auf! Kümmerte sich liebevoll um den kleinen Knirps, ungeachtet seines eigenen Schmerzes.

»Das tut mir sehr leid«, murmelte sie betroffen. »Wie lange ist das her?«

»Eineinhalb Jahre ist Henri jetzt bei mir. Und wir kommen gut klar.«

»Ja, und wir haben Leva«, mischte sich Henri ein, der wohl nicht so versunken in seine Malerei war, wie die Erwachsenen angenommen hatten. Stolz schob er Emily ein Blatt Papier hin, auf das er eine Gurke gemalt hatte.

»Oh, wie schön«, lobte sie, »ein U-Boot!«

»Nein«, rief Henri empört, »das ist ein Krokodil!«

Grinsend orderte Ben das versprochene Eis und überredete Emily zu einer Pannacotta mit Himbeeren.

»Danach müssen wir uns leider schon auf den Heimweg machen. Der kleine Mann scheint mir bereits etwas überdreht zu sein. So gerne ich hier noch mit dir sitzen würde, Emily, aber erfahrungsgemäß kippt an einem bestimmten Punkt Henris Laune, und dann geht hier gar nichts mehr.«

»Klar, kein Problem.«

»Wir sehen uns ja sowieso bald wieder.«

Fragend schaute Emily ihn an. Ja, sie würde es schön finden, Ben bald wiederzusehen. Mit oder ohne Henri. Sie betrachtete sein blaues Hemd, das seine Augen noch intensiver strahlen ließ und die dadurch an einen eisigen Gebirgssee an einem sonnigen Tag erinnerten. Sie musterte seine gepflegten Hände, die sie zu gerne berührt hätte und sein freundliches Gesicht, das sich nun zu einem Schmunzeln verzog.

Hatte sie etwa laut gedacht? Erschrocken hob sie die Hand vor den Mund und stieß beinahe ihr Wasserglas um. Warum lächelte Ben und blickte ihr gleichzeitig forschend in die Augen?

»Hast du den Termin am Dienstagnachmittag vergessen?«

»Welchen Termin?«

»Die Zahnkrone. Dein Backenzahn. Die Fortsetzung der Behandlung.«

»Ach *der* Termin. Gut, dass du mich daran erinnerst.« Sie versuchte, sich ihre Enttäuschung nicht anmerken zu lassen. Was gar nicht so einfach war, denn Ben schaute ihr, immer noch lächelnd, tief in die Augen. Nun beugte er sich nach vorn, sein Gesicht war nur noch zwanzig Zentimeter von ihrem entfernt.

»Irgendetwas stimmt mit deinen Augen nicht, Emily.« Er kam noch ein Stück näher und musterte sie interessiert.

Verwundert schwieg sie. Wenn das mal keine blöde Anmache war. Folgte jetzt ein platter Spruch à la »du hast zwei verschiedene Augen, eines schöner als das andere«? Eine jener Plattitüden, von denen sich fantasielose Männer seit den Achtzigern Erfolg bei ihrer Anmache versprachen? Das wollte so gar nicht zu Ben passen, dachte Emily, hatte er doch bislang die Unterhaltung humor- und niveauvoll bestritten. Verwirrt schaute sie ihn an.

»Irgendetwas ist da anders«, rätselte Ben. »Sieht aus, als wäre ein Auge geschminkt und das andere nicht.«

Jetzt fiel es Emily ein. Bevor Ben geklingelt hatte, hatten sich die Ereignisse überstürzt. Ausgerechnet dann, als sie angefangen hatte, sich zu schminken. Die kaputten Strumpfhosen, der Anruf ihrer Mutter, das umgestoßene Sektglas. Ben, der plötzlich vor ihrer Tür parkte. Das war wieder so typisch Emily: Statt konsequent ihr Make-up zu Ende zu bringen, war sie wie ein aufgescheuchtes Huhn hin und her gehüpft. Und nun saß sie hier, mit nur einem geschminkten Auge. Das war so bescheuert, dass es schon wieder lustig war. Lachend erzählte sie Ben von der relativen Wahrnehmung der Zeit, von ihrer Mutter, die aus Mallorca angerufen hatte und von Schubladen, in denen man nie fand, was man gerade schnell benötigte.

Ben hatte sie früh zu Hause abgesetzt. Auf der Fahrt hatte er über Belangloses geplaudert und durch Späße versucht, Henri wachzuhalten. Insgeheim hatte Emily gehofft, er würde, unabhängig von ihrem Termin in der Praxis, ein weiteres Treffen vorschlagen. Lediglich bei der Verabschiedung hatte sie für den Bruchteil einer Sekunde das Gefühl gehabt, Ben hätte romantische Anwandlungen. Er war ausgestiegen, hatte ihr die Tür des alten Mercedes geöffnet und hatte genau für den kurzen Moment ihre Hand zu lange gehalten, der einen freundschaftlichen Gruß zu einer romantischen Angelegenheit machte. Er hatte ihr tief in die Augen geblickt, unschlüssig ihre Hand freizugeben, als wolle er den Moment des Abschieds hinauszögern. Wären die Umstände andere gewesen, hätte er vielleicht versucht, sie zu küssen. Aber ein ungeduldig hupender Lastwagenfahrer, dem Bens in zweiter Reihe parkender Benz ein Dorn im Auge war, hatte den Augenblick zerstört. Erst in ihrer Wohnung erlaubte sie sich, sie schälte sich gerade aus Kates apfelgrünem Mantel, die angehaltene Luft ausströmen zu lassen. Ihr Blick schweifte über das Chaos auf ihrem Sideboard. Sie registrierte die nachlässig zusammengeknüllten Schals und Tücher auf der Garderobe und überlegte, wie unordentlich dies in Bens Augen ausgesehen haben mag. Ihr Blick blieb an einem kleinen bunten Zipfel hängen, der unter ihrer Daunenjacke hervorlugte.

»Verflixt«, murmelte sie. Sollte sie Ben anrufen? Sie war unschlüssig. Vermutlich war er noch auf dem Heimweg, bestenfalls trug er eben Henri ins Bett. Aber wie würde das aussehen, wenn sie ihm fünf Minuten nach dem ersten Date sofort eine Nachricht schrieb oder anrief? Sie verwarf die Idee und holte Krümel bei Marc, der sicher schon in den Startlöchern stand, ab.

Tag achtzehn

Nichts Böses ahnend, öffnete Emily ihren Briefkasten, während Krümel sich das nasse Fell ausschüttelte. Sie klaubte die Prospekte, zwei Briefe und einen Möbelkatalog aus der Post und freute sich auf ihr Frühstück. Auf dem Rückweg ihres Spaziergangs hatte sie bei der Bäckerei gehalten und sich eine Brezel geholt. Nun, da sie Marcs Eltern kannte, tat es ihr leid, dass sie deren gutmütige Verkäuferin damals mit so sarkastischen Antworten bedacht hatte. Marc hatte ihr erzählt, dass die Frau einen schweren Schicksalsschlag hinter sich hatte und sich nun mit Hingabe in ihre Aufgaben in der Bäckerei stürzte. Daher war Emily heute nicht nur freundlich geblieben, sondern hatte der Verkäuferin auch ein echt gemeintes Kompliment über ihr Kleid gemacht. Es ist so einfach, dachte Emily, als sie sich einen Kaffee zubereitete, anderen den Tag etwas zu verschönern. Sie erinnerte sich an ebenjenen Morgen, als sie Ben das erste Mal getroffen hatte. Auch er hatte ihr einen Tag versüßt, der sonst von Frust und Bitterkeit geprägt gewesen wäre.

Sie füllte Krümels Futternapf, legte die Post auf den alten Holztisch und bestrich ihre Brezel mit Butter. Bald würde Kate auftauchen, um dann mit ihr gemeinsam über den Adventsflohmarkt zu schlendern. Sie brannte darauf, ihr haarklein alle Details des gestrigen Abends zu erzählen. Angefangen von Bens vorbildlichem Benehmen und wie er ihr gentlemanlike die Tür aufgehalten hatte, bis hin zu ihrem Missgeschick mit dem einseitig geschminkten Auge. Sie schielte auf ihr Smartphone. Irgendwo auf dem Anmeldeformular von Henri stand sicher Bens Nummer. Sollte sie ihm nicht besser eine Nachricht senden? Oder warten, bis Kate hier war? Kate sah die Dinge meist objektiv und nüchtern. Sie würde wissen, was zu tun ist.

Gedankenverloren blätterte sie den Möbelkatalog durch und markierte interessante Objekte, die sie für die Werkstatt benötigte oder auch ihre Wohnung verschönern würden. Ihr Blick fiel auf einen der ungeöffneten Briefe. Finanzamt.

Erwartungsvoll riss sie den Umschlag auf, seit Wochen wartete sie auf den Bescheid, wie hoch ihr Lohnsteuerausgleich ausfallen würde. Früher hatte George sich um ihre Steuerangelegenheiten gekümmert. Nun, da sie sich vor zwei Monaten endlich gezwungen hatte, zum ersten Mal selbst eine Erklärung abzugeben, konnte sie die Höhe der Rückerstattung nicht einschätzen. Ungeduldig überflog sie das mehrere Seiten umfassende Dokument, ohne ein Wort zu verstehen. Auch fand sie darin keine Summe, die das Amt ihr erstatten würde. Nach weiteren zwei Kaffees und einer halben Stunde Lesens, erfasste sie den Inhalt des Schreibens. George hatte ihr im Steuerjahr davor eine Ansparabschreibung in die Erklärung gebastelt. Laut ihm eine todsichere und legale Methode, Steuern zu sparen. Was George ihr damals nicht erzählt hatte, war, dass man im Folgejahr entweder diese Investition auch tätigen oder die Summe zuzüglich sechs Prozent Strafzins versteuern musste. Und Angestellte gar keine Ansparabschreibung in Anrechnung bringen durften.

Emily war sauer. Nicht nur, weil ihr dank Georges Möchtegern-Raffinesse ein Batzen Geld, mit dem sie fest gerechnet hatte, flöten ging, sondern auch, weil sie sich nun mit Dingen herumschlagen musste, von denen sie nichts verstand.

»Blöder Idiot«, murmelte sie. Er war schuld, dass sie nun Steuerscheiß an der Backe hatte. Unnötigen Behördenstress, der ihr sicherlich Magenschmerzen und schlaflose Nächte bereiten würde. Wutentbrannt zerknüllte Emily den Bescheid und warf ihn auf den Boden. Warum sollte sie eigentlich die Einzige sein, der hier keine ruhige Minute vergönnt war, fragte sich Emily verärgert. Zähneknirschend überlegte sie, wie sie Georges Seelenfrieden stören konnte. Oder wenigstens seinen geheiligten Schlaf. Lebhaft erinnerte sie sich daran, wie unausstehlich George früher gewesen war, wenn er seiner Nachtruhe beraubt wurde: Er schleppte sich schlecht gelaunt durch den nächsten Tag und war schlichtweg ungenießbar. Oh ja, sie hatte gute Lust, diesem Weichei gründlich das Wochenende zu vermiesen! Ihm mitten in der Nacht Meisenknödel, besser noch, faule Eier an die Fensterscheiben zu pfeffern. Oder ihm in aller Herrgottsfrühe Sternsinger vorbeizuschicken.

Emily atmete tief durch und versuchte, sich zu beruhigen. »Hilft ja nichts«, murmelte sie und rettete das zerknüllte Schreiben vor Krümels Zugriff, der eben anfing, damit zu spielen. Sorgfältig strich sie das Papier glatt und schob es unter die Prospekte, die in der Post gewesen waren. Ihr Blick blieb an der plakativen Headline eines Werbeflyers hängen:

»Omas Schränke, Kommoden, Porzellan und anderen Hausrat: Rümpelhans holt alles ab!«

Es erinnerte Emily an die Haushaltsauflösung ihres Großvaters. Kaum hatte sie damals die Anzeige geschaltet gehabt, waren die ersten Möbelgeier und Schnäppchenjäger vor der Tür gestanden. Sie grinste.

»Ja, warum eigentlich nicht?«, fragte sie kichernd Krümel, der sie erwartungsvoll anschaute. Kurzerhand erstellte sie eine Anzeige in einem Kleinanzeigenportal, in der sie Georges gesamtes Mobiliar anbot. Morgen früh ab sieben. Alles ganz günstig. Wer zuerst kommt, malt zuerst. Als Eyecatcher wählte sie ein Foto eines Eames Chairs, welches sie wahllos aus dem Netz kopiert hatte. Sie war sich sicher, die ersten Geier würden George noch vor sechs Uhr aus dem Bett klingeln. Sie grinste noch immer, als Kate eintraf, um sie abzuholen.

»Und dieser Ben hat dich nicht gefragt, ob du am Sonntag mit ins Spieleparadies oder in die Nachmittagsvorstellung des Kinos willst? Oder ob du nächste Woche sein Kind vom Kindergarten abholen kannst?«

»Nein.« Energisch schüttelte Emily den Kopf, während sie in einer Hand ihren Kaffee balancierte und mit der anderen versuchte, Krümel davon abzuhalten, an Flohmarktkisten zu pinkeln. »Aber ehrlich gesagt, wenn er gefragt hätte, hätte ich zugestimmt. Ben allein ist schon toll, aber im Zweierpack sind die beiden so süß, Katie, das kannst du dir gar nicht vorstellen.«

»Doch, lebhaft«, meinte Kate sarkastisch.

»Immerhin findet das nächste Treffen ohne Kind statt«, verteidigte sich Emily. »Wenn auch mit Sabberlätzchen auf Dr. Rosenfeldts Behandlungsstuhl.«

»Besser als gar kein Wiedersehen. Oder hattest du das Gefühl, er wollte sich erneut verabreden?«

»Irgendwie schon. Du weißt schon, dieser eine Moment beim Abschied, bei dem er gezögert hat. Und die Bemerkung beim Essen, dass er hier noch ewig mit mir sitzen könnte.«

»Aber Nägel mit Köpfen hat er nicht gemacht?«

»Nein«, gab Emily kleinlaut zu. »Meinst du, ich sollte Kontakt mit ihm aufnehmen? Immerhin hängt Henris Schal, den er beim Kurs vergessen hatte, immer noch an meiner Garderobe. Und ebendieser Schal war ja der Anlass für Bens ersten Anruf gewesen.«

»Na ja«, überlegte Katie, »da er den Schal als Vorwand nahm, um dich einzuladen, könntest du ihn ebenfalls nutzen, um mit ihm in Kontakt zu treten. Allerdings würde ich dir eher davon abraten.«

»Warum denn?«

»Männer sind Jäger. Das steckt seit der Urzeit tief in ihren Genen. Je widerspenstiger die Beute ist, desto eifriger wollen sie diese erlegen.«

»Vielleicht will Ben mich ja gar nicht erlegen«, überlegte Emily. »Und vielleicht friert ja der süße Henri ganz bitterlich ohne seinen Schal.«

»Klar!«, lachte Kate. »Das arme Kind hat bestimmt nur einen.« Sie überlegte einen kleinen Moment. »Selbst wenn dieser Ben nichts von dir will, kannst du seinen Jagdtrieb wecken: Indem du dich nicht meldest und ihm den nächsten Zug überlässt.«

»Aber«, wandte Emily ein, »ist das nicht irgendwie affig? Ich vergesse, wie versprochen, den Schal mitzubringen, und dann gebe ich noch nicht einmal Bescheid? Offen gesagt habe ich keine Lust, Spielchen zu spielen. Wir sind doch nicht im Kindergarten!«

»Wie man es nimmt. Du weißt ja, im Krieg und in der Liebe ist alles erlaubt. Und ein bisschen Taktik schadet nie, Em. Nichts ist schlimmer, als sofort nach dem ersten Date übereifrig Nachrichten zu senden, guter Vorwand hin oder her. Damit erstickst du auch den ausgeprägtesten Jagdtrieb bereits im Keim.«

Zwischenzeitlich hatten sie einen Großteil des Flohmarktes abgearbeitet. Emily wollte eben noch einmal zurück zu einem Verkäufer, mit dessen antiken Stühlen sie liebäugelte, als sie ein paar Tische weiter Marisa erkannte. Ihre frühere Nachbarin saß dick eingemummelt an ihrem Verkaufsstand und bot ein buntes Sammelsurium an Nippes, Kuriositäten aus den Siebzigern und gebrauchten Haushaltsgegenständen feil. Am liebsten hätte Emily so getan, als würde sie Marisa nicht bemerken, aber diese hatte sie bereits gesehen und winkte sie an ihren Stand.

Marisas Wangen glühten geradezu, als sie Emily vom Ausmisten und Renovieren ihrer Wohnung berichtete, und davon, wie nett George ihr immer helfen würde. Obwohl es Emily bitter aufstieß, wie auch ohne sie das Leben in Apartment siebzehn und achtzehn in gewohntem Gang weiterging, verspürte sie einen Anflug von schlechtem Gewissen. Der Rosenstrauß schien Marisas irrsinnige Hoffnung auf eine Beziehung mit George tatsächlich beflügelt zu haben. Völlig sinnbefreit und ohne Rücksicht auf Emilys Gefühle plapperte ihre Ex-Nachbarin taktlos weiter: Wie George mitten in der Nacht ihren Rohrbruch eingedämmt hatte, dass diese Theresa ja überhaupt nicht kochen konnte und lieber Karriere machte als zu Hause Ordnung, und dass *Georgie-Boy* fände, ihr stünde Schwarz viel besser als Blau.

Kate unterbrach Marisas Redeschwall, indem sie zwei Porzellan-Eierbecher aus einer Kruschtelkiste am Boden zog und nach dem Preis fragte.

»Alles in den Kisten am Boden kostet einen Euro«, pries Marisa ihre Ware an.

Nun tauchte auch Emily ab und stupste Kate an, die ebenfalls vor der Kiste kniete und mit den Augen rollte. Emily entdeckte ein Vintage-Tablett und schöne Weckgläser, die sie als Pinselreinigungsbehälter für ihre kleine Werkstatt gebrauchen konnte. Sie wühlte gerade in Karton zwei, als sie, verborgen hinter altem Besteck und einer Käsereibe, etwas entdeckte, was ihr Herz höherschlagen ließ.

»Katie!«, flüsterte sie aufgeregt.

Kate riss die Augen auf. »Meinst du, das ist er?«

Emily stellte den Salzstreuer zu den Weckgläsern auf das Tablett.

»Kostet der auch nur einen Euro?«, fragte sie. Sie bekam kaum mehr als ein Krächzen heraus, worauf Marisa sie aufmerksam musterte, bevor sie nickte.

»Ich glaube, der ist mehr wert«, überwand sich Emily zu sagen, »mein Großvater hatte früher exakt so einen.«

»Ich schenke ihn dir«, entschied Marisa. »Wenn er dich an deinen Opa erinnert, kannst du ihn gerne haben. Ich persönlich finde ihn ja kitschig. Außerdem«, fuhr sie fort, »hat er sowieso kein Geld gekostet: Ich habe ihn sozusagen auf der Treppe vor dem Haus gefunden.«

Emily griff wahllos nach einem kleinen Spiegel auf dem Tisch, für den Marisa ebenfalls wenig verlangte und rundete die Verkaufssumme großzügig auf, bevor es sich ihre Ex-Nachbarin anders überlegte.

Emily konnte ihr Glück nicht fassen. Der wertvolle antike Kristall-Salzstreuer ihres Großvaters, der dem abergläubischen George als unheilvolles Omen den Tag versauen sollte, war dank Marisa wieder in ihrem Besitz. Aufgedreht verstauten die beiden ihre Schätze in Kates

Wagen und steuerten das nahe gelegene Café an, um sich mit einem Prosecco zu belohnen.

»Ich fasse es nicht«, stöhnte Emily und wischte sich eine Lachträne aus dem Augenwinkel. »Hier schließt sich wieder der Kreis. Erst schmeiße ich George einen Unglücksbringer vor die Tür, dann überschütte ich Marisa mit Rosen, von denen sie annimmt, sie kämen von ihm. Beflügelt durch den romantischen Geburtstagsgruß erhält ihre Schwärmerei neuen Auftrieb, sie renoviert und entrümpelt, und schwupps, habe ich den wertvollen Salzstreuer zurück.«

»Du hast Marisa Rosen geschickt? Im Namen von George?«

»Äh, ja, sozusagen«, stammelte Emily. »Ich weiß, das war kindisch. Aber ich habe es dieser Theresa nicht gegönnt, dass sie nur die guten Seiten von George abbekommt, während ich mich damals mit sexbesessenen Nachbarinnen habe rumschlagen müssen, die auch noch meine Kochkünste anzweifeln.«

»Was soll's«, meinte Kate schulterzuckend. »Was geschehen ist, ist geschehen. Und davon abgesehen geschieht es dieser intriganten Marisa recht.«

»Jedenfalls könnte ich jetzt rein theoretisch meinen Verlust wieder ausgleichen – wenn ich mich dazu entschließen sollte, den Salzstreuer zu veräußern.« Sie erzählte Kate von King Georges »genialem« Steuertrick mit der Ansparabschreibung, der sich nun rächte. Ihre Aktion mit der Haushaltsauflösung, die Georges Aktion-die-sich-rächte sozusagen rächen sollte, erwähnte sie besser nicht.

Leicht beschwipst sortierte sie zu Hause die Schätze, die sie auf dem Flohmarkt erstanden hatte. Sie reinigte den Salzstreuer, befüllte ihn und stellte ihn auf ihren Küchentisch. Im Gegensatz zu George war Emily fest davon überzeugt, dass er ihr Glück bringen würde. Sie nahm die Weckgläser, band karierte Bänder darum und verstaute sie in einem Karton. Spätestens morgen wollte sie die Werkstatt für das Geburtstagsevent dekorieren und vorbereiten. Sie betrachtete den kleinen Spiegel und überlegte, ob dieser auch mit in die Werkstatt sollte. Es wäre nicht schlecht, in der kleinen Teeküche zwischendurch ihr Aussehen überprüfen zu können. Andererseits wäre auch hier Platz neben der Garderobe und würde einen Fauxpas, wie der, mit nur einem geschminkten Auge bei einem Date zu erscheinen, hoffentlich in Zukunft verhindern. Spöttisch grinsend dachte sie daran zurück, wie George geradezu panisch reagiert hatte, als ihr einmal ein Spiegel aus den Händen gerutscht war. Sieben Jahre Unglück, hatte er gejammert und sich dreimal bekreuzigt, bevor er registrierte, dass der Spiegel noch heil war. Sie stellte ihre Neuanschaffung vorerst auf das Sideboard und versicherte sich, dass der Spiegel stabil an die Wand gelehnt war. Sicher ist sicher, dachte sie gerade, als ihr Blick auf Henris bunten Schal fiel.

Emily nahm ihn in die Hand. Sollte sie nicht doch Ben anrufen? Oder, wie Kate ihr geraten hatte, sich nicht gleich nach dem ersten Date melden? Kate fand, das hätte etwas Verzweifeltes und ihr eine Geschichte von einem Polizisten erzählt, den sie mal attraktiv gefunden hatte, der sie aber schon fünf Minuten nach dem ersten harmlosen Treffen mit WhatsApp-Nachrichten überhäuft hatte.

Emily griff unschlüssig zu dem Anmeldeformular, welches Leva zu Beginn des magischen Bastelkurses ausgefüllt hatte. War die darauf angegebene Handynummer die des Kindermädchens oder die von Ben? Als er sie das erste Mal kontaktiert hatte, hatte seine Sprechstundenhilfe von der Praxis aus angerufen. Emily überlegte. Hatte Ben eine Bandansage in der Praxis, die eine Telefonnummer für Notfälle nannte?

Je mehr sich der Alkohol im Blut abbaute, desto weniger konnte sie die einfachsten Dinge entscheiden. Sollte sie den Spiegel hier aufhängen oder in der kleinen Werkstatt? Sollte sie in der Praxis anrufen und das Band abhören oder einfach die auf dem Anmeldeformular vermerkte Nummer wählen? Sollte sie Ben *überhaupt* anrufen oder nochmals Kate fragen? Seufzend fiel ihr ein, dass Katie heute noch irgendetwas Romantisches mit Marc vorhatte. Emily vertagte die Entscheidung auf später, setzte eine große Kanne Tee auf und fuhr ihren Rechner hoch. Sie hatte viel zu tun. Statt sich den Kopf zu zerbrechen, konnte sie ebenso den Landwehr-Geburtstag vorbereiten. Bevor sie sich an die kleinen Werbeflyer machte, die sie neben Tierfiguren, Überraschungseiern und bunt leuchtenden Flummis in die Geschenktütchen der Geburtstagsgäste geben wollte, prüfte sie online ihren Kontostand.

Emily hielt die Luft an. Innerhalb von drei Tagen hatten neun ihr unbekannte Personen Anmeldegebühren für den im Januar stattfindenden magischen Bastelkurs auf ihr Konto überwiesen. Wieder, ohne dass Emily Werbung dafür gemacht hatte. Sie ging auf ihre Webseite und prüfte die Anmeldedaten. Tatsächlich, der Kurs war fast ausgebucht. Ihr E-Mail-Konto enthielt zudem eine zehnte Anfrage, die mit einem Satz eingeleitet wurde, der Emily verwirrte: »Wir sahen den Link zu ihrem Kurs auf CottonKids.de.«

CottonKids.de? Was hatte Theresas Onlineshop mit ihrem Bastelkurs zu tun? Verwundert rief Emily Theresas Seite auf und ignorierte das Klingeln ihres Mobiltelefons, das noch immer neben Henris Schal auf dem Sideboard im Flur lag.

Da war es. Eine neue Rubrik, die »News & Tipps« hieß.

Nach der Empfehlung von »Henri, dem kleinen Haifisch«, einem bilingualen Bilderbuch für Vier- bis Sechsjährige, und der Nachricht, dass es die Spinat-Kollektion demnächst auch ab Größe 56 gäbe, stellte Theresa, versehen mit einem Link, ihren magischen Bastelkurs vor. Emily blieb die Spucke weg. Theresa empfahl *ihren* Kurs! Romantisches Date hin oder her, sie musste Kate anrufen.

Tag neunzehn

Der kalte Wind färbte Emilys Wangen rot und trieb ihr Tränen in die Augen. Sie zog ihre Mütze tiefer ins Gesicht und hielt Ausschau nach Ben und Henri. Nun bereute sie, dass sie sich direkt vor dem Eingang des Zoos verabredet hatte, statt auf Bens Angebot einzugehen, sie abzuholen. Aber, wer weiß, vielleicht hätte Henri wieder ganz dringend auf die Toilette gemusst, und bislang hatte sie noch keine Zeit gehabt, die Unordnung in ihrer Wohnung zu beseitigen. Einmal Chaos geht, dachte sie sich, zweimal ist peinlich, aber drei- oder mehrmals zeigt den Charakter. Ein steter Besucherstrom schob sich an ihr vorbei zu den Kassen. Selbst die winterlichen Temperaturen, die heute herrschten, hielten Familien nicht davon ab, ihren Sonntag zwischen Tiergehegen im Freien zu verbringen. Emily stellte sich nun ebenfalls für Tickets an und hoffte, so die Zeit abzukürzen, die sie in der Kälte ausharren musste, bevor sie sich in ein warmes Aquarium oder Affenhaus verziehen könnte. War es tatsächlich so kalt heute, oder war es die Müdigkeit, die ihr in den Knochen steckte, welche sie so frösteln ließ? Die halbe Nacht hatte sie wach gelegen. Als sie Kate, ungeachtet derer romantischen Pläne für den Abend, anrufen wollte, hatte sie den in Abwesenheit entgangenen Anruf auf ihrem iPhone gesehen. Ihre Mailbox meldete eine neue Nachricht. Bens dunkle, männliche Stimme war auf Band und hatte ihr Herz schneller schlagen lassen. Sie hatte sich die Aufzeichnung dreimal angehört und jedes Mal neue Nuancen entdeckt. Bei der Begrüßung klang es, als würde er lächeln. Als er sagte, dass sie vor lauter Essen Henris Schal vergessen hatten, schien es, als würde er schmunzeln. Als er schließlich vorschlug, dass Emily zurückrufen könnte, falls sie am Sonntag nichts vorhätte, klang er für einen Moment unsicher.

Lange nachdem sie Ben zurückgerufen und zugesagt hatte, sie lag bereits im Bett, kamen ihr die ersten Zweifel. Anfangs hatte sie seinen Vorschlag, den Sonntag gemeinsam im Zoo zu verbringen, romantisch gefunden. Sie sah sich bereits im flackernden Dämmerlicht vor großen Aquarien, und wie Ben verstohlen ihre Hand nahm, während Henri staunend den vorüberziehenden Haien nachschaute. Wie Ben, während sie lachend Lamas fütterte, Schnappschüsse anfertigte, die sie Jahrzehnte später ihren Enkeln zeigen würden. Je weiter die Nacht voranschritt, desto größer wurden jedoch ihre Bedenken. Hatte Kate nicht behauptet, dass »Kategorie-drei-Männer« ausschließlich Aktionen planten, die der Bespaßung ihrer Nachkommen dienten? Und hatte Ben nicht während des Telefonats erwähnt, dass das litauische Au-pair-Mädchen sonntags immer frei hatte? Nachdem Emily zuvor Bens Vorschlag begeistert zugestimmt hatte, fragte sie sich nach Stunden, in denen sie sich von einer Seite auf die andere wälzte, ob es nicht besser gewesen wäre, abzulehnen und abzuwarten, ob Ben irgendwann ein *richtiges* Date vorschlagen würde.

Als die beiden nun auf sie zukamen und Henri sich von Bens Hand löste, um ihr entgegenzurennen, wischte sie die Bedenken, die sie gestern um den Schlaf gebracht hatten, beiseite. Sie fing das lachende Kind mit beiden Armen auf und wirbelte es im Kreis herum. Bens eisblaue Augen blitzen. Emily schien es, als würde er sie verliebt anschauen. Wo eben noch klirrende Kälte war, erwärmte sich ihr Herz klopfend unter seinem Blick. Wo eben noch Zweifel im Raum standen, erhoben sich nun bunte Schmetterlinge und schwirrten durch die Luft.

»Im Gegensatz zu mir konnte sich Henri den ganzen Weg über nicht entscheiden, ob er sich mehr auf dich oder auf echte Krokodile freut«, gestand Ben wenig später.

»Im Gegensatz zu dir?«, hakte Emily nach.

Ben grinste vielsagend und antwortete nicht.

»Und, Henri«, fragte er stattdessen, »wollen wir zuerst nach Afrika, Amerika, Australien oder Asien?« Er studierte den Lageplan des nach Geozonen angeordneten Zoos.

»Ich will Krokodile«, beschied Henri.

»Dann schauen wir mal, wo wir diese finden.« Er wandte sich grübelnd an Emily: »Was meinst du, wohnen Krokodile im Urwaldhaus?«

Emily beugte nun ebenfalls ihren Kopf über den Lageplan. Sie kam Bens Gesicht so nahe, dass sie seinen Atem spürte und sein dezentes Aftershave roch. Verlegen zeigte sie auf eine Route, die vorbei an Giraffen zum Affenhaus und zu den Aquarien führt. »Vermutlich hier«, mutmaßte sie, »zwischen Schimpansen und Anakondas.« Sie schüttelte sich.

»Ich hasse Schlangen«, bemerkte Ben. »Aber vielleicht ist es wenigstens warm dort.«

»Oh ja«, Emily seufzte. »Was würde ich dafür geben, jetzt tatsächlich irgendwo im Süden zu sein.«

»Oder bei den Eisbären«, rief Henri aufgeregt.

»Ja. Oder bei den Eisbären«, stimmte sie ihm lachend zu.

Während sie sich zügig durch die afrikanische Savanne bewegten, die an diesem Wintertag alles andere als warme Temperaturen aufwies, erkundigte sich Ben nach ihren Plänen für die Feiertage. Emily erzählte ihm von ihren Eltern, die auf Mallorca überwinterten, ihrer Schwester und ihrem Schwager im Ruhrpott. Dann von Kates Tante Dora und ihren Reiseplänen mit Marc, denen sie sich nicht anschließen wollte. Letztendlich gestand sie, dass es dieses Jahr wohl ein trauriges Weihnachten geben würde. Es sei denn, sie würde über ihren Schatten springen, allein verreisen und sich etwas Sonne in wärmeren Gefilden gönnen.

»Einfach mal etwas Neues wagen. Weihnachten unter Palmen. Den Winter abkürzen«, schloss sie ab.

»Verstehe ich«, pflichtete Ben ihr bei. »Damit liebäugle ich auch. Einfach dem kalten Wetter für ein paar Tage entfliehen und Vitamin D tanken, bevor einen der Alltag wieder hat.«

»Mein Bauch braucht Sonne«, sagte Henri ernsthaft, bevor er losrannte und ein Nashorn bestaunte.

»Henri bringt es auf den Punkt«, lachte Emily, »besser kann man es nicht ausdrücken.«

»Ja.« Ben strich sich durchs Haar. »Ich habe tatsächlich überlegt, ob wir dieses Jahr Weihnachten nicht mal anders feiern sollten. Letztes Jahr war es grässlich. Es war das erste Weihnachten ohne Ida. Henri litt und wir anderen auch.« Seine eisblauen Augen verdunkelten sich. »Die Feiertage waren überschattet vom Tod meiner Schwester. Nicht nur, dass wir alle gegen die Erinnerung ankämpfen mussten ... Meine Eltern und ich versuchten natürlich, Henri trotzdem ein schönes Fest zu bereiten.

Eine verkrampfte Nummer, die ich dieses Jahr nicht wiederholen möchte.«

»Verstehe ich.« Betreten gestand sich Emily ein, dass ihre eigene Situation ja geradezu harmlos war, im Gegensatz zu Bens Trauer und dem Bemühen, Henri unbeschwerte Weihnachten zu bieten. »Was ist mit Henris Vater?«, fragte sie.

Das Kind war weit genug entfernt, sodass Ben offen sprechen konnte. »Ein Idiot. Meine Schwester war schon einmal verheiratet gewesen. Die Ehe verlief nicht sehr glücklich und blieb kinderlos. Sie war bereits von ihrem Mann geschieden, als sie sich mit Henris Vater einließ. Henri war nicht geplant gewesen, immerhin kannte sie diesen Robert erst ein paar Wochen. Kaum war sie schwanger, war er weg. Er hat Henri nie gesehen. Und wir kennen nicht mehr als seinen Vornamen. Ich weiß nicht einmal, ob er über Idas tödlichen Unfall informiert ist.« Ben zuckte mit den Schultern. »Manchmal habe ich Albträume deswegen. Was, wenn er käme und als leiblicher Vater das Sorgerecht beanspruchen würde?«

Emily war sprachlos. Hinter der attraktiven Fassade Bens steckte ein verletzlicher Mensch, gegen dessen Ängste ihr eigener Kummer unbedeutend und klein war.

»Lass uns jetzt aber den Tag genießen, Emily. Schau, da vorne ist schon das Affenhaus.« Sie nahmen Henri in die Mitte und ließen sich von dessen fröhlicher Aufregung anstecken. Nach ihrem Besuch bei Gorillas, Krokodilen, Schlangen und Haien ergatterten sie schließlich erschöpft einen Tisch in einem kleinen Bistro. Während Ben an der Theke die Bestellung aufgab, dachte Emily mit glühenden Wangen an das, was ihnen eben widerfahren war. Im blau schimmernden Licht des Aquariums hatten beide unbewusst die Hände ausgestreckt, um Henri in ihre Mitte zu nehmen. Nur war Henri schon zwei Meter weiter und bestaunte einen fransigen roten Fisch. Nachdem Emily statt Henris kleiner Kinderhand unerwartet die warme große Hand Bens in ihrer spürte, hatte ihr Herz bis zum Hals geklopft. Verlegen hatte sie gestammelt: »Äh, ich dachte, du bist Henri«, während Ben angestrengt das Schild neben dem Aquariumbecken gemustert und gemurmelt hatte: »Ein Tentakel-Schluckspecht!« Lachend hatten sie ihre Hände voneinander gelöst.

Nun, als Emily Ben betrachtete, der mit einem prall gefüllten Tablett zurück an den Tisch kam, dachte sie, dass er der Richtige sein könnte. Sie schob Kates Vermutung, Ben würde nur eine unkomplizierte Beziehung suchen, die ihm half, seinen Ziehsohn zu unterhalten, weit von sich. Denn nicht nur der kleine Henri war ihr zwischenzeitlich sehr ans Herz gewachsen. Auch schätzte sie Bens Humor, seinen Charme und mochte die Art, wie er mit Henri umging. Vor allem aber hatte es sich gut und richtig angefühlt, als ihre Hand in seiner lag.

Jetzt, nach einer ausgiebigen Pause und einem Besuch am weit entfernten Eisbärbecken, wartete Emily im warmen Souvenirshop auf Ben und Henri, die vor der Heimfahrt noch einmal die Waschräume aufgesucht hatten. Sie rieb sich die kalten Hände, während sie rote Plüschkrabben betrachtete, die vor ihr auf einer Plattform zu einer Pyramide aufgeschichtet waren. Ihr Atem stockte. War das nicht George an der Kasse? Sie schnappte sich einen großen Plüsch-Hai aus dem Regal und näherte sich vorsichtig, immer darauf bedacht, dass der Fisch ihr Gesicht verdeckte. George schien mit Finn über die Wahl eines geeigneten Stofftiers zu diskutieren. Theresas Sohn hob einen weißen Eisbären in die Höhe, George bevorzugte anscheinend einen Braunbären.

»Da ist Emily«, rief Finn und zeigte auf sie. Interessiert hob George den Kopf und schaute in ihre Richtung. Emily linste zwischen den Flossen des riesigen Hais hervor, und ihr wurde klar, dass es für einen Rückzug zu spät war. George hatte sie erkannt und kam bereits auf sie zu.

»Emily! Was machst du denn hier?« George nahm ihre Hand und schüttelte sie eine Spur zu heftig. Er wandte sich an Theresas Kind: »Woher kennst du Emily, Finn?«

Schlagartig wurde Emily bewusst, in welcher Situation sie steckte. Woher sollte King George wissen, dass sie diejenige war, die den magischen Bastelkurs veranstaltet hatte, von dem Theresa immerhin so begeistert war, dass sie Emily auf ihrer Webseite weiterempfahl? Sie griff wahllos nach einer Robbe im Regal vor ihr und versuchte abzulenken.

»Soll ich den Haifisch oder die Robbe nehmen?« Sie tat, als begutachte sie ausgiebig die Beschaffenheit der Plüschtiere. Wenn wenigstens Ben und Henri an ihrer Seite wären. Sie schielte zur Tür.

»Wie geht es dir, Emily?«, setzte George erneut an.

»Sehr gut, danke«, würgte Emily heraus, »und selbst?« Sie betrachtete George, der gut aussah, wenngleich auch müde. Er hatte Ringe unter den Augen. »Du wirkst etwas übernächtigt«, setzte sie scheinheilig nach.

Bevor George antworten konnte, plapperte Finn dazwischen. »Heute waren schon ganz früh Rumpelstilzchen da!«

»Entrümpler, Finn, Leute die Wohnungen entrümpeln«, verbesserte ihn George und strich sich genervt über die Stirn. Dann wechselte er übergangslos das Thema. Er fing an, ihr eine stinklangweilige Geschichte von einem Mandanten zu erzählen, den er *against all odds* aus seinen Schwierigkeiten herausgeboxt hatte. Dann berichtete er stolz, dass er vor zehn Tagen zum Partner ernannt worden war. Nachdem ein lukrativer Klient mit ihm Kontakt aufgenommen hatte, der fälschlicherweise dachte, er rufe eine Selbsthilfegruppe an.

Emily schluckte.

»Das Geniale an diesem Missverständnis war«, fuhr George selbstgefällig fort, »dass der arme Mann erfolgreicher Manager eines Ölkonzerns ist. Und nachdem wir ein bisschen geplaudert hatten, erzählte er mir, dass er auf der Suche nach einem neuen Rechtsbeistand sei. Stell dir vor, Emily ...«, Georges Augen leuchteten, »ein Millionen-Budget! Da konnten sie mir die Partnerschaft schlecht länger vorenthalten.«

Emily schaute sich hilfesuchend um. Wo blieb nur Ben?

George, der sich benahm, als hätte er Emily nicht vor einem dreiviertel Jahr das letzte Mal gesehen, blühte völlig in seiner Juristenprahlerei auf. Emily war fassungslos. Nach über acht Monaten Funkstille erzählte George ihr belanglose Details seines Tagesgeschäfts. Jetzt erwähnte er auch noch großspurig, wie er für die ganze Kanzlei Pizza bestellt hatte – mit extra viel Knoblauch.

»Ich muss dann mal«, unterbrach sie ihn daher, schnappte sich noch einen grünen Frosch und wandte sich in Richtung Kasse.

»Einen schönen Tag noch«, rief George ihr hinterher. Das Letzte, was sie von den beiden hörte, war, wie Finn George fragte, ob Mami sich wohl über den Eisbären freuen würde.

Beladen mit Frosch, Haifisch und Robbe stand Emily wütend vor dem Shop. *Einen schönen Tag noch.* Der hatte sie doch nicht alle. Wer war sie denn?

»Ein Haifisch!«, rief Henri begeistert, als die beiden endlich zu ihr stießen.

»Der ist für dich, wenn du magst. Oder hättest du lieber einen Frosch oder die lustige Robbe hier?«

Henri entschied sich für den Hai und strahlte bis über beide Ohren.

»Du sollst den Jungen doch nicht so verwöhnen«, meinte Ben. »Lass mich das Plüschmonster zumindest bezahlen.«

Emily lehnte lachend ab. »Ich musste sowieso für die kleine Werkstatt aufrüsten. Da macht ein Fisch mehr oder weniger keinen Unterschied.«

»Dann laden wir dich wenigstens zum Essen ein. Wir haben langsam einen Bärenhunger, nicht wahr Henri?«

»Das ist sehr nett, Ben. Ich kann aber leider nicht.«

Fragend schaute er sie an, während Henri verkündete, dass er Spaghetti will.

»Ich muss Krümel bei meiner Nachbarin abholen und dann noch einmal in die Werkstatt. Morgen Nachmittag steht ein Kindergeburtstag mit Fünf- und Sechsjährigen an, und ich habe weder den Geburtstagstisch geschmückt noch Luftballons aufgeblasen.«

»Luftballons?«, fragte Henri interessiert. Dann schien ihm noch etwas einzufallen. »Wenn ich fünf bin, bekomme ich ein Häschen.«

Schmunzelnd bestätigte Ben das, bevor er Emily anbot, das Kind nach Hause zu bringen und ihr zu helfen. »Vielleicht kann ich Leva überreden, dir Spaghetti zu kochen, und ich helfe Emily beim Luftballonaufblasen?«, lockte er Henri und zwinkerte Emily verschwörerisch zu. »Und wenn du brav ins Bett gehst, bringe ich dir einen mit.« Henri stimmte zu, während Emily überlegte. Sie war für einen Moment überfordert. Eben hatte sie nach Monaten das erste Mal mit George gesprochen, davor hatte sie, wenn auch versehentlich, Bens Hand gehalten. Mona wartete bereits auf sie. Ebenso wie ein Karton mit Utensilien, die noch in die Werkstatt mussten. Geschenktüten mussten noch gepackt werden, Tische umgestellt, Luftschlangen und Luftballons dekoriert werden.

Seufzend entschied sie sich für das Pflichtprogramm. »Ich weiß dein Angebot wirklich zu schätzen, Ben. Aber ich denke, es ist besser, du kümmerst dich um Henri und ich mich um das Geburtstagsevent. Es war ein langer Tag, und morgen müssen wir alle fit sein.«

Bedauernd stimmte Ben ihr zu. Bei der Verabschiedung auf dem Parkplatz hielt er wieder ihre Hand um den kurzen Augenblick zu lange, der eine normale Verabschiedung in ein Versprechen verwandelte.

Als Emily schließlich, beladen mit Kartons voller Pappteller, Weckgläser, Luftballons und Geburtstagskerzen sowie den neu erstandenen Stofftieren und Marisas altem Spiegel in der Werkstatt stand, schwirrte ihr der Kopf. Bens traurige Geschichte von letztem Weihnachten, Henri, der vertrauensvoll in ihre Arme flog und der verwirrende Moment im Aquarium konkurrierten mit George, der für Theresa ein Kuscheltier kaufte, aber ihr förmlich *noch einen schönen Tag* wünschte, nachdem er ihr belanglose Anwaltsanekdoten erzählt hatte.

Während sie die ersten Luftballons aufblies und zu dicken Trauben band, wurde sie sauer. Wie konnte es George wagen, ihr langweilige Geschichten über Mandanten zu erzählen, als wäre nichts geschehen? Als würde er ihr nicht nach Monaten das erste Mal gegenüberstehen, in der Hand einen großen Plüschbären für seinen neuen Thronfolger? Vermutlich stand Theresa gerade neben der neuen Wiege und bewunderte sein Geschenk. Oder strich, bekleidet mit lässigen Latzhosen, das Kinderzimmer in fröhlichem Gelb, während George über den unglaublichen Zufall lachte, dass ausgerechnet Emily den Kurs abhielt, den Finn besucht hatte.

Wie konnte George es wagen, aufzutauchen, nachdem sie gerade einen schönen Tag mit Ben und Henri verbracht hatte und das erste Mal seit langer Zeit nicht an ihn denken musste? Wie konnte er nur! Wütend blies sie Luft in den nächsten Ballon.

Wäre sie ihm heute nicht begegnet, würde sie hier nun fröhlich mit Ben sitzen, vielleicht mit einem Rotwein und der ein oder anderen romantischen Anspielung, die ihr die Arbeit versüßen würde. George war schuld. Wenn er nicht wäre, wäre ihr Herz voller Honig, statt vergiftet mit Wut, Hass und Erinnerungen. Als der blaue Ballon, den sie wutschnaubend aufblies, platzte, platzte auch bei Emily der Knoten. Sie hasste sein Glück, sie gönnte es ihm nicht. George sollte sieben Jahre Unglück haben. Und je eher die verhängnisvolle Zeit anfing, dachte sie, desto besser. Sie zwang sich, die restlichen Ballons zu Trauben zu binden, während sie einen Entschluss fasste. Dann packte sie Marisas Spiegel in ihre große Tasche, schnappte sich Krümel und machte sich auf den Weg.

Hinter den meisten Fensterscheiben des Wohnkomplexes flimmerten bläulich die TV-Geräte. Ein Teil der Wohnungen lag bereits im Dunkeln, kein Wunder, es war kurz vor Mitternacht in einer eisigen Münchner Winternacht. Auch die Bewohner von Apartment siebzehn schienen bereits zu schlafen. Der wolkenverhangene Himmel kündigte Schnee an. Emily scannte die Straße nach Georges Wagen ab, während Krümel ausgelassen über die Rasenfläche vor dem Haus tobte. Die ersten Flocken rieselten vom Himmel, als die Frau vom Ordnungsamt patrouillierte und argwöhnisch auf Emilys Gruß reagierte. Demonstrativ zog Emily ein Hundekottütchen aus ihrer Tasche und winkte der Frau zu. Etwa zehn Meter von ihrer Position entfernt stand Georges Cabrio am Straßenrand. Vereinzelte Kackhäufchen aufsammelnd, näherte Emily sich unauffällig dem Fahrzeug und bückte sich neben der Fahrerseite. Sie zog den Spiegel aus der Tasche und platzierte ihn so, dass George unweigerlich darauf treten musste, wenn er in sein Auto steigen wollte. Zur Tarnung klaubte sie noch ein paar Hundehaufen vom Gehweg, bevor sie sich versicherte, dass die ersten Schneeflocken den sieben Jahre Unglück bringenden Spiegel bedeckten. Sie warf einen Blick auf das Gebäude, dessen Bewohner nach und nach das Licht löschten. Lediglich die alte Müllerin stand am Fenster und bewachte die Nachbarschaft. Emily war sich sicher, dass ihre frühere Nachbarin sie in der Dunkelheit und im immer heftiger werdenden Schneetreiben nicht erkennen würde. Selbst wenn, wer konnte ihr bitte verbieten, nachts mit ihrem Hund spazieren zu gehen? Immerhin befreite sie die Nachbarschaft von Hundekot.

Tag zwanzig

»Flummis, Luftschlangen, Flummis, Klettband«, murmelte Emily vor sich hin, während sie die Einkaufsstraße entlangschlenderte. Eilig vorbeihastende Passanten musterten sie befremdet. Die Schneeflocken, die noch in den Morgenstunden die Straßen mit glitzerndem Weiß bedeckt hatten, waren geschmolzen, und die Arbeitswoche begann mit hektischem Treiben auf grauem Asphalt. Die Konzentration fiel ihr heute nicht leicht. Bis in die Nacht hatte sie kleine Präsente eingepackt, die sie den Geburtstagsgästen mitgeben wollte. Sie hatte die Geschenktütchen mit Tierfiguren, leuchtenden Gummibällen sowie Überraschungseiern bestückt, dann mit Konfetti aufgefüllt, mit einer Schleife versehen und ihre kleinen Werbeflyer angebracht. Nun fehlten noch vier Flummis, um ihr Werk zu beenden. Inspiriert durch ihre eigenen Kindergeburtstage, hatte sie eine große Papptafel mit einer Kuh bemalt, deren Schwanz die Partygäste mit verbundenen Augen mittels Klettband an der richtigen Stelle anbringen mussten. Die kleine Werkstatt zierten nun große Trauben bunter Ballons, an der Eingangstür verkündete ein Schild den sechsten Geburtstag von Lucy und Lilly.

Emily versuchte, sich zu erinnern, ob sie sonst alle Zutaten für ein gelungenes Geburtstagsfest hatte und ging in Gedanken das Programm chronologisch durch. »Servietten«, murmelte sie gerade, als eine ältere Passantin ihr auf die Schulter tippte. Sie schaute Emily vorwurfsvoll an und wies schmallippig auf Krümel, dessen Verdauung eben eingesetzt hatte.

Wenn die wüsste, dachte Emily. Immerhin hatte sie gestern Nacht Georges gesamtes Viertel von Hundehäufchen befreit. Wenn ihr Plan aufging, würde George von nun an mit einem sauberen Rasen vor dem Gebäude leben, dafür aber sieben Jahre im eingebildeten Unglück.

Als sie heute Morgen erwacht war, kam ihr die Begegnung mit ihm nicht mehr ganz so dramatisch vor. Im Nachhinein schalt sich Emily dafür, der zufälligen Begegnung zu viel Bedeutung zugemessen zu haben. Sie hatte sich in die Situation hineingesteigert und in jegliche Kleinigkeit Schlechtes hineinprojiziert. Sie hatte jede Einzelne seiner Gesten bewertet, jedes einzelne Wort analysiert. Sie hatte Sätze durchgekaut, wieder hochgewürgt und so lange wiedergekäut, bis von den dicksten Brocken nur noch Brei übrig geblieben war.

Wie man an Georges Überzeugung sah, konnte man sich Unglück ja auch nur einbilden. Nein, sie wollte keinesfalls seinem Beispiel folgen und in den einfachsten Dingen Zeichen sehen. Denn Emily war sich sicher: Nur durch den festen Glauben daran, erfüllten sich Prophezeiungen von selbst.

Emily schüttelte den Gedanken ab. Fest entschlossen, George George sein zu lassen und sich auf eine positive Zukunft zu besinnen, betrat sie das Kinderbekleidungs- und Spielwarengeschäft. Noch bevor sie das Regal mit Murmeln, Gummibällen und sonstigem Kleinkram erreichte, sprang ihr ein Podest ins Auge. Darauf thronte ein Eisbär, der dem nicht unähnlich war, den King George gestern im Zoo-Shop erstanden hatte. Das Plüschtier trug einen Strampler aus Theresas Spinat-Kollektion, daneben verwies ein Aufsteller auf die neue *Spinach by CottonKids*-Kollektion für Säuglinge, die ab sofort im ersten Obergeschoss erhältlich sei.

Erst drei Stunden später, als die ersten Geburtstagsgäste eintrafen und eine hochschwangere Frau ihren Sohn ablieferte, wurde Emily die Bedeutung dessen, was ihr Unterbewusstsein abgespeichert hatte, klar.

Die Geschenke waren bereits auf dem Gabentisch für Lucy und Lilly arrangiert, die Eltern hatten sich verabschiedet. Ein Dutzend Knirpse saß erwartungsvoll an den Tischen, die sie zu einer großen Tafel zusammengeschoben hatte. Nachdem sie die Kinder mit Geburtstagshütchen und Luftschlangen ausgestattet hatte, löschte sie das Licht und trug die beiden Geburtstagstorten aus der Teeküche herein. Während Lucy und Lilly die brennenden Kerzen ausbliesen, sang sie gemeinsam mit den Kindern ein Geburtstagslied. Erst als sie die Schar mit Saft, Kakao, Torte und Kuchen versorgt hatte, nahm sie sich Zeit, eine kurze Nachricht an Kate zu senden.

»Theresa vielleicht doch nicht schwanger«, tippte sie einhändig in das Feld, während sie versuchte, mit der anderen Hand eine Kakaopfütze vom Tisch zu wischen. Kates Antwort ließ auf sich warten. Dabei brannte Emily darauf, ihre Theorie mit Kate zu erörtern. Entgegen ihren Vorsätzen, nicht jede Kleinigkeit tausendmal durchzukauen und winzigen Begebenheiten eine übergroße Bedeutung zukommen zu lassen, war sie nun davon überzeugt, einen Hinweis auf Georges Familienstand erhalten zu haben.

Erst als sie den Tisch bereits abgeräumt hatte und das erste Kind mit verbundenen Augen tapsig versuchte, den Kuhschwanz an die zugehörige Pappkuh zu heften, meldete sich Kate: »Bin gespannt. Komme nach Feierabend vorbei.«

Das mit dem Feierabend zog sich in die Länge. Als die ersten Eltern eintrafen, um ihre Sprösslinge abzuholen, hatten drei der Knirpse ihre Steine noch nicht fertig bemalt, die Emily mithilfe schwarzer Pfeifenreiniger anschließend in Marienkäfer verwandelte. Sie bot den beiden Müttern und einem Vater Prosecco sowie einen Platz zwischen den Plüschtieren auf der Fensterbank an.

Ich brauche eine Aushilfe, stellte Emily in Gedanken fest, während sie zwischen den letzten bastelnden Kindern, Geschenktüten und wartenden Eltern hin- und hereilte. In der kleinen Teeküche stapelten sich schmutzige Becher und Teller, die Reste der Torten mussten noch verpackt werden, um sie der Mutter der Landwehrzwillinge mitgeben zu können. Immerhin schienen sich die Erwachsenen auf der gemütlichen Fensterbank gut zu amüsieren und baten um ein zweites Glas Prosecco. Der einzig männliche Erwachsene im Raum, der Vater des kleinen Lukas, lobte erst sein Kind, welches es nun endlich geschafft hatte, seinem Marienkäfer Augen zu malen, dann Emily für ihr Organisationstalent. Zum Abschied drückte er ihr seine Visitenkarte in die Hand und erwähnte, dass er alleinerziehender Vater wäre und man sich ja sicher bald mal sehen würde.

»Ja, sicher, würde mich freuen«, log Emily und dachte nicht im Traum daran. Lukas Vater war offensichtlich ein »Kategorie-drei-Mann«. Und wirkte nicht halb so charmant wie Ben.

Erschöpft machte sich Emily ans Aufräumen, nachdem die letzten Kinder und Eltern sich verabschiedet hatten. Sie schaltete das Radio ein und entsorgte im Takt zu »Jingle Bells« den Müll. Während sie Becher und Teller in das Spülbecken stellte, plante sie in Gedanken bereits das nächste Event. Letztendlich hatte sie Mathilda Greens Mutter zugesagt, die Kinderbetreuung auf der Hochzeit derer Schwester zu übernehmen. Sie war noch am Geschirrspülen, als Mona vorbeischaute, um ihre Tortenplatten zu holen. Beherzt ging sie Emily zur Hand.

Erstaunt registrierte Emily, wie strukturiert ihre Nachbarin half, die Spuren des Festes zu beseitigen. Zielgerichtet brachte sie erst die Küche in Ordnung, dann beseitigte sie klebrige Flecken, Kuchenkrümel und Farbspuren auf Tischen, Stühlen und Boden, bis die kleine Werkstatt blitzte.

»Du bist Gold wert, Mona«, seufzte Emily dankbar. »Allein hätte ich mich verzettelt und mindestens die Hälfte auf morgen verschoben.«

»Das ist ein Klacks«, strahlte Frau Hammerschmidt. »Ich habe fast zwanzig Jahre lang vier Geburtstage im Jahr ausgerichtet. Mit Girlanden, Prinzessinnen-Krönchen, Topfschlagen und Kuchenwettessen. Später dann mit Fingerfood, Erdbeerbowle und Discokugeln. Wenn ich kein Profi bin, wer denn dann?«

Emily stimmte ihr zu. »Das bringt mich auf eine Idee, Mona«, meinte sie. Fragend hob sie die angebrochene Proseccoflasche in die Höhe und füllte zwei Gläser, nachdem Mona genickt hatte. »Heute war es zwei-, dreimal etwas hektisch. Vor allem bei der Begrüßung und bis alle Kinder mit Kuchen und Getränken versorgt waren. Dann musste ich ja den Tisch wieder freimachen für die Bastelaktion, während die Kinder nicht beschäftigt waren. Und schließlich noch einmal, als die ersten Eltern schon auf der Matte standen, während einige Kinder noch nicht fertig waren.«

Mona rollte mit den Augen. »Ja, und dann diese Proseccomütter, die einfach nicht gehen wollen, obwohl man selbst die Bude schnell leer haben will nach einem anstrengenden Tag.«

Emily lachte. »Genau so, ich sehe, du bist voll im Thema. Daher zurück zu meiner Frage: Könntest du dir vorstellen, mir bei zukünftigen Events gegen Bezahlung zur Hand zu gehen? Die ersten Kinder schon mal verpflegen, während ich weitere Gäste in Empfang nehme? Mir beim Tischabräumen und Ähnlichem helfen und im Hintergrund die Fäden ziehen? Ich habe heute gemerkt, dass es allein ganz schön anstrengend ist. Und bis jetzt hatte ich ja wirklich Glück. Keinem Kind ist schlecht geworden, keines hat geweint oder sich verletzt. Erst jetzt merke ich, wie naiv ich eigentlich war, davon auszugehen, dass alles gut geht und ich allein allem gerecht werde. Ich könnte wirklich einen Profi gebrauchen.«

An Monas leuchtenden Augen erkannte sie, dass diese sich über ihren Vorschlag freute.

»Gerne Emily. Offen gesagt, fehlt mir der Trubel, seit die Kinder aus dem Haus sind. Ganz abgesehen von der Tatsache, dass dieser Trubel meine Rente aufbessern würde.«

Sie entkorkten eine zweite Flasche Crémant und stießen auf zukünftige Kindergeburtstage an. Immerhin hatten sich heute schon zwei Mütter danach erkundigt. Kate stieß dazu, als Mona und Emily gerade Tränen lachten, da Mona einige Missgeschicke vergangener Partys zum Besten gab. Nachdem sie sich wieder beruhigt hatten, erkundigte sich Kate nach dem Zoobesuch am Vortag. Emily setzte Mona kurz in Kenntnis, worauf eine Diskussion losbrach, ob die Einladung zu einem zweiten Date mit Kind Zufall, nett gemeint oder Berechnung gewesen war.

»Ach Quatsch«, meinte Mona, »manchmal geht es einfach nicht anders.«

»Aber er hat ja bereits angedeutet, dass sein Au-pair-Mädchen sonntags immer frei hat«, verlieh Kate ihren Bedenken Ausdruck. »Was, wenn er sich zukünftig nur an Sonntagen mit dir verabredet?«

»Dann ist es immer noch früh genug, die Reißleine zu ziehen«, entschied Emily. Sie grinste. »Ich gebe Ben genau fünf Sonntage.«

»Fünf ist sehr großzügig«, beschied Kate.

Mona nickte und hob ihr Glas. »Darauf stoßen wir an. Auf die Fünf!«

Dann berichtete Emily von George, seinem Juristen-Bla-Bla und wie sie sich anschließend darüber aufgeregt hatte. »Wenigstens hat Ben mir noch nie beifallheischend erzählt, wie genial er Zahnstein entfernt oder eine Brücke gesetzt hat.«

»Aber wie kommst du darauf, dass Theresa nicht schwanger ist?«, fragte Kate.

»Ich bin doch Netflix-Profiler«, witzelte Emily. »Ich habe sozusagen den Fall gelöst.«

»Und wie?«, erkundigte sich Kate kichernd.

»Ich habe mal einen Film gesehen«, warf Mona ein, »oder war es ein Buch, das ich gelesen habe? Jedenfalls hatte der böse Chef der Protagonistin in den Damentoiletten Teststreifen befestigt, die den Hormonhaushalt testen. Und irgendwie hat er die Ergebnisse immer digital auf seinem Computer gesehen.«

»Das wäre ja cool«, staunte Emily beeindruckt. »Teststreifen in Toilettenschüsseln, das merke ich mir!«

Kate sah sie strafend an und mahnte Mona, Emily nicht auf blöde Ideen zu bringen. »Also«, hakte sie nach, »wie kommst du auf die Idee?«

»Erstens«, fing Emily an aufzuzählen, »hat George gestern im Zoo-Shop einen Eisbären erstanden. Ich ging automatisch davon aus, dass der Bär für Georges neuen Thronfolger ist. Zweitens: Theresa kam letztens im Kindermodengeschäft mit einer prall gefüllten Tasche aus der Abteilung für Baby-Erstausstattungen. Und drittens: Ihr Bauch sah schwanger aus.«

»Und?«, gespannt warteten Mona und Kate auf Emilys Schlussfolgerung. »Das sind doch eher Indizien für das Gegenteil.«

»Was wäre aber«, Emily holte tief Luft, »wenn ich unrecht hätte? Wenn Theresa einfach zu viel Lebkuchen und Süßkram gegessen hat? In ihrer Einkaufstasche statt Einkäufen die Muster ihrer neuen Kollektion für Säuglinge gewesen wäre? Und George den dämlichen Bären besorgt hat, damit Theresa diesen zu Deko-Zwecken mit der Kollektion ausliefern kann?«

»Wieso sollte das so sein?«, argwöhnte Mona.

»Na seit heute Morgen gibt es exklusiv die Spinatkollektion ab Größe 56 in der Stadt. In dem Geschäft, in dem Theresa aus der Säuglingserstausstattungs-Abteilung kam. Und der dazugehörige Eisbär, der bei Spielwaren Meier für die CottonKids-Strampler warb, sah genauso aus, wie der, den George gekauft hatte.«

Kate pfiff beeindruckt durch die Zähne. Dennoch blieb sie skeptisch. »Aber mit hundertprozentiger Sicherheit kannst du es nicht ausschließen – es sei denn, du wirfst Teststreifen in Theresas Kloschüssel.«

Mona verfolgte bereits einen anderen Ansatz. »Kindchen«, setzte sie an, »mal angenommen, du hättest recht. Theresa wäre nicht schwanger, aber trotzdem mit George verlobt. Würde dies an deiner Situation etwas ändern?«

Hilflos zuckte Emily mit den Schultern. »Keine Ahnung. Vermutlich nicht. Vielleicht wäre es auch nur einfacher zu ertragen.«

»Oder den unrealistischen Fall vorausgesetzt«, spann Mona den Faden weiter, »George würde Theresa verlassen, mit oder ohne bestehender Schwangerschaft, und würde zu dir zurückwollen. Würdest du ihm eine zweite Chance geben?«

Hierüber musste Emily nun länger nachdenken. Würde sie George zurücknehmen? Die letzten acht Monate hatte sie sich nichts sehnlicher gewünscht. Sie hatte davon geträumt, wie George, beladen mit Rosen, Pralinen und Brillantringen vor ihrer Haustür stand. Wie er sie um Verzeihung bat. Wie er sich selbst als Trottel bezeichnete, der die Liebe seines Lebens ziehen ließ.

»Einerseits habe ich nun Monate gewartet, dass George reumütig zurückkehrt. Und je länger ich wartete, desto bedingungsloser wollte ich es. Am Schluss hätte eine popelige SMS genügt, und ich wäre freudestrahlend in seine Arme gehüpft«, antwortete sie. »Allerdings wurde mir auch die letzten Wochen bewusst, dass George und ich verschiedene Vorstellungen vom Leben haben. Dass es immer einen Mandanten oder Termine geben wird, die wichtiger als eine Urlaubsreise sind. Dass es immer einen Traum geben wird, den George sich erfüllt, bevor er an mich oder gemeinsame Anschaffungen denkt.« Auch dachte sie an Ben und wie gut sich ihre Hand in seiner angefühlt hatte. An sein Angebot, ihr zu helfen, nachts die Werkstatt zu dekorieren. An seine Sehnsucht nach unbeschwerten Tagen in der Sonne, die sie mit ihm teilte. An die geschmackvollen Kunstwerke in seiner Praxis. Und nicht zuletzt an seine eisblauen Augen.

»Du meinst, dass sich alles nur um George und seine Bedürfnisse dreht?«, hakte Kate nach.

»Genau. Um seine Arbeit, seine Statussymbole, seine Allergien, seinen Aberglauben. Wo bleibt da der Spaß, wo bleibt das *Wir*?«

»Ich verstehe dich so gut«, sagte Mona mitfühlend. »Auch ich habe wochenlang am Fenster gestanden und auf meinen Mann gewartet. Habe die Nächte durchgeheult und am Tag die Kinder getröstet. Aber ich bin zu einem Schluss gekommen, willst du ihn hören?«

»Auf jeden Fall.«

»Liebeskummer und Schmerz werfen einen langen Schatten. Dagegen hilft nur eines: Nicht zurückblicken, sondern nach vorne schauen – und der Sonne entgegengehen.«

Tag einundzwanzig

Es war das erste Mal in Emilys Leben, dass sie sich auf einen Termin beim Zahnarzt freute. Am Morgen hatte Ben ihr eine WhatsApp geschickt. Ein Foto von Henri, der auf das Haifischgebiss seines Plüschtiers zeigte, darunter die Worte: »Zähne putzen nicht vergessen, wir sehen uns um vier.«

Auch jetzt, als sie ihren Auftrag für Alex fertigmachte, schwebte sie noch auf einer rosa Wolke. Sie warf einen letzten prüfenden Blick auf die von ihr gestalteten Entwürfe und verfasste eine kurze Erklärung dazu. Zufrieden sandte sie die Mail an die Agentur.

Eigentlich war sie sogar etwas stolz auf sich. Trotz Zoobesuch und Geburtstagsevent hatte sie den Auftrag gut hinbekommen und pünktlich abgeliefert. Nur noch ein Termin stand an, die Behandlung in Bens Praxis, dann endlich würde sie Zeit haben, sich zu erholen. Sie schaute sich um. Die Weihnachtsdekoration war bislang zu kurz gekommen. Emily fragte sich, ob es sich überhaupt noch lohnte. Immerhin war in dreieinhalb Tagen schon Heilig Abend. Sie hatte weder einen Weihnachtsstern gekauft, noch Strohsterne ans Fenster gehängt. Und noch nicht einmal die Zeit gefunden, die strohsternfreien Scheiben zu putzen.

Die Zeit rannte, bis Kate zum traditionellen Weihnachtskaffee kommen würde. Kate und sie hatten im

Laufe der letzten Jahre einen Brauch entwickelt. Üblicherweise trafen sie sich am Weihnachtsmorgen, frühstückten gemeinsam und gönnten sich eine Pause im Feiertagsmarathon, bevor sie sich auf den Weg zu weiteren Verwandten machten. Manchmal befragten sie auch das Weihnachtsorakel, eine Spinnerei, die sie sich vor Jahren ausgedacht hatten.

Emily überlegte. Was war bis dahin noch zu erledigen? Bis auf Kates Geschenk, das sie bereits im Sommer erworben hatte, hatte sie keine weiteren gekauft. Für wen auch? Ihre Eltern überwinterten im Ausland, ihre Schwester, ihren Schwager und ihre Neffen würde sie frühestens an Ostern sehen. Sie musste sich dieses Jahr weder über Geschenke, die Georges exquisitem Geschmack entsprachen, den Kopf zerbrechen, noch welche für seine Verwandten besorgen.

Stets hatte sie die Gaben für seine und ihre Familie ausgesucht, bezahlt und liebevoll verpackt. George stand nicht auf diesen *erzwungenen Geschenketerror*. Laut ihm ein sinnloser Austausch von Dingen, die er sich selbst kaufen konnte. *Eine Erfindung des Einzelhandels.* Während er problemlos für sich selbst mehrere Tausend Euro ausgeben konnte, war es ihm zu viel, für seine Mutter ein Buch oder seinen Nichten ein Spielzeug zu besorgen. Emily blieb es nicht nur regelmäßig überlassen, sich darum zu kümmern, auch blieb sie regelmäßig auf den Kosten sitzen.

»Wenigstens das bleibt mir dieses Jahr erspart«, raunte sie Krümel zu und kraulte sein weiches Fell im Nacken. Dann fiel ihr wiederum ein, wie süß George ausgesehen hatte, als er, ausgestattet mit einer karierten Schürze, ihrem Vater geholfen hatte, den traditionellen Truthahn zuzubereiten. Sie wischte die Erinnerung beiseite und versuchte, sich zu entsinnen, wie Mona gestern ihre Erkenntnis in Worte gefasst hatte.

Entschlossen griff sie nach einem pinkfarbenen Post-it und notierte darauf mit einem fetten Marker: »Vorwärtsgehen, der Sonne entgegen.«

Nachdem sie ihren Schatten den Rücken gekehrt und ihr Outfit für später hergerichtet hatte, googelte sie in alphabetischer Reihenfolge mögliche Reiseziele. Sie war gerade bei »T« angekommen und überlegte, ob Tulum zu weit entfernt und es auf Taormina im Januar warm genug wäre, als ein Blick auf ihre Uhr zeigte, dass sie sich bald auf den Weg machen musste.

Fertig gekleidet in schwarzem Pullover, hellgrauem Rock und ihren neuen Stiefeln, trank sie überhastet einen letzten Kaffee. Krümel, der ihre Unruhe spürte, sprang erwartungsvoll an ihr hoch und brachte sie ins Wanken.

»Ach Krümel«, schimpfte Emily, »schau, was du angerichtet hast!« Hektisch versuchte sie, mit einem nassen Tuch den handtellergroßen Kaffeefleck auf ihrem hellen Wollrock zu entfernen. Während sie mit einer Hand die Zähne putzte und mit der anderen den Rock trocken föhnte, erkannte sie, dass ihr Bemühen vergebens war.

»Na gut, dann eben Hellgrün«, murmelte sie genervt und machte sich auf die Suche. Sie hatte Glück, der Rock hing ordentlich im Schrank. Allerdings empfand sie jetzt das Schwarz des Oberteils zu hart im Kontrast, darüber hinaus neigte der helle Rock dazu, die Fasern des Mohairpullovers statisch anzuziehen. Auch okay, beruhigte sie sich, obwohl die Zeit langsam knapp wurde, dann eben Dunkelgrau. Sie wurstelte sich aus dem warmen Oberteil und wühlte im Schrank nach einem anthrazitfarbenen Kaschmirpullover, der sich nach kurzer Suche in einem großen Haufen auf dem Schrankboden fand. Erleichtert stellte Emily fest, dass er frisch roch und die Ärmel nicht allzu verknittert waren.

Triumphierend stand sie pünktlich um vier vor Rosi am Empfangstresen. *Against all odds*, so hätte es George ausgedrückt, war sie auf die Minute genau zu ihrem Termin erschienen. Sie war noch nicht einmal außer Atem.

»Sie können gleich rein«, meldete Bens Sprechstundenhilfe, »Dr. Rosenfeldt ist gleich so weit.« Sie ging voran und führte Emily in Behandlungszimmer drei.

»Danke«, murmelte Emily. Nun war sie doch etwas nervös. Würde die Behandlung schmerzhaft sein? Und würde Ben sie an seinem Arbeitsplatz eher förmlich oder ungezwungen begrüßen? Würde er, und hier erschrak Emily, denn daran hatte sie noch gar nicht gedacht, sie weiterhin treffen wollen, wenn sie mit verzerrtem, offenen Mund nun vor ihm sitzen würde – ihre Haut von gleißendem Licht angestrahlt, jede Pore, jedes Fältchen gut sichtbar?

Ihr blieb nicht viel Zeit, nervös zu werden. Denn Ben betrat den Raum und strahlte sie an. Aufmerksam musterte er ihr bleiches Gesicht, nachdem er sie begrüßt hatte.

»Keine Angst, Emily«, beruhigte er sie, »es wird nicht wehtun. In einer halben Stunde hast du alles überstanden.«

Er fing an, seine Instrumente auf dem Tisch zu ordnen und band Emily ein Lätzchen um. Lächelnd schaute er sie an. »Eine Frage habe ich noch, bevor wir starten.«

»Du meinst, bevor ich den Mund offen habe und nicht mehr antworten kann?«

»Ja, oder am Schluss der Behandlung nur zustimmst, damit du schnell vom Behandlungsstuhl flüchten kannst.« Seine eisblauen Augen blitzten schelmisch. »Ich weiß, es ist kurzfristig, und dazu auch noch kurz vor Weihnachten«, fing er an. Als Emily ihn erwartungsvoll ansah, fuhr er, nun ganz ernst, fort: »Aber Leva fliegt über die Feiertage nach Hause. Und Donnerstag ist der letzte Tag, an dem sie noch da ist und somit babysitten kann. Hättest du Lust, mit mir am Donnerstag Essen zu gehen? Nur du und ich, ohne Henri?«

»Ein Date, nur für Erwachsene?«

»Ja. Sofern du mich erwachsen findest. Manchmal bin ich mir da selbst nicht so sicher.«

Emily lachte. »Sehr gerne, Ben. Kann ich bis dahin wieder essen?«

»Keine Sorge. Bis übermorgen bekommen wir das locker hin.« Er lächelte sie an und richtete die OP-Leuchte aus. »Sollen wir dann zum unangenehmen Teil unserer Verabredung kommen?«

Emily nickte zaghaft. Während Ben routiniert und konzentriert arbeitete, betrachtete sie sein Gesicht. Sie roch das Waschmittel seines weißen Poloshirts und stellte sich vor, wie es wäre, in seinen Armen zu liegen. Die Behandlung überstand Emily nahezu schmerzfrei. Gab es Glückshormone, die Schmerz ausblenden konnten?

Nach nur fünfundzwanzig Minuten saß die neue Krone. Fast widerstrebend verabschiedete sich Emily.

»Warten Sie, Sie haben da etwas«, meinte Rosi, als sie Krümel am Empfang abholte und ihren Mantel anziehen wollte. Die Sprechstundenhilfe griff hinter sie und klaubte mit spitzen Fingern etwas von ihrem Rücken. Emily lief puterrot an, stammelte ein Dankeschön und schaute, dass sie fortkam.

Wie peinlich! Jetzt rächte sich wieder die Eile, in der sie das Haus verlassen hatte. Ganz zu schweigen von ihrer Unordnung im Kleiderschrank. Wäre sie gläubig gewesen, wäre sie jetzt auf die Knie gefallen und hätte zu Gott gebetet, dass Ben die Slipeinlage nicht gesehen hatte, die an ihrem Pullover klebte.

Eben war sie noch auf Wolken geschwebt, nun aber gestand sie sich zerknirscht ein, dass sie sich nicht so recht auf Donnerstag freuen konnte. Verärgert über ihre eigene Schlampigkeit eilte sie mit energischen Schritten nach Hause, bis sie bemerkte, dass sie an ihrem Wagen vorbeigerannt war. Resigniert drehte sie wieder um. In Gedanken räumte sie bereits das Chaos in ihrem Schlafzimmer auf und hängte frischgewaschene, duftende Kleidungsstücke, fein säuberlich nach Farben sortiert, in ihren Schrank. Sie fuhr zusammen, als dicht neben ihr ein Fahrzeug hupte.

George parkte seinen Wagen gekonnt ein, schwang sich aus dem niedrigen Cabrio und lächelte sie an.

»Na, so ein Zufall. Emily! Da sieht man sich monatelang gar nicht, und dann gleich zweimal innerhalb kürzester Zeit.«

»Ich war beim Zahnarzt«, stotterte sie. Das Letzte, was sie gerade wollte, war mit George, der heute auch noch wahnsinnig gut aussah, zu plaudern. Er trug einen camelfarbenen Blazermantel, sein blauer Schal harmonierte mit seinen dunklen Jeans.

Anerkennend musterte er sie. Sein Blick wanderte von ihren neuen Wildlederstiefeln zu ihrem kurzen grünen Rock, verfing sich einen Moment an ihrem Ausschnitt und blieb schließlich an ihren roten Locken hängen. »Ich habe ganz vergessen, wie hübsch du bist.«

Was war das denn jetzt? Verwirrt schaute ihn Emily an, bevor sie antwortete. »Offensichtlich hast du das.«

Sie wusste nicht, wie sie Georges Worte deuten sollte. War dies ein George-typischer Small Talk, ein nichtssagendes Kompliment oder wollte er testen, ob seine Anziehungskraft auf sie noch wirkte? Nun seufzte er auch noch betreten, gerade so, als ginge ihm gerade auf, dass er den Fehler seines Lebens begangen hatte. Als wäre die Situation nicht so schon merkwürdig gewesen, näherte sich vom Ende der Straße her Theresa. Beladen mit einer Einkaufstüte und weihnachtlich verpackten Geschenken stieß sie zu den beiden.

Unnötigerweise stellte George sie vor. »Das ist ... äh ... Theresa, eine Freundin.«

»Eine Freundin?« Theresa schien es mit Humor zu nehmen. »Lass mal, Georg, wir kennen uns bereits«, meinte sie vergnügt, verwies auf ihre Einkäufe und verabschiedete sich.

Auch Emily verabschiedete sich. Konnte der Tag noch seltsamer werden? Sie verwarf ihre Pläne, das Chaos in ihrem Kleiderschrank zu beseitigen. Sie überschlug im Kopf die Zeit, bis sie laut Ben wieder essen oder trinken durfte. Dann erstand sie am Kiosk eine überteuerte Flasche Prosecco und fuhr in die Agentur, bevor aufkommende Hoffnung die Vernunft ersticken konnte und ihrem dummen Herz die Puste ausging.

»Vermutlich sollte man das nicht überbewerten«, riet ihr Kate eine halbe Stunde später. Die meisten Mitarbeiter hatten bereits ihre Schreibtische verlassen, und Kate und Emily hatten das Großraumbüro für sich. Alex saß noch in seinem Glaskasten, hatte ihr aber bereits Zeichen gemacht, dass er sie später kurz sprechen wollte.

»Aber ist das nicht fies?«, wollte Emily wissen. »Gerade als mir George und sein neues Glück so richtig egal waren, läuft er mir über den Weg.«

»Na ja, vielleicht hättest du weiter weg von seiner Wohnung parken sollen.«

»Ja, oder nach dem Missgeschick in Bens Praxis in mein Auto steigen sollen, statt daran vorbeizurennen wie ein wild gewordenes Huhn.«

Kate kicherte. Dann wurde ihr Gesichtsausdruck ernst. »Vielleicht gibt es ja doch ein vorbestimmtes Schicksal, Em. Was wäre, wenn es eine bekloppte Vorhersehung gäbe, die immer gerade dann dazwischenfunkt, wenn man sich nicht nur mit Tatsachen abgefunden hat, sondern Aussichten hat, glücklich zu werden?«

»Ja«, grübelte Emily. »Einen Gott der bösen Zufälle, der immer dann einen Steinbrocken in meinen Weg wirft, wenn ich entschlossen der Sonne entgegenwandle.«

»Ach Quatsch«, beschied Kate entschlossen. »Selbst bei einem mittelmäßigen Kitschfilm würde hier das Drehbuch rascheln. Georg hat dir einfach ein Kompliment machen wollen – und seine Wortwahl war halt bescheuert.«

»Aber dass er dann auch noch seine Verlobte als ›eine Freundin‹ vorgestellt hat ...«

»Dämlich!« Kate lachte. »Jedenfalls scheint diese Theresa entspannt zu sein.«

Emily stimmte ihr zu. »Also ich an ihrer Stelle wäre sicher ausgeflippt. Riesenszene, mit allem Drum und Dran.«

»Na ja, vielleicht braucht George ja tatsächlich so eine Freundin. Eine, die ihm seine verbalen Fehltritte nicht krummnimmt. Und vielleicht brauchst du einen Partner, der erst gar nicht auf die Idee kommt, so einen Blödsinn von sich zu geben. Du weißt schon ...«, grinste Kate.

»Ja, ich weiß schon: Jeder Topf findet seinen Deckel.«

Während Kate leicht beschwipst philosophierte, ob Beziehungen wie Bücher sind und Emily darüber nachdachte, ob Ben eher ihr Topf oder ihr Deckel wäre, kam Alex aus seinem Büro.

»Darf ich?«, fragte er und schenkte sich ein Glas Prosecco ein. »Deine Vorschläge fand ich super, Emily«, lobte er sie. »Geht genau in die Richtung, die ich mir vorgestellt habe. Allerdings werde ich erst Anfang Januar präsentieren. Wenn du magst, kannst du aber das Projekt noch in diesem Jahr abrechnen.«

»Gerne«, bedankte sich Emily.

»Gibt es was zu feiern?«, erkundigte sich Alex, »Oder trinkt ihr einfach nur so?«

»Nein, wir trinken praktisch eine peinliche Situation unter den Tisch«, platzte Kate heraus. »Emily ist beim Zahnarzt etwas echt Doofes passiert.«

»Katie«, maulte Emily, »das war vertraulich!« Wenigstens hatte Kate ausgelassen, dass es sich bei besagtem Zahnarzt um den möglichen Deckel zu ihrem Topf handelte.

»Spannend, erzähl«, forderte Alex sie mit blitzenden Augen auf.

»Ach, was soll's«, stimmte Emily schulterzuckend zu, als Kate fragte, ob sie erzählen durfte. »Das Kind ist eh schon in den Brunnen gefallen. Und jetzt, mit Abstand betrachtet, kann ich selbst darüber lachen.«

Alex schlug sich auf die Schenkel. Kate verschluckte sich am Prosecco, während sie Emilys Auftritt zum Besten gab. Selbst Emily fiel in das hysterische Kichern ein, als sie sich nun die Situation noch einmal bildhaft vor Augen führte.

»Im Prinzip kann man den Eindruck, den du in der Praxis hinterlassen hast, ganz einfach relativieren«, gab Alex zu bedenken.

»Und wie?« Gespannt beugte sich Emily nach vorne. »Ich kann es ja nicht ungeschehen machen.«

Alex tippte bereits auf seinem Smartphone herum. »Wie heißt die Praxis?«

»Dr. Ben Rosenfeldt, warum?«

»Na, ich vereinbare jetzt einen Termin und erscheine dann ebenfalls mit einem peinlichen Accessoire, das mir am Rücken klebt.«

»Ne! Nicht dein Ernst?«, ungläubig starrte Emily ihn an.

»Ich mach mit«, rief Kate. »Oder noch besser: Wir organisieren einen Flashmob.«

»Das ist lieb von euch«, winkte Emily ab. »Aber statt in der Masse normal zu wirken, setze ich lieber auf Vergessen. Vielleicht hatte ich ja Glück und außer der Sprechstundenhilfe hat es keiner gesehen.«

»Schade«, seufzte Alex. »Hätte ich schon lustig gefunden, so einen Flashmob beim Zahnarzt. Aber falls wir mal einen Hygieneartikel-Kunden haben, machen wir das! Und du, Emily, darfst das Storyboard dazu ausarbeiten.«

Noch immer über Alex' lustige Idee kichernd, schloss Emily kurz darauf ihre Wohnungstür auf. Beschwipst warf sie ihren Mantel in die Ecke und streifte ihre Stiefel ab. Ehe sie Krümel mit Wasser versorgen konnte, klingelte ihr Telefon. Emilys Herz setzte einen Schlag aus, als sie den Namen des Anrufers auf dem Display sah: George! Etwas verunsichert nahm sie den Anruf entgegen.

»Emily«, begann George, »es war so schön, dich heute zu sehen.«

Allein der Klang seiner Stimme genügte, dass Emily Gänsehaut bekam. Sie hörte ein Rauschen in der Leitung, ganz so, als würde Wind wehen. Stand George etwa auf der Terrasse und telefonierte heimlich? Gespannt wartete Emily ab.

»Leider warst du so schnell wieder weg. Ich hätte mich gerne noch länger mit dir unterhalten.«

»Ich musste noch dringend in die Agentur«, flunkerte Emily.

»Vor allem wollte ich dich noch etwas fragen«, fuhr George fort.

»Was wolltest du mich denn fragen?«

George räusperte sich. »Das möchte ich nicht am Telefon besprechen. Lieber persönlich, von Angesicht zu Angesicht. Vielleicht bei einer Tasse Glühwein?«

Emilys Herz schlug heftig gegen ihre Rippen. George wollte sie treffen! Nicht nur das, er wollte sie etwas Wichtiges fragen. Nun war die Situation da, die sie sich seit Monaten gewünscht hatte. Plötzlich hatte sie Angst davor. Einerseits sehnte sie sich, jetzt, wo sie seine Stimme hörte, mit jeder Faser ihres Körpers nach George. Andererseits hatte sie Angst, wieder enttäuscht zu werden.

»Mmh«, murmelte sie unschlüssig. Dann dachte sie kurz an Ben. An sein sympathisches Lächeln, seine eisblauen Augen. Zaghaft merkte sie an, dass sie die nächsten Tage wenig Zeit hätte.

»Warum treffen wir uns nicht gleich?«, schlug George vor. »Erinnerst du dich an den kleinen Weihnachtsmarkt am Sendlinger Tor? Ich könnte in einer halben Stunde dort sein.«

Wie sollte sich Emily nicht an diesen Ort erinnern? Immerhin hatte King George sie dort das erste Mal geküsst. Vor der großen geschmückten Tanne, im Licht funkelnder Kerzen, sein Namensvetter George Michael hatte im Hintergrund von weggegebenen Herzen gesungen.

»Und? Kommst du? Ich würde mich wirklich freuen«, setzte er nun schmeichelnd nach.

Ja, ja, ja, schien Emilys Herz zu rufen. Lass es, riet ihr die Vernunft. Dann dachte sie, wenn sie sich jetzt nicht ihren Gefühlen stellte, würde sie nie erfahren, was George von ihr wollte. Ihre Neugier nahm überhand, die Sehnsucht nach George siegte. Entschlossen schubste sie die lästige Vernunft zur Seite. Sie warf einen prüfenden Blick in den Spiegel. »In Ordnung, George«, willigte sie ein. »In einer halben Stunde vor dem Weihnachtsbaum.«

Auch diesmal sang Georges Namensvetter, als Emily zielstrebig die große Tanne ansteuerte. Mit klopfendem Herzen bahnte sie sich ihren Weg durch gut gelaunte Menschen, die fröhlich plaudernd in Grüppchen zusammenstanden. Der Duft von Zimt und gebrannten Mandeln lag in der Luft. Funkelnde Lichterketten schmückten die festlich dekorierten Hütten, Millionen von Lämpchen strahlten vom Weihnachtsbaum, vor dem King George bereits auf sie wartete. Zwei Tassen dampfenden Glühweins standen auf dem Stehtisch neben ihm. Herzlich umarmte er Emily. Emily musste schlucken. Er roch so gut. Er roch nach George.

George schob sie eine Armeslänge von sich und lächelte sie an. »Gut siehst du aus, Emily, wirklich!«

»Du auch«, erwiderte sie errötend. Sie meinte es auch so, er sah in der Tat fantastisch aus. Nachdem sie noch ein paar Komplimente ausgetauscht hatten, George etwas von einem neuen, sehr netten Kollegen erzählt hatte und Emily stolz von ihren Bastelkursen berichtete, die ihr eine berufliche Perspektive eröffnet hatten, kam George zu seinem eigentlichen Anliegen. Er legte seine Hand auf ihren Arm und schaute ihr in die Augen.

»Hast du wieder jemanden, Emily?«, fragte er mit rauer Stimme.

Ihr Herzschlag beschleunigte sich. Für den Bruchteil einer Sekunde dachte sie an Ben.

Emily verneinte. Die Hoffnung, die in ihr aufkeimte, als George sie erleichtert anlächelte, war übermächtig. Sie nahm das Glitzern der festlich geschmückten Buden nur noch schemenhaft wahr. Der Puls rauschte in ihren Ohren und übertönte Julio Iglesias schmeichelnde Stimme, die das Markttreiben romantisch untermalte.

Konnte es sein, dass George sie zurückwollte? Alle Anzeichen schienen dafür zu sprechen. Er hatte bereits am Nachmittag seine Beziehung zu Theresa heruntergespielt. Er hatte sie angerufen. Jetzt war er hier und versicherte sich, dass sie noch Single war. George wollte sie tatsächlich zurück! Ihr Herz jubilierte. Sie wappnete sich für den großen Moment der Versöhnung und stellte den Glühwein beiseite. In Erwartung eines Kusses schloss Emily die Augen.

Tag zweiundzwanzig

Wieder einmal wachte Emily viel zu früh auf. Ihr Wecker zeigte fünf Uhr dreizehn an, als ein Nachbar röhrend seinen Dieselmotor vor ihrem geöffneten Fenster warmlaufen ließ. Überall sind diese Ordnungsamt-Tanten, dachte Emily genervt, aber wenn so ein Idiot seine Scheibe auftauen lässt, statt freizukratzen, ist keine vor Ort. Sie war zu sauer, um wieder einschlafen zu können. Zumal sie sich jetzt, da kein Restalkohol im Blut ihre Zweifel ertränkte, fragte, ob das Schicksal wirklich dazwischenfunkte, sobald sie den Schimmer einer Hoffnung sah, auch ohne George glücklich zu werden. Eine Art böser Zauber, der sie immer wieder zurückwarf. Sie kam sich vor wie eine Spielfigur auf dem Mensch-ärgere-dich-nicht-Brett, die konsequent jedes Mal kurz vor dem Ziel aus der Bahn geworfen wurde und wieder auf Start musste.

Der gestrige Tag war das Paradebeispiel dafür. Sie wünschte, sie wäre George erst gar nicht begegnet. Sie könnte sich jetzt noch dafür ohrfeigen, dass sie dem Treffen zugestimmt hatte. Noch dazu an einem Ort, der romantische Erinnerungen in ihr weckte. Emilys Wut wuchs. Wie konnte George nur!

Klar, vielleicht war die ach-so-unkomplizierte Theresa wirklich der geeignetere Deckel für George. Vielleicht aber auch, hatte sie selbst einfach im Laufe der Beziehung

Rost angesetzt. Und jetzt liebte George den Ersatzdeckel, weil dieser, wie alles, was neu ist, in seinen Augen zu glänzen schien. Selbst das war keine Entschuldigung für die Unverschämtheit, die George sich geleistet hatte.

Etwas beschämt dachte Emily daran zurück, wie sie gestern Abend mit geschlossenen Augen vor George gestanden hatte. Wie sich Julio Iglesias schmeichelnde Stimme in ihr Gedächtnis einbrannte, während sie Georges Lippen entgegenfieberte. Wie sie die Augen schließlich wieder geöffnet, und George sie verwirrt angeschaut hatte. Und an seinen darauffolgenden Satz, der ihre gerade erst neu entflammte Hoffnung im Keim erstickt hatte: Sie wäre doch viel zu hübsch, um allein zu bleiben – und er hätte doch jetzt diesen total netten Kollegen, der auch gerade Single ist. Ob George ihre Telefonnummer weitergeben dürfe, der Kollege würde so gut zu ihr passen? Und jetzt, da er mit Theresa so glücklich sei, wäre er erleichtert, auch Emily versorgt zu wissen.

Stinksauer sprang Emily aus dem Bett. Was bildete George sich eigentlich ein? Nicht genug, dass er sie einfach eingetauscht hatte, gegen ein Modell ohne Dellen und Kanten. Sie eiskalt im Regen stehen ließ, während er bereits auf neuen Pfaden wandelte. Nein, King George ging noch weiter: Großzügig wie er war, wollte er sie verkuppeln. Maßte sich an, ihrem Glück auf die Sprünge helfen zu müssen. Damit er, reinen Gewissens, seine blöde Theresa heiraten konnte!

Gestern hatte sie noch Haltung bewahrt. Lächelnd hatte sie Müdigkeit vorgeschoben und sich verabschiedet.

Heute fragte sie sich, ob sie es ihm so einfach machen sollte. Alles in Emily sträubte sich dagegen, George so billig davon kommen zu lassen.

»Schlappschwanz«, murmelte sie, daran denkend, wie er nicht das Rückgrat gehabt hatte, ihr Theresa als seine Verlobte vorzustellen. An deren Stelle würde sie George zu einer Paartherapie schleifen. Oder bei einer Selbsthilfegruppe für Schlappschwänze anmelden. Aber die hatte er ja mit Emilys Hilfe bereits selbst gegründet.

Hatte nicht ausgerechnet George immer über Leute ohne Rückgrat gelästert? Die nicht zu ihren Überzeugungen standen, sobald es etwas umsonst gab? Die ihre Ideale über Bord warfen, angesichts der Vorteile, die sich aus Alternativen ergaben? So weit zur Theorie. Denn auch George hatte aus praktischen Gründen seine Ansichten verleugnet. So tat er beispielsweise so, als wäre er FC Bayern München-Fan, obwohl sein Herz für den VfB Stuttgart brannte. Aber wie hätte er dies zugeben können, wo er erstens Wahlmünchner war und zweitens die Partner der Kanzlei kein Heimspiel ihres Heimatvereins ausließen? Immerhin stand seine Beförderung auf dem Spiel. Auch war George aus ähnlichen Gründen aus der Kirche ausgetreten, obwohl er tief in seinem Herzen erzkatholisch war. Ihr kam eine Idee.

Nachdem sie den zweiten Kaffee getrunken hatte, hatte sie gefunden, was sie gesucht hatte. Sie schlüpfte in ihr Jogging-Outfit, packte Krümel ins Auto und noch bevor die Sonne aufging, verkündete Georges Cabrio seine wahren Überzeugungen. »Jesus lebt« meldete der erste Aufkleber, der nun die Frontscheibe zierte. Auf dem Heck zeugte ein rotes Wappen plakativ von Georges Leidenschaft für den Stuttgarter Erstligisten. Und, obwohl diese rein gar nichts mit Georges Idealen zu tun hatte, prangte gleich daneben eine hässliche Diddl-Maus. Zufrieden machte sich Emily auf den Heimweg.

Die Farbeimer standen vor ihr auf dem Dielenboden. Dunkles Taubenblau für die Wohnzimmerwände und weißer Lack für die Tür- und Fensterrahmen. Und da Emily den fehlenden Nachtschlaf kompensieren musste, stand ein Sechserpack Energydrinks gleich daneben. Krümel kläffte im Bad die Waschmaschine an, welche gerade die erste Ladung Kleidungsstücke schleuderte.

Warum mit der Umsetzung guter Vorsätze bis zu Silvester warten, hatte sie gedacht und am Baumarkt gehalten, als dieser um sieben Uhr morgens die Pforten geöffnet hatte. Die Feiertage lagen ungenutzt vor ihr. Sie hatte bereits ihrer Schwester mitgeteilt, Weihnachten nicht im Ruhrpott zu verbringen. Kate würde Heilig Abend mit ihren Eltern bei einer Tante verbringen, bevor sie sich nach ihrem gemeinsamen Weihnachtsfrühstück am fünfundzwanzigsten mit Marc auf den Weg in den Urlaub machte. Bisher hatte sie auch einen weiteren Gedanken verdrängt. Das Jahr neigte sich beharrlich dem Ende zu. Silvester stand vor der Tür und damit die Frage, wie sie den Jahreswechsel begehen wollte. Vermutlich ohne Karpfen – und noch schlimmer ohne Kuss.

Statt nichts zu tun, konnte sie ebenso die freie Zeit nutzen, um etwas zu tun: Die Spuren ihrer Schlampigkeit ausmerzen, die Nachlässigkeiten der letzten Monate ausbügeln. Und ganz nebenbei, ihre Wut über George in positive Energie umwandeln. Der ausschlaggebende Grund jedoch, warum sie sich unverzüglich an die Arbeit machte, war ihr Missgeschick vom Vortag. Nie wieder wollte sie fünf Minuten vor Abflug hektisch Kleidung aus ihrem chaotischen Kleiderschrank ziehen. Und nie wieder wollte sie sich schämen, wenn Ben ihre Wohnung betrat. Auch wenn das eine Mal, als er dies tat, nur einer Notsituation geschuldet war, die sich vermutlich nicht wiederholen würde. Aber man wusste ja nie, wie der Zufall es wollte. Sie, die neue ordentliche Emily, würde von nun an bestens vorbereitet sein für alle Eventualitäten: Tipptopp gekleidet, würde sie Ben mit ihrer aufgeräumten, frisch renovierten Wohnung beeindrucken.

Während sie die Lichtschalter und Fußleisten abklebte, überlegte sie. Wie hoch war die Wahrscheinlichkeit, dass Ben die Peinlichkeit übersehen hatte? Sie versuchte, sich zu erinnern. Als er das Behandlungszimmer betreten hatte, saß sie bereits auf dem Stuhl. Als sie sich verabschiedet hatte, hatte er ihr tief in die Augen geschaut. Das bedeutete folglich, dass er ihren Rücken nicht im Blick gehabt hatte. Dann hatte er sich abgewandt, um seine Instrumente auf dem Ablagetisch zu ordnen. Emily schätzte den Grad der Möglichkeit, dass er sich genau in dem Augenblick noch einmal umgedreht hatte, als sie sich zur Tür gewandt hatte, auf fünf Prozent. Also standen fünfundneunzig Prozent dafür, sich unbeschwert mit Ben zu treffen. Und wie gesagt, durch gepflegte Kleidung und entspanntes Auftreten zu punkten. Außerdem, dachte sie, wenn nur der Hauch einer Anspielung kommen würde, könnte sie immer noch aufstehen und das Lokal verlassen.

Vorsichtshalber legte sie eine Kaffeepause ein und rief Kate an.

»Fünfundneunzig Prozent ist super«, bestätigte ihr Kate, nachdem sie zunächst ausgiebig Emilys Empörung über Georges gönnerhaften Kuppeleiversuch geteilt hatte. »Das Restrisiko sollte dich keinesfalls davon abhalten, das vielleicht beste Date deines Lebens zu haben.«

»Aber wenn ausgerechnet die paar Sekunden, als ich mich umgewandt habe und aus der Tür gegangen bin, genügt haben sollten, mich bis auf die Knochen zu blamieren?«, zweifelte Emily noch immer. »Ich würde knallrot und stotternd am Tisch sitzen, wenn Ben auch nur ansatzweise darauf anspielt. Egal, was ich mir vornehme.«

Kate lachte. »Wenn das passiert, wovon ich natürlich nicht ausgehe, entschuldigst du dich kurz, um Hände zu waschen oder so und sendest mir eine Nachricht. Dann rufe ich dich zwei Minuten später an, und wir machen die abgenudelte Ich-muss-zu-einem-dringenden-Notfall-Nummer!«

»Codewort Nudel?«

»Codewort Nudel«, bestätigte Kate.

Beruhigt machte sich Emily an die Arbeit. Sie deckte ihr türkisfarbenes Monstersofa mit Folie ab und klaubte alle Notizen von der Wand hinter ihrem Schreibtisch. Das pinkfarbene Post-it bestärkte sie in ihren guten Vorsätzen. Vorwärts gehen, der Sonne entgegen.

Denn, dass die Zukunft strahlend werden würde, daran hatte sie heute keinen Zweifel. Sie würde ihren Schatten den Rücken zuwenden und einer fantastischen Zeit entgegensteuern. Praktisch den Weg frei machen für neue Abenteuer. Wie ein gutes, trauriges Buch, das man zuschlug, wenn es zu Ende war. Und das man vergaß, sobald man das erste Kapitel einer neuen Geschichte las, in der man schon bald mittendrin stecken würde.

Als Emily die Möbel in die Mitte des Raumes rückte, fand sie eines ihrer Lieblingsfotos von George und ihr, welches zwischen Schreibtisch und Wand gerutscht war. Ein Selfie, auf dem er von hinten den Arm um sie gelegt hatte, beide strahlten mit glitzernden Eiszapfen, die vom Dach einer Hütte hingen, um die Wette.

Wie glücklich wir waren, dachte sie resigniert. Und wie wenig davon übrig geblieben ist. Schlimmer noch, während sie gelitten und sich den Kopf zerbrochen hatte, wie sie seine Liebe zurückgewinnen könne, hatte er längst neues Glück gefunden. George hatte Nägel mit Köpfen gemacht, während sie noch auf einem Level war, auf dem sie kindisch bunte Sticker auf sein Auto klebte. Schlagartig wurde ihr klar, dass George auf seinem Weg in die Sonne ihr bereits meilenweit voraus war.

Den Schatten der Vergangenheit den Rücken kehren, murmelte sie, *der Sonne entgegen*. Entschlossen zerriss sie das Foto in kleine Teile.

Nach weiteren drei Stunden hatte sie nicht nur eineinhalb Wände gestrichen und drei Maschinen Wäsche gewaschen, sondern auch einen Teddy von George entsorgt. Kleine Erinnerungsstücke an ihn, die ihr während der Renovierung in die Hände gefallen waren, hatte sie konsequent in den Müllsack geschmissen. Lediglich bei seinem Uni-Sweatshirt, welches sie bei ihrem Auszug hatte mitgehen lassen, zögerte sie.

Sie hob das verwaschene Shirt an die Nase. Sie bildete sich ein, auch nach über acht Monaten röche es noch nach George. Ach Quatsch, rief sie sich zur Vernunft, weg damit, der Sonne entgegen. Sie stopfte es in den Müllsack, den sie sicherheitshalber sofort vor die Tür stellte.

Die körperliche Arbeit und der emotionale Stress zollten langsam ihren Tribut. Da half auch die Überdosis Koffein nicht mehr. Erschöpft setzte sie sich auf ihr Bett und betrachtete die drei Wäscheständer, die den Zugang zum Kleiderschrank blockierten. Wie sollte sie das alles schaffen, fragte sie sich, bevor sie nach hinten kippte und die Augen schloss.

Als sie nach zwei Stunden wieder erwachte, ergriff sie Panik. Wie konnte sie Georges Uni-Sweatshirt wegschmeißen? Sie hatte praktisch die letzten Monate darin verbracht. Hektisch rannte sie zur Tür. Krümel begleitete sie aufgeregt. Schwanzwedelnd hüpfte er neben ihr her, in der Erwartung, es gehe nach draußen.

Der Hausflur war leer. Wo vor kurzer Zeit noch ihr Müllsack und zwei Abfalltüten von Marc gestanden hatten, glänzten nun die Steinfliesen frisch gebohnert und dufteten nach Zitrone.

»Foxtrott-Uniform-Charlie-Kilo«, motzte sie den Gummibaum in der Ecke an. Krümel hüpfte einen Schritt zurück und zog erschrocken den Schwanz ein. Emily nahm ihn auf den Arm und streichelte ihn. »Macht nichts, Krümel«, murmelte sie ihm beruhigend zu, »ich wollte ja sowieso der Sonne entgegengehen.« Sie ließ den Hund kurz in den Hinterhof und versprach ihm einen ausgedehnten Spaziergang am Abend. Unschlüssig stand sie vor den Müllcontainern. Sollte sie? Sie öffnete den Container einen Spalt. Ihr Müllsack lag gut sichtbar am Boden des noch recht leeren Behälters. Prüfend warf sie einen Blick auf die beleuchteten Fenster ihrer Mitbewohner. Mona stand am Küchenfenster und winkte ihr fröhlich zu. Sie begann zu frieren. Entschlossen wandte sie sich ab. *Einmal* im Leben konsequent sein, das durfte doch nicht so schwierig sein. Schon gar nicht jetzt, wo sie ein alter Deckel war und Georges neuer Deckel alles überstrahlte. »Ich bin ja nicht blöd«, murmelte sie und ging zurück ins Haus. Immerhin glaubte sie fest daran, dass jeder im Leben eines anderen ein strahlend neuer Deckel sein konnte. Und statt ungenutzt herumzuliegen oder krampfhaft zu versuchen, den angesetzten Rost wegzupolieren, konnte sie sich lieber auf den für sie perfekten Topf konzentrieren: Ben.

Ha!, dachte sie triumphierend. Gegen sie und Ben würden George und Theresa abstinken. Und weil sie, ebenso wie George, wahnsinnig gut Nägel mit Köpfen machen konnte, wollte sie gleich nach oben und seine Liebesbriefe entsorgen. Oder seinen Facebook-Account blockieren, sodass Georges neues Glück keine Chance haben würde, sie stetig auf Start zurückzuwerfen.

Unter der Metallbox mit ihrer Aufklebersammlung bewahrte sie in einer kleinen Holzkiste lieb gewonnene Erinnerungen auf. Viele Briefe hatte George nicht geschrieben im Laufe ihrer Beziehung. Ein paar am Anfang. Danach noch hin und wieder liebevolle Post-its, die er ihr an den Kühlschrank geklebt hatte. In den letzten Monaten hatten diese mehr praktische Anweisungen als romantische Inhalte enthalten. Zettel, auf denen »Klempner kommt um vier« oder »Bitte Milch kaufen« stand, entsorgte sie zuerst. Danach kamen die Smileys und Herzchen. Ihr Blick fiel auf eine Nachricht aus ihrer Anfangszeit. George hatte eine Maus gemalt. Darunter stand schlicht »Du bist die Schärfste. G.«.

Das waren noch Zeiten, dachte Emily verbittert. Sie zerknüllte den Zettel und schob ihn in ihre Hosentasche. Die restlichen Beweise Georges ehemaliger Zuneigung entsorgte sie weitgehend, ohne sie zu lesen. Stolz auf ihre neue Konsequenz öffnete sie ihren Laptop.

Sie hielt sich nicht mit ihrer Startseite auf, sondern ging direkt auf Georges Social-Media-Account, um ihn zu blockieren. Sein blödes Glück ignorieren. Seine Präsenz in ihrem Leben auszulöschen. Ein für alle Mal!

Was war das? Emily beugte sich über den Bildschirm und kniff die Augen zusammen. Ein Countdown? Ein rot blinkender Zähler schrie Emily auf Georges Seite entgegen, dass es nur noch neun Tage wären. Neun Tage bis was? Die Ziffer brannte sich in ihre Netzhaut. Theresa hatte George markiert. Unter dem Foto mit Palmen stand nur ein einziges Wort: Vorfreude.

Für ihre bescheuerte Vorfreude hatte Theresa zwei Kommentare und vierundsiebzig Likes kassiert. Darunter drei Herzen. Eines davon von George. Emily klickte die Kommentare an. »Viel Spaß euch dreien auf Barbados«, schrieb eine Anna, »Bring Rum mit«, Georges dämlicher Bruder.

Wutentbrannt wählte Emily Kates Telefonnummer. Mailbox. Sie versuchte es auf der Festnetzleitung der Agentur. Keiner nahm ab. Sie sendete eine WhatsApp-Nachricht: »RUF! MICH! AN!«

Dann öffnete sie den Kühlschrank. Kein Sekt. Sie öffnete ihn erneut und starrte geschlagene drei Minuten hinein. Immer noch kein Sekt. Sie klingelte bei Marc, vielleicht war Kate dort. Oder wenigstens Sekt.

Blöderweise schien Marc nicht zu Hause zu sein. Frustriert schlüpfte sie in warme Stiefel und ihre Daunenjacke. Krümel musste raus. Und Sekt musste rein.

Emily holte mit weiten Schritten aus. Zügig lief sie durch die frostige Nacht. Zornig mutmaßte sie, dass George nicht nur nach Bridgetown fliegen würde, sondern auch gleich eines der Apartments mieten würde, die sie damals akribisch recherchiert hatte. Ihre Wut wollte nicht abkühlen. Schlagartig wurde ihr klar, dass sie sich all die Jahre etwas vorgemacht hatte.

George wollte nicht einfach keine Verlobung. Oder aus Prinzip keine Kinder. Oder keinen Urlaub, der ihn weiter weg als bis in den bekloppten Harz führen würde. Er wollte all dies schon – bloß nicht mit ihr.

Eine gewaltige Welle der Traurigkeit erfasste sie und überschattete die Eifersucht, bis ihr dummes Herz mit einer Eisschicht überzogen war. Sie war die Frau auf Probe gewesen. Die Frau, die den Boden bereitet hatte, dessen Früchte nun eine andere erntete. Und die entsorgt wird, wenn die Richtige kam. Wie eine Packung Kekse, die man aufriss und probierte, um sie dann wegzuschmeißen, wenn der erste Keks nicht den Erwartungen entsprach. Emily schluckte, und Tränen traten in ihre Augen, während Krümel sich in die Büsche verzog. Automatisch nahm Emily die Hundekotbeutel aus ihrer Tasche und sammelte wie fremdgesteuert Hundehäufchen auf. Mechanische Bewegungen, die sie unbewusst ausführte, während ihre Gedanken kreisten und ihr Herz krampfte. Sie nahm wahr, dass sie in ihrem Zorn wieder einmal nicht allzu weit entfernt von ihrem ehemaligen Zuhause gelandet war. Apartment siebzehn lag im Dunkeln, registrierte sie. Auch bei Marisa schien kein Licht. Sie betrachtete den Hauseingang. Georges Blödmann-Gummistiefel standen auch jetzt vor der Tür. Entschlossen, heute Nägel mit Köpfen zu machen, steuerte sie die grünen Ungetüme an und leerte den Inhalt zweier Beutel in das karierte Burberry-Futter. Und da sie eh schon dabei war, ihren Müll hier zu entsorgen, griff sie in ihre Tasche, nahm das zerknüllte Maus-Post-it heraus, strich es glatt und pappte es Marisa an die Eingangstür.

Tag dreiundzwanzig

Entgegen ihrer Befürchtung, dass Ben kurz in ihre Wohnung kommen und das dort herrschende Chaos sehen würde, hatte sich Emily doch dafür entschieden, dass Ben sie zu Hause abholte.

»Ich bin ja nicht blöd«, teilte sie Kate kichernd mit, die sie nun, nach der dritten Tasse Kaffee, zurückgerufen hatte.

Kate hatte gestern vergeblich versucht, sie zu erreichen. Und nach Emilys nächtlicher Aktion war es zu spät für einen Rückruf gewesen. Inzwischen war die größte Wut verraucht, und sie hatte Kate ruhig von Georges Karibikplänen berichtet. Von der großen Ungerechtigkeit, dass neue Freundinnen immer genau das bekamen, was man selbst nie erhalten hatte. Von den kleinen und großen Dreckklumpen, die George ihr immer dann in den Weg warf, sobald sie fest entschlossen der Sonne entgegenlief. Und als sie nur *angedeutet* hatte, jemand sollte George Hundekacke in die Harz-Gummistiefel kippen, hatte Kate erwidert, dass das »kranker Scheiß« wäre.

Kranker Scheiß. Katie hatte gut reden, war sie doch selbst gerade am Kofferpacken. Na ja, hatte sich Emily eingestanden, ein bisschen hatte ihre Freundin schon recht. Im Tageslicht betrachtet, war die Aktion unreif und dumm gewesen. Eine Überreaktion. Schließlich konnte es ihr egal sein, ob King George im Matsch oder am Meer

Urlaub machte. Schnell hatte sie auf das Thema gelenkt, das ihr heute weit mehr am Herzen lag. Die schwierige Entscheidung, ob Ben sie abholen sollte oder sie sich doch besser vor dem Lokal trafen.

»Ich bin ja nicht blöd«, wiederholte Emily, »warum soll ich mir die Möglichkeit versauen, dass Ben mich nach Hause bringt? Diesmal wird kein Kind auf dem Rücksitz maulen und vielleicht auch kein ungeduldiger Lkw-Fahrer hupen. Damit wären sozusagen schon einmal die Grundvoraussetzungen für einen ungestörten Abschiedskuss geschaffen.«

»Wer weiß, vielleicht liegt das mit dem Harndrang ja in der Familie«, feixte Kate.

Unschlüssig schaute Emily sich um. Das Chaos sprach für sich und stellte ihre Entscheidung infrage. Schmutziges Geschirr stapelte sich in der Spüle, farbige Kleckse zierten das Parkett unter der halb gestrichenen Wohnzimmerwand. Im Schlafzimmer warteten drei Wäscheständer darauf, dass Emily sie von ihrer Last befreite.

»Ich hoffe nicht. Denn dann würde er kurz heraufkommen und würde die Unordnung sehen. Er würde denken, dass ich eine sehr, sehr schlampige Frau bin. Und dann Reißaus nehmen.« Emily seufzte. Warum konnte nie etwas einfach sein?

Natürlich hatte Kate auch zum Thema Männer und Harndrang die passende Anekdote parat: Die Geschichte vom Huber Hannes, bei dem es gebrannt hatte. Johannes, den man nicht Hannes nennen durfte, war laut Kate beim ersten Date umwerfend gewesen. Sie waren spazieren. Er war charmant, aufmerksam und hatte unterhaltsam von seinem Beruf erzählt. Er war Bildhauer und machte Holzskulpturen. Irgendwie hatte es in seiner Werkstatt gebrannt. Alles interessante Geschichten. Kate war daher nicht abgeneigt gewesen, ihn erneut zu treffen. Beim zweiten Date holte er sie ab, er hatte sie in ein schickes französisches Restaurant eingeladen. Während Johannes-den-man-nicht-Hannes-nennen-durfte einen Parkplatz suchte, hatte seine Harnblase gedrückt. »Nimm das Parkhaus, ich zahle es auch«, hatte Kate bereits am Anfang der Suche angeboten. Aber Hannes war stur. Eine dreiviertel Stunde lang fuhr er genervt immer größere Runden um das Lokal, bis er schließlich in zweiter Reihe parkte und sich an der erstbesten Hausecke erleichterte. Endlich im Lokal angekommen, hatte er Kate angeschnauzt, als sie sich nach dem Brand erkundigte. Denn Johannes-den-man-nicht-Hannes-nennen-durfte wollte keinesfalls in die Geschichte eingehen als »der-Hannes-bei-dem-es-gebrannt-hatte«. Auf ein drittes Date hatte Kate dankend verzichtet.

»Es gibt schon merkwürdige Typen«, meinte Emily.

»Ja, gestört«, bestätigte Kate. Dann schwärmte sie eine halbe Stunde lang von Marc, der so ganz anders war.

Danach schwärmte Emily eine halbe Stunde lang von Ben, der auch ganz anders war. Fürs Erste mit der Welt versöhnt legten sie auf.

Die rosa Wölkchen verflogen auch nicht, als Emily sich auf das Treffen mit Ben vorbereitete. Sie wählte eine quietschenge, dreiviertellange schwarze Hose und kombinierte sie mit einem ebenso quietschengen schwarzen Pullover mit U-Boot-Ausschnitt. Weitere 900 Gramm waren der gestrigen Renovierungsaktion und dem nächtlichen Spaziergang zum Opfer gefallen. Nun fühlte sie sich nicht nur schlank, sondern regelrecht dünn. Wären ihre Haare nicht rot und lockig gewesen, sie hätte als Audrey Hepburn durchgehen können. Dachte sie jedenfalls, als sie sich zufrieden im Spiegel betrachtete. Sie vervollständigte den Look mit einem weit schwingenden kurzen Mantel und bedauerte, dass es für ihre große Gucci-Sonnenbrille draußen bereits zu dunkel war.

»Du siehst fantastisch aus«, sagte Ben, als er ihr galant aus dem Mantel half. Sie hatten sich erneut für die kleine Osteria entschieden.

»Ah, Signore Dottore e la bella Signorina«, schmeichelte auch Salvatore, der sie beflissen zu einem kleinen Tisch am Fenster führte.

»Wie geht es Henri?«, erkundigte sich Emily höflich, als sie saßen.

Ben lachte. »Der ist schon ganz aufgeregt. Und macht alles, was ich sage, seit Leva ihm erzählt hat, das Christkind sehe alles.«

»Wie lange ist Leva denn weg?«, fragte Emily, die zwar inzwischen überzeugt davon war, dass Kate mit ihrer Einschätzung, Ben wäre vielleicht ein »Kategorie-drei-Mann«, falsch läge aber sich dennoch fragte, wie Ben Job und Kind unter einen Hut zu bringen gedachte.

»Vierzehn Tage«, antwortete Ben und beantwortete auch gleich die Frage, die Emily noch nicht laut gestellt hatte. »Ein guter Vorwand, um die Praxis zu schließen und mal richtig Urlaub zu machen.« Er seufzte und blickte zum Fenster. Es hatte zwischenzeitlich angefangen zu schneien. »Eigentlich ist es ja romantisch. Wenn man hier bei einem guten Essen im Warmen sitzt und draußen die Schneeflocken wirbeln. Vor allem, wenn einem eine so attraktive Frau gegenübersitzt.« Emilys Herz setzte einen Schlag aus. Ben fasste über den Tisch und streichelte ihr über den Handrücken. Sie wartete ab, bevor sie sich bedankte. Sein Gesichtsausdruck ließ vermuten, dass noch ein »Aber« folgen würde. Ben löste seine Hand von ihrer und grinste.

Oh mein Gott, dachte Emily. Er würde doch jetzt nicht ihr peinliches Missgeschick erwähnen? Unauffällig hangelte sie nach ihrer Handtasche. Vielleicht konnte sie unbemerkt unter dem Tisch das Codewort »Nudel« tippen und Kate senden.

»Aber«, fuhr Ben fort, »ehrlich gesagt ...« Irritiert hielt er inne. »Ist alles in Ordnung?«, fragte er Emily, die sich im Bemühen, ihr Smartphone aus der Tasche zu ziehen, verrenkte.

»Äh, klar.«

»Jedenfalls, so romantisch ein paar Schneeflocken auch sind, ich bin doch eher der Sonnentyp. Ich kann es gar nicht abwarten, bis es endlich Frühling wird.«

Erleichtert steckte Emily ihr Handy wieder weg.

»Warst du schon einmal auf den Seychellen?«, fragte Ben unvermittelt.

»Nur in meinen Träumen«, seufzte Emily. Dann erzählte sie Ben, wie sie letztens beim Reisezielegoogeln immerhin bis »T« gekommen war.

Sie diskutierten eine Weile darüber, ob Elba ohne Auto oder Sardinien im Winter Sinn mache. Ob alles, was unter neun Flugstunden liege, überhaupt Sinn mache. Und ob es auf Sansibar Nutella gäbe.

»Alles eine Frage der Sterne«, meinte Ben, »in guten Hotels bekommt man alles.«

»Außerdem gibt es sogar in Ecuador schon Kinderschokolade«, warf Emily ein.

»In Tel Aviv gibt es Toffifee«, ergänzte Ben.

»Ich wäre auch ohne Nutella glücklich«, beschied Emily schließlich. »Wer braucht schon Nutella, wenn man türkisfarbenes Meer, Sonne und fantastische Strände hat?«

»Ich«, lachte Ben. Seine eisblauen Augen blitzten vergnügt.

Emily stellte sich vor, wie es wäre, Hand in Hand mit Ben barfuß über weiße Sandstrände zu laufen. Er würde ein blaues Leinenhemd und sandfarbene Shorts tragen, sie ein luftiges weißes Kleid. Anstatt als verzweifelter Single würde sie als Teil eines glücklichen Paars von ihrer Umgebung wahrgenommen werden. Sie korrigierte ihren Tagtraum und schob Henri ins Bild, der mit Krümel fröhlich im Sand herumtollte. Nun, da Ben verbale Köder ausgelegt hatte, stürzte sie sich darauf, wie ein ausgehungerter Hund auf den erstbesten Knochen. Sie zwang sich zurück in die Realität, in der Salvatore eben den Hauptgang brachte: Steak mit Brokkoli in Mandelbutter für Ben und Pasta mit Scampi für Emily.

»Du siehst so sexy aus, wenn du Nudeln isst.« Seine Augen funkelten wie ein Gebirgssee in der Frühlingssonne.

Verlegen tupfte sich Emily mit der Serviette den Mund ab. Sie nahm einen Schluck Chardonnay. »Und du erst!«, entgegnete sie. »Unwiderstehlich, wie du dein Rindersteak zerteilst. Männlich irgendwie!«

Sie prusteten gleichzeitig los. Ben verschluckte sich und musste husten. Zwei Frauen vom Nebentisch musterten sie angewidert und tuschelten.

»Ist was?«, sprach Ben sie an.

Die eine schaute pikiert zur Seite, die andere stammelte »Äh, also ... äh, nein«.

»Dann ist ja gut«, meinte Ben freundlich und zwinkerte Emily zu.

»Genau. Einfach mal die Fresse halten«, murmelte sie boshaft. Gleich darauf schlug sie sich die Hand vor den Mund. »Upps. Entschuldige«, bedauernd sah sie Ben an, »das war nicht ich. Das war mein Tourettesyndrom. Frühere Berufskrankheit sozusagen, die ich mir jetzt schlecht abgewöhnen kann.«

Ben lachte schallend. »Ich finde dich toll, Emily.«

»Ich dich auch«, erwiderte sie ernst. Eine Armada Schmetterlinge erhob die Flügel, als Ben nach ihrer Hand griff. Leuchtende Zitronenfalter, blaue Morphos und bunte Pfauenaugen flatterten gegen ihre Magenwände. Ihr tausendfacher Flügelschlag erzeugte Wärme, die ihr Herz zum Schmelzen brachte.

»Ich hatte schon lange keinen solchen Spaß mehr«, bemerkte Emily beim Nachtisch.

Ben pflichtete ihr bei. Auch er fand den Abend wunderbar. »Der Spaß kommt immer zu kurz im Alltag«, sagte er und lehnte sich entspannt zurück. »Aber jetzt ist ja erst einmal Urlaub angesagt. Zwei herrliche Wochen ohne Termine. Ohne Zahnstein. Ohne Zeitdruck.«

»Ja! Ohne Aufträge, ohne Wecker, ohne eine einzige Verpflichtung«, stimmte ihm Emily zu. »Kannst du denn so lange die Praxis schließen?«

»Klar«, lachte er. »Ich bin ja schließlich der Chef!«

Er goss Emily Wein nach und ließ Salvatore neue Eiswürfel bringen. »Und, was machst du morgen?«, fragte er, während er kreisende Linien auf ihren Handrücken zeichnete.

Emily hob die Schultern. »Keine Ahnung. Ich habe dir ja bereits von meinen Eltern auf Mallorca und der Tristesse im Ruhrpott erzählt. Kate, meine Freundin, ist bei einer Tante und danach am Kofferpacken, um ab dem ersten Feiertag mit Marc verliebt auf einer Hütte zu weilen.

Nun habe ich die Wahl zwischen meiner Nachbarin, die ihre Enkel bekocht, und der, die Wohnung zu renovieren, was dringend nötig wäre. Ich denke, es wird Letzteres.«

»Ach, ich fand es bei dir eigentlich ganz gemütlich.«

»Du hast ja den Rest nicht gesehen.« Emily dachte an die nicht fertig gestrichenen Wände im Wohnzimmer. Und daran, dass Ben ihr Schlafzimmer nicht kannte. Sie verkniff sich ein Grinsen bei dem Gedanken, dass sie prinzipiell nichts dagegen hätte, würde Ben ihr Schlafzimmer kennenlernen.

Ben betrachtete nachdenklich ihr Gesicht. »Auch wir werden Heilig Abend nicht wie gewohnt verbringen. Aber das habe ich ja auch schon erzählt. Feiern muss ich, schon allein wegen Henri, der gespannt auf das Christkind wartet. Aber dennoch werden wir diesmal alles ganz anders machen«, lächelte Ben. »Wenn du Lust hast, bist du herzlich eingeladen.«

»Eingeladen zu was?«

»Wir machen eine Schneeparty. Mit Feuer im Garten, Würstchen, Glühwein und Kartoffelsalat. Und wenn Henri sich ausgetobt hat, schneit kurz das Christkind vorbei, legt seine Geschenke unter den Baum und danach stecke ich ihn ins Bett. So weit mein Plan.« Abwartend schaute er Emily an.

»Ich könnte Kartoffelsalat mitbringen.«

Erleichtert lachte Ben auf. »Unfug! Du bringst gar nichts mit. Den Salat hat Leva schon zubereitet. Wein habe ich genügend im Haus. Und Geschenke gibt es ausschließlich von mir für Henri, der sowieso denkt, die kommen vom Nordpol.«

»Das klingt unkompliziert. Und das mit dem Wein und Kartoffelsalat verlockend.«

»Dann lass es uns ganz unkompliziert einfach machen«, schlug Ben vor und streckte ihr die Hand hin. »Deal?«

Emily schlug ein. »Deal!«

Das wird ja immer besser, dachte sie zufrieden. Er will mich wiedersehen. An Weihnachten. Bei ihm zu Hause. Ha! Er *hatte* ein Zuhause. Wäre es gerade nicht so romantisch, würde sie umgehend Kate anrufen und triumphierend ins Telefon brüllen: »Er wohnt in keiner WG, er hat ein Zuhause! Er ist kein »Kategorie-drei-Mann«, sondern toll, toll, toll!« Sie betrachtete ihn und versuchte, nicht verliebt auszusehen. Sein grauer Kaschmirpulli sah so weich aus, dass Emily sich am liebsten an Ben gekuschelt hätte. Wie mochte es sich anfühlen, wenn er sie umarmte?

Ben unterbrach ihren kleinen Tagtraum, indem er ihr den Weg zu seinem Haus beschrieb. Dann betonte er nochmals, dass sie keinesfalls morgen Früh in die überfüllte Innenstadt rennen sollte, um Notfall-Geschenke zu besorgen.

»Wir kennen uns ja kaum. Also, keine Geschenke, okay? Jedenfalls dieses Jahr noch nicht.«

Wie paralysiert starrte Emily aus dem Fenster. Dicke Schneeflocken rieselten vom Nachthimmel und hüllten den Platz vor der Osteria in glitzerndes Weiß. *Dieses Jahr noch nicht.* Das klang nach mehr. Nach weiteren Weihnachtsfesten, die sie gemeinsam verbringen würden. Nach einem Versprechen für die Zukunft.

Ihr Herz lief über, es troff vor Honig angesichts der süßen Aussichten. Sie sah sich bereits am Arm von Ben auf der Hochzeit ihrer Cousine in die Kirche schreiten. Dr. Ben Rosenfeldt in einem edlen Anzug, sie in einem umwerfenden schwarzen Kleid und, wie es sich für eine

Arztfrau gehörte, mit weißen Perlohrringen. Sie sah förmlich all die Frauen, die bisher gedacht hatten, sie wäre eine *sehr, sehr traurige Frau*, vor Neid erblassen.

»Ha!«, murmelte sie triumphierend.

Ben berührte sie am Arm. »Was ist los, Emily?« Seine Mundwinkel zuckten. Amüsiert schaute er sie an.

Oh Gott, hatte sie laut gedacht? Was sollte sie jetzt sagen? Sie konnte ja schlecht eingestehen, dass sie eben davon geträumt hatte, wie sie in Zukunft unliebsame Leute dazu zwingen würde, sie mit »Frau Doktor« anzusprechen. Ihr kam die rettende Idee.

»Ich dachte eben nur daran, dass es total entspannend sein wird, Weihnachten nicht im Kleid, sondern in Jeans und Pullover im Garten zu verbringen.«

»Wenn nicht sogar in der Jogginghose«, schlug Ben vor.

»Genau!«

»Und Henri im Schlafanzug unter seinem Schneeanzug«, ergänzte Ben, »dann ist er anschließend schneller im Bett.«

»Praktisch«, stimmte ihm Emily zu.

»Ist es nicht toll? Wir sind beide so unkompliziert«, sagte Ben.

»Das schreit nach einer zweiten Flasche Chardonnay«, sagte Emily.

Eine Stunde später schaute Ben sie mit glasigen Augen an. »Ich sollte das Auto hier stehen lassen«, nuschelte er. »Ich rufe uns besser ein Taxi.«

Emily sah ihre Felle davonschwimmen. Wie sollte Ben sie vor der Haustür küssen, wenn dieses erst sie absetzen und dann mit Ben weiterfahren würde? Die letzte Stunde war ihr Wunsch, Ben möge sie in seine Arme schließen, übermächtig geworden. Vielleicht im Taxi? Auf dem Rücksitz? Aber nein, das würde Ben nicht machen. Er war eher der Typ, der vorne saß, freundlich mit dem Fahrer plauderte, anstandslos zahlte und anschließend ein dickes Trinkgeld gab. So jedenfalls schätzte Emily ihn ein.

Inzwischen bedeckte eine Schneeschicht den Platz vor der Osteria. »Ist dir kalt?«, fragte Ben und schaute auf ihre eleganten Pumps, während sie auf das Taxi warteten.

»Ein bisschen«, gab sie zu.

»Vielleicht hilft das«, murmelte er und schloss seine Arme um sie. Sein Mantel roch gut. Sie kuschelte sich an ihn. Ihr Kopf lag an seiner Schulter, und sie schloss die Augen. Die Welt begann, sich zu drehen. Zarte Schneeflocken verfingen sich in ihrem Haar, als er ihr unter das Kinn fasste, ihr Gesicht hob und sie küsste. Nun stand die Welt still. Sämtliche Geräusche waren ausgeblendet, es gab nur sie und Ben. Seinen Atem, seinen Geruch. Seinen Dreitagebart, der an ihrer Wange rieb. Seine Arme, die ihren Körper umschlossen und sich so unglaublich gut anfühlten. Es war, als würde rings um sie herum der Schnee schmelzen.

Tag vierundzwanzig

Ben wohnte in einem Reihenhaus, nicht weit entfernt von ihrer kleinen Werkstatt. Der Bungalow sah selbst jetzt in der Dämmerung hell und freundlich aus. Wohlwollend registrierte Emily, dass keine Gummistiefel vor der Tür standen. Noch bevor sie klingeln konnte, riss Henri die Tür auf.

»Heute kommt das Christkind«, teilte er ihr mit. »Und ich war ganz brav!«

Lachend kam Ben aus der Küche und wischte sich die Hände an einem Geschirrtuch ab. »Lass Emily und Krümel doch erst einmal hereinkommen, Henri«, sagte er und begrüßte sie mit einem Küsschen auf die Wange. Vereinbarungsgemäß trug er Jeans. Auch Henri steckte bereits in seinem Schneeanzug, dessen Oberteil noch auf seinen Hüften hing und den Blick auf einen Frotteeschlafanzug freigab. Emily war froh, dass sie sich nach langem Hin und Her entschlossen hatte, in geringeltem Pullover, Jeans und Ugg Boots zu erscheinen.

»Ich bin gleich fertig«, meinte Ben und nahm ihr die Daunenjacke ab. »Und das Feuer brennt auch schon im Garten. Was hast du da mitgebracht?«, fragte er und schaute auf die zellophanverpackte Platte in ihrer Hand.

»Ein paar Plätzchen für den Nachtisch.«

»Ein paar Plätzchen« war die Untertreibung des Jahrhunderts. Noch euphorisch von ihrem gelungenen Date mit Ben hatte sich Emily gestern Nacht in der Küche abreagiert. Neben Vanillekipferl und Zimtsternen lagen ihre berühmten Honigherzen, ergänzt durch gekaufte Dominosteine und Trüffelpralinen, kunstvoll zu einer Pyramide arrangiert auf dem großen Teller.

»Ich bin beeindruckt«, meinte Ben und schaute sie bewundernd an. »Sieht sehr lecker aus.«

»Wir haben Marshmallows«, rief Henri vergnügt. »Und Kekse fürs Christkind.«

Emily schaute sich um, während sie Ben in die Küche begleitete. Das Wohnzimmer hatte bodentiefe Fenster, die zur Terrasse hinausgingen. Ein großer Weihnachtsbaum stand in der Ecke, quietschbunt mit Basteleien geschmückt. Auf einem hellgrauen Sofa lagen eine Kuscheldecke und ein Kinderbuch, auf dem Boden ein Bagger, Buntstifte und ein Polizeiauto.

Krümel schnüffelte interessiert an den Möbeln, bevor er sich vor Henri auf den Boden warf und in der Hoffnung, er werde am Bauch gekrault, die Pfoten gen Himmel streckte.

Ben drückte ihr ein Glas Wein in die Hand. »Henri«, wandte er sich an das inzwischen herumtobende Kind, »du wolltest doch für Emily ein schönes Bild malen, bevor wir Würstchen grillen. Vielleicht guckt ja das Christkind dabei zu.«

Der Knirps nickte brav, legte sich vor den Weihnachtsbaum auf den Boden und begann, blaue Kringel auf ein Blatt Papier zu kritzeln.

»So, der kleine Chagall ist erst einmal beschäftigt«, grinste Ben und zog sie in die Küche. »Du kannst mir helfen, wenn du magst.« Er drückte Emily ein Brotmesser in die Hand und wies auf ein Baguette, während er Kartoffelsalat, Ketchup und Senf auf ein Tablett stellte. Dann trat er hinter Emily, legte die Arme um sie und küsste sie in die Nackenbeuge. »Es ist schön, dass du da bist«, flüsterte er in ihr Haar. Der Tisch auf der beleuchteten Terrasse war bereits gedeckt. Auf den Holzstühlen lagen Lammfelle, ein Heizstrahler sorgte für Wärme. Flackernde Kerzen erleuchteten den überdachten Sitzplatz, eine Lichterkette an der Balustrade tauchte die Szenerie in romantisch funkelndes Licht.

Emily sah sich selbst, wie sie in der Küche Brot schnitt, während Ben sie liebevoll umarmte. Sie sah Henri, der auf dem Boden liegend malte, daneben Krümel, dessen Blick interessiert dem kreisenden Buntstift folgte. Das ist fast zu perfekt, dachte sie. Wie in einem Bilderbuch. Die absolute Harmonie, besser geht es nicht mehr. Am liebsten hätte sie Selfies mit Ben sowie tolle Schnappschüsse von Henri und Krümel gemacht, die sie postwendend auf Facebook hochladen würde. Wenn es nicht so affig wäre. Ach ja, und wenn sie heute Morgen nicht nur George aus ihrer Freundesliste, sondern konsequenterweise auch gleich ihren eigenen Facebook-Account gelöscht hätte.

»Sehr erwachsen«, hatte Kate sie gelobt, als sie auf einen Sprung vorbeischaute. Ja, hatte sie zufrieden gedacht, so machen das erwachsene Leute. Buch zu, neues Kapitel aufschlagen.

»Hier ist es so schön ordentlich«, bemerkte Emily, »wie bekommst du das alles nur hin?« Seufzend dachte sie an das Chaos bei sich zu Hause. Halb gestrichene Wände, das Schlafzimmer voller Kleiderständer. Dank ihrer nächtlichen Backorgie sah nun auch die Küche schlimm aus. Eigentlich hatte sie, ganz erwachsen, am Morgen sauber machen wollen. Stattdessen aber hatte sie Dominosteine und Trüffelpralinen besorgt sowie prachtvolle Weihnachtssterne für Mona, Marc und sich selbst. Nach zwei ausgedehnten Tassen Kaffee mit Mona und einem Glas Prosecco mit Kate, hatte sie weder Zeit noch Lust zum Putzen gehabt. Außerdem: Schließlich war ja Weihnachten. Und frisch gewaschene Haare waren definitiv wichtiger als ein frisch gewienerter Küchenboden, den heute eh keiner sah.

»Haushaltshilfe«, gab Ben zögernd zu, »habe ihr das Doppelte geboten, damit sie heute kommt.«

Henri rief aus dem Wohnzimmer, dass er fertig sei.

»Dann lass das Kunstwerk mal sehen«, sagte Ben und hob Henri auf den Küchentresen. Stolz streckte dieser Emily ein bunt bemaltes Papier entgegen. Zwischen blauen Kringeln schwebten gleich zwei tote Mütter, am Boden hatte er Ben, sich selbst, einen gestreiften Schneemann und einen Kackhaufen verewigt.

»Sehr schön«, lobte Emily.

»Sehr schön«, lobte auch Ben. Er zeigte auf die Engel im Himmel. »Ist das hier Mami, und das andere das Christkind?«

Henri nickte.

»Und der Klops im Ringelpulli Emily?« Ben grinste. Dann wies er auf den braunen Haufen: »Ach ja, und Krümel ist wohl auch dabei?«

Eifrig nickte Henri, und Emily schmolz dahin. Der Knirps hatte sie und Krümel in das Familienporträt integriert. Sie gab ihm einen Kuss und schwor, dass das Bild gleich morgen früh einen Ehrenplatz in ihrer Wohnung bekommen würde.

Nachdem sie Henri dick eingepackt hatten und ihn mit dem Hund in den Garten ließen, seufzte Emily. »Ich hätte nicht gedacht, dass ich einen so schönen Heiligen Abend haben würde.«

»Warte es ab, es wird noch besser«, antwortete Ben. »Wenn du erst mal Levas Kartoffelsalat probiert hast, willst du nie mehr woanders Weihnachten feiern!«

Hand in Hand schlenderten sie in den Garten, wickelten Brotteig um Stöcke und spießten Würstchen auf. Lachend knabberten sie an verbrannten Brotkrusten und wärmten die Hände an den Tassen mit heißem Glühwein, der über der lodernden Feuerschale köchelte. Schließlich zog Ben Emily zur Seite und bat sie, Henri abzulenken.

»Geh mit ihm Kekse im Garten verteilen und achte darauf, dass er nicht ins Wohnzimmer schauen kann, während ich die Geschenke unter den Baum lege, okay?«, flüsterte er.

»Henri«, rief sie den Kleinen, der mit Krümel im Schnee tobte, »wollen wir das Christkind anlocken?«

Ehrfürchtig stimmte der Knirps zu und folgte, bepackt mit einer Handvoll Keksen, Emily in den hinteren Teil des Gartens. Gerade als Emily vorschlug, auch etwas Gebäck hinter die Mülltonne und unter die Buchsbaumhecke zu legen, klingelte ein Glöckchen.

»Das Christkind war da!«, rief Henri aufgeregt und stürmte, gefolgt von Krümel, ins Haus. Ben tat so, als würde er aus der Küche kommen. Gespielt erstaunt bemerkte er, dass das Christkind ausgerechnet dann da gewesen war, als er Geschirr in die Spülmaschine geräumt hatte. »So ein Mist, Henri«, stöhnte er und schlug sich gegen die Stirn, »jetzt habe ich es wieder verpasst.«

Nachdem Henri seine Geschenke ausgepackt hatte und Ben es geschafft hatte, ihn ins Bett zu verfrachten, saßen Emily und er auf dem gemütlichen Sofa und tranken Wein. Emily hatte sich ihrer Stiefel entledigt und ihre Füße unter den Körper gezogen. Ben hatte die Füße auf den Couchtisch gelegt. Er entfernte den Teller mit Plätzchen, der zwischen ihnen auf dem Polster stand und zog Emily näher zu sich heran.

»Das haben wir gut hinbekommen«, meinte er.

»Ja, das war ein toller Abend«, bestätigte Emily.

Er legte den Arm um sie und streichelte ihre Schulter. »Das ist ein hübscher Pullover. So schön weich.« Er ließ seine Hände über ihren Oberarm gleiten.

»Den wollte ich eigentlich schon entsorgen«, gestand Emily. Ernsthaft hatte sie sich am Nachmittag Gedanken gemacht, ob Georges ungeliebtes Weihnachtsgeschenk ein schlechter Start in die beginnende Romanze mit Ben wäre. Jedoch war er warm – und frisch gewaschen. Und letztendlich war ein Pullover nur ein Pullover.

»Spinnst du? Das ist doch fünffädiger Kaschmir! Und die Ringel sind zeitlos. So etwas kann man doch nicht wegwerfen ...«

Kurz schwankte Emily. Dann entschloss sie sich, Ben die leidige Geschichte vom falschen Weihnachtsgeschenk zu erzählen. Sie kicherte. »Ich wette, der hat die Welt nicht mehr verstanden, als ihm die Müslischale an den Kopf flog.«

Erstaunt registrierte sie, dass die Geschichte, die immerhin der Anfang vom Ende ihrer letzten Beziehung war, sie nicht mit Wehmut oder Wut erfüllte. Sie amüsierte sie. Wie eine harmlose Anekdote aus längst vergangener Zeit, die ihr Herz nicht berührte.

Auch Ben lachte. »Das ist aber auch ein Minenfeld«, grinste er, »die Sache mit dem richtigen Geschenk. Ich kann dir Dramen erzählen, die glaubst du nicht.«

»Leg los.«

»Ach, ich weiß nicht.«

Sie knuffte ihn in die Seite. »Komm schon. Blöder als zu denken, man bekommt einen Verlobungsring und dann Müslischüsseln zu werfen, kann es ja nicht sein.«

»Okay. Also ich hatte mal eine Freundin, die fand ich ganz toll. Schlau, elegant, und so weiter. Zudem kam sie aus gutem Haus. Wir waren gerade mal zwei Monate zusammen, da nahte Weihnachten und damit die Frage, welches Geschenk angebracht wäre. Man möchte ja einen guten Eindruck hinterlassen. Mit einem Geschenk punkten, das liebevoll *und* kreativ ist. Sozusagen auf den Geschmack der Beschenkten zugeschnitten. Beweisen, dass man die letzten Wochen zugehört hat. Vor allem möchte man nicht knickrig erscheinen.«

Emily nickte zustimmend. Abwartend sah sie Ben an.

»Natürlich sollte es auch nicht übertrieben sein. Eher eine kleine Aufmerksamkeit, die zeigt, dass man die beschenkte Person kennt und wertschätzt.«

»Du standest also unter Druck?«

»Anfangs nicht. Da hat es noch Spaß gemacht, zu überlegen, ob sie, als Liebhaberin klassischer Literatur, eine Neuübersetzung von Anna Karenina gut fände oder lieber einen schönen Schal hätte, den sie zuvor in einem Schaufenster bewundert hatte.«

»Und dann?«

Ben lachte. »Dann wurde es verzwickt. Denn sie fing an, Anspielungen zu machen. Sie hätte etwas *ganz Tolles* bestellt. Sie hätte eine *Riesenüberraschung* für mich. Natürlich fing ich an, mir Sorgen zu machen, dass mein Geschenk im Vergleich zu ihrem popelig sein würde. Sie zog den vollen Countdown vor Weihnachten ab. Stündlich wurden ihre Ankündigungen spannender, das Geschenk in meinen Augen übermächtig. Ich hatte wirklich Panik. Ich überlegte, ob sie als Kaffeefan sich über eine verchromte Nespressomaschine freuen würde oder, ob angesichts der Ausgaben, in die sie sich stürzte, ein Kurztrip nach Kopenhagen angebracht wäre, Fünfsterne-Hotel mit Wellness inklusive.«

Gespannt beugte sich Emily nach vorne. »Und, für was hast du dich letztendlich entschieden?«

»Für beides. Die Kaffeemaschine und Kopenhagen.«

Beeindruckt stieß Emily die Luft aus. »Wow! Und was hat sie dir geschenkt?«

»Äh. Eine Krawatte.«

»Eine Krawatte???«

»Ja«, lachte Ben, »stell dir vor, eine Krawatte.«

»Dafür hat sie aber ganz schön Wellen gemacht, finde ich. Also ich weiß nicht, aber eine Krawatte als Riesenüberraschung zu bezeichnen ...«, Emily schüttelte verständnislos den Kopf. Vielleicht war das ein Trick von Frauen, die viel raffinierter waren als sie selbst, um Hammergeschenke zu bekommen?

»Das ist ja das Beste an der Geschichte. Die Riesenüberraschung war praktisch ein Geschenk an sie selbst. Sie hatte sich teure Latexmatratzen bestellt, angeblich weil ich immer über Rückenschmerzen geklagt habe, nachdem ich bei ihr übernachtet hatte.«

»Pfft. Warst du nicht sauer?«

»Nein, da noch nicht.« Bens Augen funkelten. »Erst als sie mir vorwarf, sie wäre schließlich angehende Ärztin und keine Küchenfee. Schließlich gäbe es bei Starbucks den Kaffee schon fertig. Und nicht mit nach Kopenhagen wollte, weil es in Mailand viel wärmer wäre.«

»Es gibt also tatsächlich Frauen, die noch blöder sind als ich«, stellte Emily fest, während Ben ihr etwas Wein nachschenkte.

»Spinnst du? Du bist toll! Kein Vergleich zu den Verrückten da draußen.« Er zog Emily in seine Arme. In der darauffolgenden halben Stunde tauschten sie mehr Küsse als Worte. Schließlich gab Ben ihre Lippen frei und sagte: »Wir haben beide viel Wein getrunken. Es ist ganz schön spät geworden – und spätestens morgen früh um sechs steht Henri auf der Matte. Was meinst du, sollen wir den Abend beenden?«

Bevor Emily anbieten konnte, sich ein Taxi zu ordern, fuhr Ben fort. Er strich ihr eine Haarsträhne aus dem Gesicht und schaute sie liebevoll an. »Du solltest nicht mehr fahren. Magst du hierbleiben?«

Ja, ja, ja, hätte Emily am liebsten gerufen. Stattdessen sagte sie, dass sie keine Zahnbürste dabei hätte.

»Das ehrt dich«, grinste Ben. »Aber ich bin Zahnarzt. Du glaubst nicht, wie viele Einmalzahnbürsten ich im Schrank habe.«

Sie hob die Schultern. »Na, wenn das so ist«, willigte sie ein, »dann bleibe ich gerne.«

Tag fünfundzwanzig

Emily wachte davon auf, dass Henri auf ihr Bett hüpfte. Er schien sich nicht zu wundern, dass sie neben Ben in den weißen Laken lag. Mit kindlicher Selbstverständlichkeit hatte er akzeptiert, dass Emily nach dem Essen ganz müde gewesen war und sich schlafen gelegt hatte. Ben versuchte, wenigstens den Hund aus dem Bett zu werfen.

»Bleib liegen«, seufzte er resigniert und klemmte sich Henri unter den einen, Krümel unter den anderen Arm. »Ich setze Kaffee auf und lass den Hund in den Garten.«

Als Emily kurze Zeit später in die Küche kam, saß Ben am Tresen und lächelte sie an. Er sah umwerfend aus mit verstrubbelten Haaren und seinem Dreitagebart. Henri hatte eine Schüssel Cornflakes vor sich, deren Inhalt sich zum Großteil auf der Tischplatte verteilte.

Ben reichte ihr eine Tasse Kaffee. »Hast du Hunger?«, fragte er.

»Ich fürchte, ich habe noch keinen Appetit«, erwiderte sie und betrachtete Krümel, der im Garten tobte.

»Wir haben auch Kaubonbons«, grinste Ben.

»Hahaha.«

»Ich könnte auch Croissants aufbacken.«

Emily lehnte dankend ab. Alles war perfekt, wie es war. Sie hatte einen Kaffee in der Hand und ein kleckerndes Kind sowie einen gut aussehenden Mann vor sich. Selbst die Küche sah, abgesehen von dem Milchmatsch auf dem Tresen, schon wieder ganz ordentlich aus.

»Was bist du für ein Sternzeichen?«, erkundigte sie sich. Bens Ordnungsliebe sprach für Jungfrau, sein Charme und seine Kreativität für einen Wassermann.

»Welches hättest du denn gerne?«

Für einen Moment irritiert hielt Emily inne. Der Schalk blitzte aus Bens eisblauen Augen.

»Äh. Egal. Obwohl ...«, sie lächelte ihn an. »Fische eher nicht. Stier wäre gut. Oder Löwe.«

»Oder Krokodil«, rief Henri und rutschte von seinem Stuhl, um seine Stofftiere zu holen.

Ben lachte herzhaft und Emily fiel ein.

»Wie spontan bist du, Emily?«, fragte er und schenkte ihr Kaffee nach.

»Meist zu impulsiv, leider.« Sie wollte nicht an die vergangenen Wochen denken, die von zu spontanen Reaktionen geprägt gewesen waren. Heute nicht. »Sagen wir so: Ich bin durchaus risikobereit und unternehmungslustig.«

Ben angelte sein iPad vom Regal. »Schau mal, ich habe etwas Geniales entdeckt. Ein Schnäppchen!« Er schob ihr das Tablet zu. Das Foto eines Landhauses mit Holzterrasse, blauem Pool und blühenden Oleanderbüschen sprang ihr entgegen.

»Zwei Schlafzimmer, beheizter Außenpool, dreihundert Meter zum Meer«, zählte Ben auf. »Und auf Sizilien hat es heute, Moment«, er wechselte zur Wetter-App, »einundzwanzig Grad. Das sind zwanzig mehr als hier!« Triumphierend hielt er Emily die App unter die Nase. Er zeigte auf den Garten. Der Schneegraupel war inzwischen in leichten Nieselregen übergegangen.

»All das hast du recherchiert, während ich kurz unter der Dusche war?«

»Ja.« Er griff nach ihrer Hand. »Emily, wir könnten morgen um diese Zeit bereits in der Sonne sitzen.«

Sie schluckte. Es klang verlockend. Sizilien. Sonnenschein. Kaffeetrinken unter gestreiften Markisen.

Als hätte Ben ihre Gedanken gelesen, legte er nach: »Wir könnten im beheizten Pool schwimmen. Oder am Strand spazieren gehen. Oder im T-Shirt unter bunten Schirmen Kaffeetrinken. Emily – *im T-Shirt*!«

»Okay«, sagte sie entschlossen, »ich bin dabei. Aber was ist mit Krümel?«

»Der Flug dauert nur zwei Stunden. Krümel kann mit in die Kabine.« Er rief das Super-Last-Minute-Angebot erneut auf. »Morgen früh geht es los. Wir müssten allerdings schon um sieben Uhr starten, damit wir rechtzeitig am Check-in sind. Also«, erwartungsvoll schaute er sie an, »hopp oder top, alles oder nichts?«

»Buch es!«

Zwei Stunden später konnte Emily ihr Glück immer noch nicht fassen. Sie hatten spontan eine Reise gebucht. Damit war sie nicht nur konsequent der Sonne entgegengegangen, sondern würde morgen bereits tatsächlich in der Sonne sein.

»Kennst du das«, fragte sie Katie, »wenn man in der ersten Nacht vor lauter Liebe nicht schlafen kann?«

Statt zu Hause bei Emily hatten sie sich in einem der wenigen Cafés getroffen, die heute geöffnet hatten. Kate wollte gleich im Anschluss mit Marc in den Urlaub starten. Sie saßen in einer halbhohen holzgetäfelten Nische, das Säckchen mit Scrabble-Steinen, die sie gleich benötigen würden, vor sich.

Kate nippte an ihrem Cappuccino. »Oh ja. Ehrlich gesagt, geht es mir auch jetzt noch manchmal so. Ich habe zum ersten Mal in meinem Leben das Gefühl, angekommen zu sein. Dass alles, was Marc macht, bewundernswert ist. Dass alles, was er sagt, richtig ist. Und dass alles, was ich fühle, *echt* ist.« Verträumt zerkrümelte sie den Spekulatius auf ihrer Untertasse. Dann schwärmte sie von Marcs Altruismus, seinem Humor, seinen schönen Händen. Und davon, wie er ihr immer Kaffee ans Bett brachte. Danach schwärmte Emily von Ben, seinen weichen Pullovern, seinem tollen Bungalow und davon, wie toll er küssen konnte.

»Genau genommen warte ich immer noch auf den dicken Haken. So viel Perfektion kann doch nicht normal sein?«

»Wir können ja das Weihnachtsorakel befragen«, schlug Kate vor.

Sie schoben ihre Salatteller zur Seite, die der Kellner eben an ihren Tisch gebracht hatte. Emily schloss die Augen und konzentrierte sich auf die Frage, ob es an Ben einen Haken gab. Sie griff in den Stoffbeutel mit Scrabble-Steinen und wählte sieben davon, die sie nun auf den Tisch knallte. Idealerweise würden die Steine ein Wort bilden und eine unmissverständliche Antwort liefern.

»NOAHAVA«, rätselte sie. »Noa? Hava? Ich fahre mit der Arche Noah in den Hafen der Ehe?« Sie spann den Faden weiter: »Das ist eindeutig, Kate. Ben ist mein persönlicher Noah und rettet mich!«

»Nee, noch besser«, Kate schob die Steine auseinander. »NO AHAVA!« Triumphierend schaute sie Emily an. »Die Frage war, ob es bei Ben einen Haken gibt, die Antwort sagt eindeutig ›no‹. Und ›Ahava‹ ist hebräisch und bedeutet ›Liebe‹!«

»Echt?«, begeistert starrte Emily auf die Plastikbuchstaben. »Das bedeutet tatsächlich *Liebe*?«

»Ja«, bestätigte ihr Kate, »gestern erst gelernt.«

Nun war Kate an der Reihe. Sie schwankte zwischen der Frage, ob Marc sie heiraten würde und der, ob sie kündigen und sich, wie Emily, selbstständig machen sollte.

»Erst die Liebe, dann der Beruf«, schlug Emily vor. In der übernächsten Nische saßen zwei Mütter am Tisch, deren Gespräch, nun da sich Kate auf das Orakel konzentrierte, in Fetzen zu Emily drang. Hin und wieder griff die Hand der einen Frau zum Kinderwagen neben ihr und versetzte ihn in wippende Bewegungen.

»Schon blöd«, meinte die eine, von der Emily nur den Hinterkopf sah, »gerade war er noch Single, und jetzt muss er einen Fünf-Personen-Haushalt ernähren.« Die zweite Frau kicherte, während Kate schwungvoll sieben Steine auf den Tisch schmiss. »Georg ist ganz schön durch den Wind«, vernahm Emily jetzt, trotz Kates Gemurmel, mit dem sie die Steine hin- und herschob. Abwesend sortierte Emily die Buchstaben um, während sie versuchte, der Unterhaltung am übernächsten Tisch zu folgen. »Das ist ein IATA-Flughafencode«, teilte sie ihrer Freundin mit. »TFS steht Teneriffa Süd. SEPT für September. Klarer Fall! Du heiratest auf Teneriffa im September. Du hattest doch nach der Hochzeit gefragt, oder?«

Kate nickte. Ihre Augen begannen zu glänzen.

Emily beugte sich über den Tisch. »Katie«, wisperte sie, »kannst du mal schauen, wer in der übernächsten Nische sitzt?«

Kate verrenkte sich den Hals.

»Nein. Doch nicht so auffällig!«

»Warum? Wer soll da sein?«, flüsterte sie.

»Zwei Frauen, die sich über einen ›Georg‹ unterhalten. Vielleicht ist es ja Theresa, die über King George spricht.

Ich habe eben etwas von einem Fünf-Personen-Haushalt aufgeschnappt.«

Angestrengt lauschten die beiden. Die Frauen unterhielten sich jetzt über das Stillen.

»Wieso fünf?«, raunte Kate.

»Keine Ahnung. Vielleicht George, sein Ego, Theresa, Finn und das neue Königskind?«, schlug Emily vor. »Kannst du nicht mal unauffällig an deren Tisch vorbeilaufen und schauen, ob da Theresa sitzt?«

»Ich weiß doch gar nicht, wie die aussieht.«

»Stell dich nicht so an, Kate! Braune Haare, nettes Gesicht. Natürlich. Tu einfach so, als holtest du Parmesan von der Anrichte oder so.« Emily wies auf die Anrichte am Ende des Raumes, auf dem Öl, Essig, Salz und Pfeffer sowie Schälchen mit geriebenem Käse bereitstanden. »Es muss aber eindeutig parmesanbasiert aussehen und nicht spionageorientiert«, schärfte sie ihrer Freundin ein.

Kate durchquerte den Raum, schnappte sich ein Schälchen Käse und ein Münchner Wochenblatt, das darüber, gleich neben der Bildzeitung, an der Wand hing.

»Die eine ist blond und pummelig, ein Säugling hängt an ihrer Brust. Die andere ist braunhaarig und hübsch, Anfang bis Mitte dreißig«, berichtete Kate, nachdem sie die Mission erfolgreich gemeistert hatte.

»Könnte passen.« Angestrengt versuchte Emily zu verstehen, was am anderen Tisch geredet wurde.

»Ich bin doch nicht bescheuert«, sagte die eine. »Genau, viel zu kalt«, bekräftigte die andere.

»Schließlich bin ich erst im vierten Monat«, meinte Erstere, »und die Zwillinge kommen erst Ende Mai.«

Emily schluckte. Kate schaute sie betrübt an. Dann grinsten beide, denn die Frau fuhr fort: »Stell dir vor, er hat ernsthaft vorgeschlagen, wir stornieren die Karibikreise und gehen stattdessen Wandern im bayrischen Wald. Ich denke ja gar nicht daran, nicht bei der Kälte! Heute Morgen hat Georg mit klammen Fingern noch nicht einmal die Aufkleber von der vereisten Scheibe bekommen, die ihm ein Spaßvogel aufs Auto geklebt hat. Und bei diesem Wetter soll ich wandern? Ne, echt nicht!«

Emily verschluckte sich. Kate biss sich in die Hand, um nicht laut herauszuplatzen. Die Frauen am anderen Tisch erhoben sich, legten den Säugling in den Wagen und wandten sich dem Ausgang zu. Schnell hob sich Emily das Münchner Wochenblatt vor das Gesicht. Als die Gefahr vorüber war, sprich Theresa mit ihrer Freundin das Lokal verlassen hatte, prusteten beide los.

»Ich muss langsam aufbrechen, der Urlaub wartet«, sagte Kate, als sie sich wieder beruhigt hatten.

»Ich auch«, entgegnete Emily. »Ich muss ja noch packen.«

Schnell rafften sie ihre Sachen zusammen, und während Kate dem Kellner winkte, faltete Emily das Wochenblatt zusammen. Ihr Blick fiel auf eine Notiz auf Seite drei.

»Wohlverdienter Nachbarschaftspreis« lautete die Überschrift. Unter einer grob gerasterten Aufnahme stand der Text. Vorgeschlagen von Lieselotte Müller, erhalte den diesjährigen Nachbarschaftspreis Emily D., die unermüdlich die Nachbarschaft sauber halte. Den mit zweihundertfünfzig Euro dotierten Preis hätte sich die junge Frau redlich verdient, da sie regelmäßig die Rasenflächen vor dem Gebäudekomplex von Hundekot befreit und somit dafür Sorge getragen hatte, dass ihre älteren Nachbarn nicht darauf ausrutschten und sich verletzten. Darunter stand der Aufruf, dass die fleißige junge Dame sich bei der Redaktion melden solle, da ihre Adresse nicht ermittelt werden konnte.

»Was grinst du so?«, erkundigte sich Kate, als sie sich vor dem Lokal verabschiedeten.

»Ich freue mich halt so auf den Urlaub. Auf den Pool. Auf Kaffeetrinken im T-Shirt. Und natürlich auf Ben und den kleinen Henri.«

Wie eine warme Welle breitete sich die Vorfreude in ihrem Herzen aus. Sie betrachtete Krümel, der sich in der Leine verhedderte, als er um Kates Beine tänzelte. Sie dachte an Henri im Schlafanzug, wie er das Stoffkrokodil an sich drückte. An Ben, der sie aus eisblauen Augen forsch anblickte und ihr Kaubonbons zum Frühstück anbot. An seine tiefe Stimme, die ihr ins Ohr raunte, dass sie toll wäre. Ihr Grinsen wich einem Lächeln, ihre Gesichtszüge nahmen einen verklärten Ausdruck an. Fühlte sich so Glück an? Ihr Herz, das bis vor Kurzem noch durch Kummer und Missgunst verschrumpelt gewesen war, pumpte nun honigtriefend neues Leben durch ihre Venen. Der Nieselregen hatte nachgelassen. Die Wolkendecke riss auf, und einzelne Sonnenstrahlen brachten den nassen Asphalt zum Glänzen. Emily umarmte Kate ein letztes Mal und machte sich auf den Heimweg. Sie lief der Sonne entgegen.

Danke

Ich danke den freundlichen Mitarbeitern des Piper-Verlags, die in der Geschichte von Emily, deren gute Vorsätze meist in aberwitzigen Aktionen enden, Potenzial gesehen haben. Besonders meinen Lektorinnen Janne Mika und Diana Napolitano für ihre klugen Anmerkungen, die hervorragende Zusammenarbeit und den letzten Schliff, den es braucht, um aus einer guten Idee ein gutes Buch zu machen.

Ich danke meinen Freundinnen und Schwestern, die im Laufe der letzten Jahre all ihre schönen, traurigen, fiesen und lustigen Erlebnisse mit mir teilten. Ebenso danke ich den zahlreichen namenlosen Dates, deren zum Teil schräge Ansichten eine wahre Quelle der Inspiration waren. Allen voran danke ich Petra Brauer für das aufmerksame Prüfen des Manuskripts. Und dafür, dass sie Tag und Nacht bereit war, sich auf Emily einzulassen und die Auswirkungen ihrer Aktionen mit mir durchzudiskutieren. Ach ja, und für die Hundekacke in Georges Gummistiefeln ganz besonders.

Besonderer Dank gebührt natürlich Ihnen, liebe Leserinnen und Leser. Die Tatsache, dass Sie es bis hierher geschafft haben, ehrt und freut mich sehr.

Ada Lewis
Bittermandel-Honigherz

Wenn Ada Lewis nicht gerade Webseiten konzipiert oder PR-Texte für Kunden verfasst, geht sie auf Reisen und schreibt – bevorzugt am Strand in ihrer zweiten Heimat Israel.